FIGHT for Love

Titre de l'édition originale : *LEGEND*

Photo de couverture : © ArtFamily – Fotolia
Graphisme : Stéphanie Aguado

Pour la présente édition :
Collection dirigée par Franck Spengler

34-36, rue La Pérouse
75116 Paris
www.hugopublishing.fr

Collection New Romance® créée par Hugues de Saint Vincent
Ouvrage dirigé par Audrey Messiaen

ISBN : 9782755697704
Dépôt légal : août 2022
Imprimé en Espagne par CPI Blackprint

KATY EVANS

FIGHT for Love

TOME 6 LEGEND

Traduit de l'américain
par Charlotte Connan de Vries

Hugo Poche
NEW ROMANCE®

Aux grands rêves
et aux personnes encore plus grandes
qui se lancent à leur poursuite

PLAYLIST POUR *LEGEND*

Street Lights de Kanye West
Unbreakable Smile de Tori Kelly
Rollercoaster de Bleachers
Resistance de Muse
Feels Like Tonight de Daughtry
Geronimo de Sheppard
Favorite Record de Fall Out Boy
Beautiful Life de Nick Fradiani
I Won't Give Up de Jason Mraz
Madness de Muse
Beautiful Now de Zedd
Fight Song de Rachel Platten

CHAPITRE 1
Seattle

REESE

Ma mère me dépose à l'aéroport. Je porte mon jean et mon haut préférés. Pour me porter chance, j'imagine.

– Tu es sûre que ça va aller ?

– Je suis sûre.

– Reese…

Elle m'arrête avant que je puisse sortir de la voiture, en prenant ma main.

– Je t'aime…

– Je t'aime aussi.

Je lui souris. Elle se penche pour me prendre dans ses bras, je ferme les yeux et m'accroche à elle pour une seconde de plus. Elle sent le citron. Elle sent la maison. Tout ce que je connais.

– Tu as ton passeport, ton billet… ?

Je hoche la tête, et je saute hors de la voiture pour prendre ma valise. Je me retourne, lui dis au revoir en secouant la main, et j'ai déjà le mal du pays en la regardant partir. J'inspire un grand coup, et j'entre toute seule dans un aéroport pour la première fois de ma vie.

Il me faut plus de quatre heures pour arriver à Seattle. L'avion a tourné une demi-heure de plus avant qu'il arrête de pleuvoir et que nous puissions atterrir. C'est humide et vert. Ma cousine Brooke m'attend à la sortie du terminal.

– Reese !

Avec sa longue queue de cheval, son pantalon de course moulant en lycra, et un corps mortel en-dessous, elle pourrait faire la couverture d'un magazine sportif.

– Je suis tellement contente que tu sois là.

Elle me fait un câlin avant de me présenter l'homme à côté d'elle, grand aux cheveux bouclés.

– Voici Pete.

– Ravi de te rencontrer, Reese, dit-il en prenant ma valise. Bienvenue dans l'équipe.

– Merci de m'accueillir.

Si Brooke a d'éventuelles réserves sur ma présence tout l'été, elle ne le montre pas. Elle est enthousiaste et bavarde dans la voiture, elle répond à toutes les questions que je lui pose sur Racer, son fils de trois ans, et sur ce que je peux faire pour l'aider à s'en occuper.

Au bout d'une impasse, nous arrivons devant leur immense maison au bord de l'eau à Lakehaven, avec sa façade de stuc, son large toit plat et sa pelouse manucurée. Je suis sans voix, j'observe avec de grands yeux alors qu'elle me fait visiter rapidement. De la technologie partout, cinq chambres, une cuisine digne d'un restaurant. Il y a de hautes fenêtres et beaucoup de lumière naturelle, avec une vue sur le mont Rainier derrière une étendue d'eau scintillante.

Brooke me conduit dans le couloir vers la chambre d'amis. Des photos de sportifs célèbres sont accrochées aux murs, dont une où est écrit RIPTIDE. J'essaie de ne pas rester scotchée devant, car je sais que c'est son célèbre mari, ancien boxeur et désormais combattant de MMA. Même les gens qui n'ont jamais entendu parler de MMA semblent savoir qui il est. Ma mère dit qu'ils l'appellent aussi RIP, parce qu'il tue ses adversaires. Pas littéralement bien sûr. Enfin j'espère que non ! Mais il les écrase. Sur Internet, les articles disent que c'est une machine à combattre, et qu'il est le meilleur de tous les temps.

Nous arrivons enfin dans ma chambre et je suis tentée de demander à Brooke si elle s'est déjà perdue dans sa propre maison. La pièce fait deux fois la taille de ma chambre à la maison, et est décorée délicatement dans des tons clairs, avec une touche de bleu pastel sur les rideaux et le dessus de lit.

– Tiens, une carte d'abonnement pour la salle de sport ; on les achète par dizaines pour l'équipe. Tu fais partie de la famille, maintenant.

Elle me fait un clin d'œil.

– Il y a à manger dans le frigo, des serviettes propres dans la salle de bains, des draps tout neufs sur le lit. Portable ?

– Oui.

– OK. Ta mère t'a donné mon numéro, non ?

Nous échangeons nos numéros de téléphone. Je ne dis pas grand-chose. Normalement, je suis timide et je ne parle vraiment pas beaucoup. Mais je suppose que Brooke le sait, ma mère a dû lui raconter ma vie en long, en large et en travers. Tout comme elle m'a débriefée sur Brooke et son mariage avec Remington « Riptide » Tate.

Ce couple a du pouvoir dans le monde du bien-être et du sport. Et pas que. Ma mère pensait que cela me donnerait de l'énergie de passer du temps avec eux et leur équipe pendant qu'ils travaillent sur le circuit de combat Underground cet été. Quand je lui ai demandé de me laisser trouver ce que je voulais faire de ma vie, elle a suggéré que je vienne ici. Et maintenant, je suis là, à essayer de trouver qui je suis.

Je commence à défaire ma valise, à ranger proprement mes affaires dans un tiroir, et accroche quelques vêtements dans le placard. Alors que je passe devant la fenêtre et regarde l'eau dehors, je vois Brooke qui s'approche d'un grand homme brun hissant un petit garçon sur ses épaules. Je sais qu'il s'agit de son mari et son fils.

Je n'ai pas vu le petit Racer depuis Noël, et je n'ai jamais rencontré le mari de Brooke, mais sa carrure est aussi imposante que sa réputation, même d'ici. Remy Tate est aussi grand qu'une montagne, et assis sur ses épaules, son fils semble être le roi du monde. Beaucoup de choses ont été dites sur le fameux Riptide, « sexy » et « viril » étant les mots les plus fréquents. Racer tape sur le dessus de la tête de son père, et Remy le tient par ses petits pieds en regardant vers la longue jetée, et Brooke arrive pour passer ses bras autour de la taille de Remy. Je les regarde en souriant. Ils voyagent beaucoup à cause de son programme de combat, donc je ne les vois pas beaucoup, mais c'est ma famille. Ils ont l'air sereins et heureux. Racer commence à se tortiller sur son père et montre l'eau du doigt comme s'il voulait aller sur un bateau. Racer. Mon échappatoire. Quelqu'un de qui se soucier autre que moi.

Je pense à Miles et une douleur me pique. Peut-être qu'en étant loin, je vais lui manquer. Et il va se rendre compte qu'il ressent autre chose que de l'amitié pour moi. Nous communiquons, mais pas autant que je le voudrais.

Hey, je suis arrivée en un seul morceau.

Tant mieux. Profite bien, Reesey !

Merci, ça va être bien.

J'attends de voir s'il va me demander quelque chose. Il ne répond pas. Je me recroqueville dans le lit, en fixant mon téléphone, puis j'envoie un message à ma mère pour lui dire que je suis bien arrivée à Seattle.

CHAPITRE 2

Seattle

MAVERICK

Jamais de la vie, petit.

Non.

PAS INTÉRESSÉ.

Tire-toi de là !

Quatre villes en deux jours, et plus de portes claquées au nez que je ne pourrais en compter. Je remonte mon sac à dos sur mon épaule et je raye un autre nom sur ma liste. Je saute dans un bus et j'en redescends trente minutes plus tard, j'observe les numéros du mélange de commerces et d'appartements dans le quartier, puis je frappe à la dernière porte.

– Coach Hennesy ?

C'est un homme grand, aux cheveux poivre et sel, vêtu d'un survêtement avec un chronomètre jaune accroché autour de son cou. Il me lance un regard interrogateur.

– Je suis votre prochain champion.

Il rigole, mais il doit finir par voir quelque chose sur mon visage. Dans ma posture. Une soif, de la détermination, des tripes. Peut-être que je porte mes couilles dans mes yeux. Il redevient sérieux et ouvre grand la porte.

– Entre donc.

Il ne me demande pas mon nom. Je suppose qu'en un regard, il a su qu'il trouverait mon nom dans le dictionnaire, comme définition du mot « déterminé ». Il m'emmène dans son garage.

– Où est-ce que tu t'es entraîné, avant ? me demande-t-il.

– Tout seul. Je regarde des vidéos.

Il s'esclaffe, puis hausse les épaules.

– OK, voyons ce que tu vaux.

Je jette un œil au matériel dans la pièce. Le sac de frappe est pendu au plafond, avec son cuir usé par les combattants qui m'ont précédé. Il y a un mannequin de frappe dans le coin. Une poire de vitesse. Des poids. Une vraie salle de sport personnelle, là-dedans. J'ouvre mon sac à dos et commence à mettre les gants sans m'embêter à enlever mon sweat à capuche.

– Enlève ça, il faut que je voie ce que tu as dans le ventre. Que je vois ta forme, dit Hennesy.

Je serre la mâchoire. Je descends doucement la fermeture éclair. J'enlève le sweat et jette un coup d'œil en arrière, et me déplaçant pour que le coach ne voie pas mon dos. Le mec fait de la place dans l'espace de combat. Tant mieux. On peut passer aux choses sérieuses. Il vient vers moi quand je me mets face à lui.

– Donne-le moi.

Je lui tends mon sweat qu'il met de côté, puis croise les bras et me regarde.

– La poire d'abord.

J'inspire, je me place devant la poire de vitesse, et je frappe. *Bam.* Je continue à frapper, rapide comme l'éclair, mes poings font voler la poire. J'aurais pu m'échauffer avant, mais je fais cela depuis des jours, et je n'arrêterai pas avant de m'être trouvé un coach ; ni même après. Je suis parti sur ma lancée, et je prends de la vitesse, mes bras bougent d'avant en arrière, tapent jusqu'à ce que la poire bouge si vite que l'on n'arrive même plus à la voir.

Je commence à transpirer ; on étouffe ici, mais je ne peux pas arrêter. J'ai besoin qu'il me prenne. J'ai besoin d'un oui pour monter sur le ring. Rien qu'un oui, et je m'occupe du reste.

– Stop.

Hennesy m'arrête. Il montre du doigt le mannequin et le sac de frappe.

– Je veux te voir frapper le sac.

Je prends mon élan et balance mon poing sur le sac, je donne tout. *Clac, poum, paf.* L'enthousiasme d'Hennesy commence à paraître sous son sang-froid.

– Putain de merde, gamin !

Je suis dans ma bulle, où il n'y a que moi, le sac en cuir marron et mes poings. Rien d'autre ne compte à part frapper là où mon regard se fixe.

– J'en ai vu assez.

Il stabilise le sac. Ses yeux sont vitreux.

– Remplis ça.

J'enlève mon gant droit et je prends un stylo tandis qu'il pose un papier sur le bureau dans un coin de la pièce. Je me penche pour écrire mon nom et mes coordonnées et je me rends compte, trop tard, que j'ai laissé voir le tatouage dans mon dos.

– Tu es son fils.

Je m'immobilise. Une seconde passe. Puis deux. Je pose doucement le stylo et je jette un dernier regard à la feuille de papier. Je ne pourrai peut-être pas la remplir, finalement. Je me retourne. Son visage a pâli. Je patiente quelques secondes. Peut-être qu'il est différent. Peut-être qu'il peut faire avec. Il me jette ma veste.

– Sors. Personne ne veut te voir combattre.

Je fronce les sourcils avec intensité et attrape ma veste, tout aussi énervé que lui.

– C'est bien dommage. Parce que je me battrai quand même.

Je garde les yeux sur lui en enlevant ma main gauche de mon gant, je passe mes bras dans mon sweat et je le referme. Je sors et la porte claque derrière moi. Je serre la mâchoire et fourre mes gants dans mon sac, et je remarque les vieux gants noirs dedans. Je les pousse au fond et je referme la fermeture éclair.

La saison commence dans une semaine et demie. Pas de coach ? Pas de combat. Je ne peux même pas entrer dans une salle de sport. Mais je ne laisserai rien ni personne m'empêcher de monter sur le ring. Je ramasse une pièce d'un centime par terre. Et je remarque une fille dans des vêtements de sport sur le trottoir d'en face, qui fait ses lacets. Elle est à deux pas de la porte de la salle de gym. Je me redresse, je remonte ma capuche, je traverse la rue et la suis à l'intérieur comme si je venais ici tous les jours.

CHAPITRE 3
« Il est avec moi »

REESE

Aujourd'hui est le premier jour de mon petit entraînement intensif personnel. La bonne nouvelle est que chez les Tate aucune barre Snickers n'est là pour me tenter. Seulement des aliments verts avec des étiquettes bio. Tout est frais. Fruits, viande maigre, tout ce qu'il me faut pour enfin perdre les cinq kilos qui m'agacent et que je transporte avec moi depuis quelques années. Ils s'accompagnent d'un manque de confiance en moi, d'une insatisfaction et de frustration. Ils sont la preuve que je n'ai absolument aucune volonté contre mes fringales et mes envies, et ils me rappellent pourquoi je ne vais jamais danser, ni, malgré mon amour de la plage, ne me met jamais en maillot de bain.

Quand je rentrerai à la maison avec un grand sourire et sans mon cul himalayen, je serai tellement jolie que Miles Morris va saliver en me voyant. Il admettra que cela a toujours été moi et rien que moi, et qu'il était trop aveuglé par notre amitié pour le remarquer. Et je coucherai avec lui – ce qui sera ma première fois – et je le ferai sans douter de moi, sans avoir peur qu'il me voie nue car je serai belle, mince et, surtout, sûre de moi. Si sûre de moi que je le ferai en pleine lumière du jour s'il me le demande.

Je descends un peu mon tee-shirt qui remonte sur mes hanches, je commence à haleter et réduis un peu la vitesse du tapis de course. Si je ne le fais pas, je vais devoir aller jusqu'à la crèche en rampant pour récupérer le petit bout de chou et, en le portant jusqu'à la maison, j'aurai la langue qui traîne sur le trottoir. Non merci.

Brooke dit que je ressemble à Jennifer Lawrence et qu'elle envie ma silhouette en sablier. C'est comme si mon torse avait été entouré d'un corset depuis que je suis née. Pulpeuse. Mais je l'échangerais volontiers contre le physique athlétique de Brooke. Un tel corps, cela demande du travail, et j'admire cela. Je réaugmente un peu la vitesse du tapis et je regarde tous les gens qui s'activent dans la salle de sport. Mais mes yeux reviennent régulièrement sur le mec qui s'est glissé dans la salle derrière moi. Il est à l'autre bout de la pièce, et il s'acharne contre un sac de frappe. Il a l'air très concentré. Il est le seul boxeur qui ne parle à personne et n'a pas d'entraîneur.

Il semble seul, on dirait qu'il ne veut pas qu'on l'embête et qu'il n'a besoin de personne car il a ses poings. Ce beau garçon attire l'attention de tout le monde dans la salle de sport. Peut-être parce qu'il attaque sérieusement le sac de frappe et fait tinter la chaîne à laquelle il est accroché. Mais je pense que c'est surtout parce qu'il se dégage de lui une grande passion. Et il est aussi très beau.

À ma droite, je vois l'une des employées de l'accueil marcher vers l'espace de muscu et cardio. Une seconde la rejoint, elles s'interrogent. J'entends « pas d'abonnement ». Une des employées retourne à l'accueil. La salle étant en open space, la réception est visible depuis mon tapis, et je la vois décrocher et raccrocher tout aussi vite un téléphone. La deuxième employée la rejoint derrière le bureau et elle lui dit « Ils arrivent ». Je continue à courir, et je me concentre maintenant sur le mec. C'est un dur. Je n'avais jamais vu personne frapper un sac aussi fort. Rien ne semble exister pour lui, mis à part ce sac sur lequel il tape. Je le regarde lorsque deux agents de sécurité en uniforme apparaissent dans la salle.

La femme à l'entrée montre le jeune homme du doigt. Il semble sentir leur présence et lève la tête, avec les sourcils froncés. Puis il commence à marcher tranquillement. Il s'arrête à un ou deux mètres d'eux, et se tient là dans la position la plus arrogante et défiante que je n'aie jamais vue.

– On va vous demander de venir avec nous pour vérifier votre inscription à l'accueil, dit l'un des gars sur un ton menaçant.

J'arrête le tapis et j'en descends brusquement.

– Il est avec moi.

Le mec et les agents de sécurité se tournent vers moi, et je hoche la tête.

– Il est venu avec moi.

Je sors ma carte d'abonnement. Les agents viennent la regarder. L'un des deux revient avec une des employées de l'accueil.

– Faites-le signer comme invité, la prochaine fois, me dit la femme avec un regard dur.

J'acquiesce. Les agents s'en vont, et je me rends compte que le gars me regarde. Plutôt il me fixe. Il porte un pantalon de survêtement et un sweat à capuche, et a une drôle d'attitude. Il reste debout sans bouger, avec son pantalon à cordons qui tombe bas sur ses hanches, et laisse entrevoir la peau de ses abdos, le côté de ses hanches et le début d'un V musculaire. Il a des cheveux noirs et des yeux couleur acier qui pourraient faire fondre le métal dont ils semblent provenir. Il a le regard le plus calmement intense que j'aie jamais vu. Et il s'est accroché à moi.

Je suis mal à l'aise. Et consciente de mes défauts. Je porte un haut de sport fuchsia et un pantalon moulant, et mes cheveux blond miel sont attachés par une queue de cheval. Je n'ai rien de spécial, encore moins au milieu des filles de cette salle. Quand il me regarde, je sens les cheveux du bout de ma queue de cheval frôler mon dos et je frissonne comme jamais. Je trouve son regard vraiment déstabilisant, donc je lui fais signe de partir.

– Retourne à ce que tu faisais, lui dis-je.

Il ne bouge pas. Son visage est jeune, bronzé, tout en angles taillés au couteau, avec des sourcils nets et baissés, comme deux barres obliques énervées, un nez trop parfait pour appartenir à un boxeur, et une mâchoire qui semble incassable. Perturbée par son attention, je retourne à mon tapis de course. Les sourcils du gars se baissent encore un peu, dans une perplexité évidente. Je hausse les sourcils en le regardant, comme un défi, avec un regard qui veut dire « Tu vas continuer à me fixer ? ». Il sourit un peu, un demi-sourire inattendu et sublime.

– Va t'entraîner, dis-je.

Il me fait un signe de tête arrogant, qui semble vouloir dire merci, puis retourne vers les sacs, et relève ses gants. Il hésite quelques secondes, réfléchit avec les sourcils froncés et les yeux rivés sur le sac, comme s'il y avait quelque chose qu'il ne comprenait pas. Il secoue la tête pour s'éclaircir les idées, lance un regard mauvais vers le sac, et en une fraction de seconde, *bam, bam, boum*, il frappe le sac trois fois et fait cliqueter la chaîne.

Je remarque que des gens regardent vers moi en s'interrogeant. Certains ont l'air préoccupés, d'autres semblent se demander s'il est vraiment avec moi. Ils me font un peu penser à ma mère. *Reese, promets-moi que tu prendras soin de toi.*

Maman, je ferai attention. Laisse-moi partir. Je dois voler de mes propres ailes ! Je l'ai mérité, non ? Je priais pour avoir du temps à moi. Aujourd'hui, c'est le premier jour de la moi nouvelle recette. Alors je fais ma demi-heure restante, puis je vais prendre mes affaires et je me dépêche d'aller à la crèche pour récupérer mon petit paquet.

Tout ce temps, le mec n'a plus lâché ses sacs des yeux une seule fois.

***

– Comment s'est passée ta journée ? me demande Brooke plus tard.

– Bien.

– Bien, c'est tout ?

Je hoche la tête en souriant. Je ne suis pas très loquace, naturellement timide et mal à l'aise avec les gens. Je pense que c'est génétique car bien que ma mère soit bavarde, mon père est un ermite et garde généralement son avis pour lui, à part quelques questions paternelles occasionnelles comme « Tu n'as pas besoin d'argent ? » ou « Ta mère t'a dit à quelle heure tu devais rentrer ? ». Je préfère être avec mon père. Il ne me fait pas parler, pas comme ma mère. Nous sommes le genre de personnes qui apprécient le silence.

Je ressens aussi cette sorte de lien avec le mari de Brooke. Je le rencontre le soir même, magnifique, des yeux bleus, fort et calme, c'est un monstre gentil. Le lendemain matin, après un bref sourire et s'être dit bonjour, il a été assez à l'aise avec ma présence pour m'ignorer pendant que je prenais mon petit déjeuner et lui le sien. J'ai parlé avant que nous ayons fini.

– Pourquoi tu ne t'entraînes pas à la salle de sport avec les autres ? lancé-je, en pensant au mec que j'ai rencontré.

– Je me concentre mieux tout seul.

Il baisse son iPad, sur lequel il lisait quelque chose.

– Tu peux venir t'entraîner avec Brooke et moi, si tu veux.

– Non ! protesté-je rapidement, pour une raison qui m'est totalement inconnue, et lorsqu'il me regarde d'une façon curieuse et paternelle, j'ajoute :

– J'aime bien la salle de gym. Merci.

Le mardi, je suis tellement courbaturée que le soir je me traîne dans mon lit. Le mercredi, pas mieux. Mais je me sens pleine d'énergie, je dors merveilleusement bien. Le jeudi, je suis déjà parfaitement habituée à la vie avec les Tate, et super à l'aise avec mon quotidien. Racer prend son petit déjeuner tôt avec ses parents, pendant que je prends une douche et me prépare pour la matinée. Les Tate nous déposent à la crèche, et je vais à la salle de sport à quelques rues de là. Plus tard, je vais chercher Racer, je joue avec lui l'après-midi, je nage, j'appelle ma mère et quelques amis, ou je passe la soirée avec Pete ou Riley.

J'ai appris que Pete, le gars qui a conduit en revenant de l'aéroport, est l'assistant personnel de Remy. Et puis il y a Riley, fainéant et sympa, son coach en second. Le coach de Remy s'appelle Lupe ; il est chauve et il a un faible pour le dernier membre de l'équipe Tate, la figure maternelle, Diane, nutritionniste et chef cuisinière. Au final, je me sens plus chez moi que je n'aurais cru. L'ambiance est super familiale et j'ai l'impression d'avoir ma place, ils me traitent comme l'une des leurs.

Il fait frais ce matin, donc je me couvre avec une couche de plus et me demande si je verrai M. Mystère à la salle de sport. Il pleut parfois, même en été. Une pluie douce et silencieuse qui ne m'empêche pas de dormir toute la nuit.

Certains soirs, Brooke laisse Remy quand il parle avec les gars et nous passons une soirée entre filles à discuter. J'ai très envie d'apprendre comment prendre soin de mon corps, maintenant. C'est une chose qui ne m'avait jamais intéressée jusqu'à présent. Brooke me dit quoi manger après un effort, en fonction du résultat que je veux obtenir. Des graisses et des protéines pour perdre du poids ou renforcer mes muscles. Des glucides pour l'énergie.

Je reçois aussi des appels fréquents de mes parents. Je suis leur fille unique, je n'ai jamais manqué d'amour, ni de quoi que ce soit. Je n'ai jamais voulu partir de la maison, c'était trop confortable là-bas. Je me sentais en sécurité. Mais j'ai fini par me rendre compte que je me reposais tellement sur mes parents que je les laissais prendre des décisions à ma place. Quelle université ? Quelle carrière ? Je sais qu'ils ont de bonnes raisons de s'inquiéter pour moi et de faire des choix à ma place, mais je veux prendre le contrôle de ma vie, donc je leur ai enfin demandé de me laisser choisir par moi-même. Ils ont été d'accord. Et j'ai été choquée de découvrir que je n'avais pas la moindre idée de ce que je voulais. Alors j'ai laissé ma mère prendre une dernière décision pour moi, elle a appelé Brooke et lui a demandé si je pouvais venir.

Ma mère a une pépinière. Une fois, elle m'a dit que quand une plante est déplacée dans une nouvelle maison, on ne peut pas l'arroser tout de suite, sinon elle meurt. Pendant deux semaines, il faut qu'elle soit mise à l'épreuve, que sa survie soit testée, et elle ne sera prête pour l'eau dont elle a besoin pour grandir qu'après ces deux semaines. Je savais que venir ici ne serait pas facile. Mais je suis prête à grandir. J'ai besoin de changement. J'ai presque vingt ans.

– Tu es sûre que ça va ? m'a demandé ma mère.

– Oui, ai-je répondu hier soir, quand elle m'a appelée.

Et pour la première fois depuis longtemps, je le pensais vraiment.

J'ai aussi appris des choses sur l'Underground. L'année dernière, le combat final opposait Remington « Riptide » Tate à Parker la Terreur. Apparemment, cet homme était un cauchemar d'un bout à l'autre.

C'était un match serré, mais la Terreur a perdu et a ensuite été hospitalisé et ne peut plus combattre. Un ancien ennemi et opposant, Benny le Scorpion Noir, a apparemment disparu cette année, et personne ne sait où il est ni s'il va revenir. Certains pensent que Twister est un concurrent sérieux. Et les rumeurs disent que Spidermann, qui a laissé tomber Oz Molino, son ancien entraîneur pour un autre, est en forme aussi. Parker et Scorpion avaient donné du fil à retordre à Remy, mais ils étaient fatigués. La longévité demande de la discipline, d'après ce que m'a dit Pete. Pas seulement pendant le combat en lui-même, mais dans le style de vie que l'on construit pour s'entretenir. Et j'adopte ce style de vie avec plaisir.

Le mec – Yeux d'Acier – vient à la salle tous les jours. Il ne parle à personne. On dirait que cela lui demanderait trop d'efforts, des efforts qu'il préfère concentrer sur le sac de frappe. Il vient d'arriver dans cette ville, je pense. Personne ne sait. Il garde ses écouteurs dans ses oreilles pour s'isoler du reste du monde. J'ai jeté un œil au registre où il s'inscrit, et il signe « Cage ». En cage, c'est ce que j'ai ressenti lorsqu'il m'a regardée droit dans les yeux, le deuxième jour.

De la reconnaissance s'était allumée dans ses yeux quand il m'avait vue dans mes vêtements de sport, et autre chose, comme de l'excitation, avait aussi brillé dans son regard. À cet instant, j'avais eu l'impression idiote qu'il était content de me voir. Il a des yeux de la couleur la plus étrange que j'aie jamais vue ; métallique, vraiment, un acier scintillant. Il était debout devant la salle comme s'il attendait quelqu'un. Je l'ai vu, j'ai senti une drôle de nervosité, puis j'ai sorti ma carte pour entrer. Il m'a suivie, a remonté sa capuche pour cacher son visage, et est entré dans la salle en même temps que moi. Je me suis arrêtée avant que nous dépassions le bureau de l'accueil.

– Il est avec moi, ai-je dit aux deux femmes, et il a pris le stylo à côté du registre et a signé.

– Merci, a-t-il dit dans un souffle lorsque nous sommes entrés dans l'espace d'entraînement.

J'ai hoché la tête, et soudain j'ai eu l'impression d'avoir mangé des papillons au petit déjeuner.

Depuis, c'est comme cela tous les jours. Et tous les jours, je le surprends à me regarder pendant qu'il s'entraîne. Chaque jour, un peu plus longtemps. Le mec tape fort. Il ne s'arrête pas. Les autres abonnés de la salle de sport, surtout ceux qui s'entraînent à côté des sacs, semblent se sentir menacés et n'arrêtent pas de parler de lui. *Il a quelque chose à prouver, celui-là. Mais qu'est-ce qu'il veut à ce pauvre sac ? Qui est-ce qui a énervé ce gamin ?* Ce n'est pas un gamin. C'est un homme, de facilement quatre-vingt-dix kilos et facilement un mètre quatre-vingts. Et quelques années de plus que mes vingt ans. Peut-être… vingt-trois ?

Il joue beaucoup avec les sacs. Il les taquine et sautille autour, et il frappe comme s'il ne vivait que pour chaque coup. Mais quand quelqu'un lui parle, il arrête de jouer et il monte un mur qui a gardé à peu près tout le monde à distance ces derniers jours. L'air qui émane de lui est implacable. Déterminé. Et bien trop intimidant pour que quiconque puisse le louper. Beaucoup trop intimidant pour que quelqu'un ose lui reprocher de se servir de moi pour entrer dans la salle. Personne ne le remet en question. Ils le laissent tranquille et continuer à s'entraîner, tout en jetant des regards discrets vers lui.

Je m'apprête à partir lorsqu'il retient le sac pour qu'il arrête de se balancer et s'approche de moi.

– Salut.

Mes yeux s'écarquillent quand j'entends clairement sa voix. Une voix profonde, virile, grave comme le tonnerre. *Oh non mon pote, tu ne vas quand même pas briser notre loi du silence tacite*, je pense, alarmée.

– Comment tu t'appelles ? me demande-t-il, avec ses sourcils bas tout en m'observant.

– Reese.

Il hoche la tête et s'en va, heureusement. Je me retrouve avec un drôle de sentiment, une gêne. Je ne me suis jamais sentie aussi déstabilisée par un mec. J'expire, je me retourne, et je sors, en remarquant brièvement que Cage enlève ses gants comme s'il se préparait à partir aussi.

***

Racer m'appelle Ree. Juste Ree. Mais il n'arrive pas à bien prononcer les R, donc cela ressemble plutôt à Wee. C'est adorable. Il parle mieux que ça en général, mais je crois que c'est le petit nom qu'il m'a choisi. Il m'adore, ce petit chenapan. L'unique fossette sur sa joue apparaît dès qu'il me voit. Je suis allée le chercher après la salle de sport, et je le porte sur ma hanche.

– Tu t'es bien amusé aujourd'hui, Racer ?

Il hoche la tête et me regarde, avec sa fossette.

– Quoi ?

Je fais comme si je ne savais pas ce qu'il attendait, puis je fais :

– Ooooh ! Ça ?

Je sors la glace à l'eau. Il tend sa main potelée.

– Fais-moi un bisou, sinon je ne te la donne pas.

Son bisou est baveux et maladroit, mais il me réjouit infiniment. Presque comme les bisous de mon chien Fluff. Brooke veut retomber enceinte. Je sais qu'avec le style de vie qu'imposent les combats, elle aura du mal à s'occuper de deux bébés. Mais Racer est grand maintenant, et il est malin. Et très, très malicieux.

Nous nous arrêtons au parc, où je m'assois toujours pour lui donner son déjeuner. Riley, de l'équipe, me rejoint avec la poussette.

– Bonjour, madame, me dit-il.

– Salut.

– Tu empruntes des bébés pour draguer les mecs ?

– Exactement. Mais il n'y en a aucun à draguer dans le coin. Aucun de bien.

Comme Miles, je me dis dans ma tête.

– Et voilà, petit gars.

Riley assoit Racer dans la poussette et frappe son poing contre le sien.

– Je n'arrive pas à croire qu'il fait ça.

– Bien sûr que si. Son père aurait pété un câble s'il ne savait pas encore faire de checks à son âge.

– Qu'est-ce qu'il lui réserve pour la suite ? Boxer dans le vide à l'âge de quatre ans ?

Il rigole et commence à partir.

– Merci, Riley.

Je sens une piqûre derrière ma nuque et je me retourne pour voir Yeux d'Acier me regarder. Il fait des pompes par terre, dans le style militaire, vite et bien, et sa tête est levée pour me regarder. Il regarde droit vers moi avec tant d'intensité et de confusion que j'ai le souffle coupé. Il arrête de faire des pompes et se lève.

Il regarde Racer, puis moi. Il a l'air perdu.

– Wee, à manyer !

– Manger. Oui. Tu veux avoir les nounours aux fruits, c'est ça ?

Je me tourne pour ouvrir la boîte de nourriture et le sac de bouchées de fruits séchés, et quand je regarde en direction de Cage, il est parti. Je le cherche des yeux dans le parc et je le vois sur le chemin de course. Des personnes passent sur des rollers. D'autres se lancent une balle. Il y a des gens qui marchent et qui courent, et des couples sur des couvertures, qui s'embrassent ou qui mangent. Cage, lui, trottine et frappe dans le vide comme si sa vie en dépendait.

Je plisse les yeux et je le regarde un peu plus attentivement. Il me donne l'impression d'être un rebelle. Comme s'il préférait s'excuser que demander la permission, et peut-être même ne pas s'excuser du tout. Il y a une passion féroce dans ses traits, et une flamme brûlante dans ses yeux. J'admire les gens passionnés. Des gouttes perlent sur son front, et une fois de plus, je me retrouve à me poser des questions sur lui. Je le regarde jusqu'à ce qu'il disparaisse derrière les arbres dans un virage, et je remarque que Racer a réussi à sortir de la poussette.

Le petit sac de fruits secs est juste là, où il mangeait. Mon cœur se transforme en plomb dans ma poitrine en voyant la poussette vide. Puis l'effroi s'abat sur mon ventre. Je saute sur mes pieds et je regarde partout dans le parc. Racer court déjà à mille à l'heure derrière un labrador qui joue avec sa queue puis poursuit une ombre, il court d'un bout du parc à l'autre comme s'il n'avait jamais couru de sa vie.

– Racer !

Je n'arrive pas à remettre la couverture et tout le reste dans mon sac assez vite. D'ailleurs, je ne le fais pas. Je laisse tout en l'état, et je m'élance après Racer au moment où le chien le remarque et lui fonce dessus. Le chien est détaché et fait trois fois la taille du petit. Je vois une silhouette familière sauter sur une branche à côté et récupérer ce qui ressemble à une balle de tennis coincée dans les feuilles. Il la jette par terre. Le chien va la chercher et s'en va, rapide comme l'éclair.

Racer se remet à courir derrière lui en gloussant, hilare. Il ne va pas très loin. Cage l'attrape sous son bras et me le ramène.

– Tu as perdu quelque chose ? me demande-t-il en posant Racer sur ses pieds devant moi.

Est-ce que j'ai perdu quelque chose ? Je me répète cela avec le cerveau en compote. Mon souffle. Ma tête. Une partie de mon âme aussi, pour être honnête. Mon cœur joue encore du tambour. *J'aurais pu perdre Racer dans le parc ! Le chien aurait pu le blesser !*

Brooke m'a dit qu'il était très actif et inconscient du danger, mais je n'aurais jamais pensé que surveiller un petit garçon adorable comme lui pouvait être difficile. Il n'empèche que cela ne l'aurait pas été si j'avais fait attention à lui au lieu du mec qui se trouve à cinquante centimètres de moi, beaucoup trop près pour que je sois à l'aise. Cage me regarde lutter pour garder la face.

– Merci, lui dis-je, puis je m'accroupis devant mon petit protégé. Racer.

Je regarde ses yeux bleus et joyeux et je sens mon corps trembler.

– Ne refais pas ça. Si tu veux caresser le chien, j'irai avec toi.

– Pourquoi ? me demande-t-il avec des yeux vifs et brillants.

– Je ne te voyais plus, et j'ai eu peur que tu te fasses mal.

Il lève sa petite tête et jette un œil au mec, en plissant les yeux sous le soleil. Cage le regarde aussi, puis pose les yeux sur moi. Il a soudain l'air fasciné. Et son visage m'empêche tellement de me concentrer que je dois me forcer à regarder ailleurs, donc je fixe un point derrière son épaule.

– Wee, c'est ma copine ! dit fièrement Racer, en tendant un bras vers Cage.

Je comprends vite que Racer lui offre son poing.

– Il veut te faire un check, j'explique rapidement à Cage.

Cage observe Racer, dans son tee-shirt Superman et son petit jean parfait.

– Tu es un petit gars cool.

Il ferme son poing, énorme et bronzé, face à celui de Racer, blanc et dodu, et leurs doigts se touchent. Cage lève les yeux et me regarde. Et je commets l'erreur de me faire surprendre à le mater ouvertement alors qu'il croise mon regard. Le sien est sombre, intense, et déroutant. Il est évident que lui et moi n'allons pas taper nos poings l'un contre l'autre, et malgré tous mes efforts, je ne peux rien tirer de mon cerveau, c'est une page blanche. Je semble avoir oublié comment parler.

Il y a des phéromones dans l'air et mon corps fait des choses étranges. Pourquoi fait-il des choses étranges ? Je ne suis pas bavarde, mais ce mec est encore pire.

– Tu en as eu marre de la salle de sport, aujourd'hui ? je lui demande.

Putain. Tu n'aurais pas pu trouver une question encore plus chiante, Reese ? Il a toujours l'air un peu fasciné, mais je vois une différence subtile dans son expression quand je parle de la salle de sport. Elle est un peu plus sombre, je ne sais pas pourquoi.

– Pas de *sparring partner*. Trop de monde.

Je hoche la tête.

– Je peux être ton partenaire, je lance. Demain.

Ses sourcils noirs se haussent.

– Tu sais faire ça ?

Je remonte le menton avec un petit air provocateur et j'acquiesce.

– J'apprendrai.

Soudain, je me sens pleine d'énergie. Je prends Racer dans mes bras.

– À demain, dis-je, et je retourne vers la poussette et nos affaires, en marchant doucement.

Je crois sentir son regard dans mon dos, donc je me distrais avec Racer et je récupère les fruits secs dans la poussette.

– Tu en veux encore ? je demande à Racer, en lui montrant le sac.

Il pousse ma main et essaie encore de s'enfuir.

– Je veux trouver le chien.

Je le soulève.

– D'accord, mais saute là-dedans d'abord et je te pousserai très vite.

Il arrête de se tortiller et m'obéis, me laisse l'asseoir en faisant un sourire à quelque chose derrière mon épaule. Ou à quelqu'un. Je me retourne vers Cage, qui nous regarde avec un demi sourire sur son visage, qui me fait plus d'effet qu'un demi quoi que ce soit n'est censé le faire. Je lui rends son sourire puis je sens ses yeux dans mon dos tandis que je pousse Racer sur le chemin.

– C'est pas vite, Wee ! Plus vite ! dit Racer.

Merde. Vraiment ? Mon cul va rebondir dans tous les sens. Je me penche vers lui.

– Quand on aura passé le virage, s'il te plaît, on a assez fait honte à Reese devant un garçon pour aujourd'hui.

Je décoiffe ses cheveux et regarde devant, à la recherche du labrador.

CHAPITRE 4

Frapper

MAVERICK

Le centre d'affaires de l'hôtel est équipé d'une dizaine d'ordinateurs tous éteints, à part celui que j'utilise. Je cherche des entraîneurs sur Internet dans la région de Seattle. J'en suis aux deux tiers de la liste lorsque je note un deuxième nom, je cherche encore une demi-heure. Putain, j'ai de moins en moins de choix…

Je me déconnecte, j'arrache la page du bloc-notes de l'hôtel, et je regarde les deux noms que comporte ma liste. Je me frotte la mâchoire et relis les adresses. Je plie la feuille, la glisse dans la poche de mon jean, je prends ma bouteille d'eau, et je me dirige vers l'arrêt de bus.

Je m'arrête deux fois. Deux portes de plus que l'on me claque au nez. Je pose ma main à plat contre la dernière, je grince des dents et tape sur la porte.

– Putain, allez, mec ! je hurle.

Pas de réponse. Merde. Connards. Je me laisse tomber sur le trottoir et appuie ma tête contre le mur, le regard noir. J'ai trois jours pour trouver un coach. Trois jours pour que me battre devienne une possibilité. Je plonge la main dans la poche avant de mon jean et en sors la pièce que j'ai trouvée devant chez Hennesy. Je referme mes doigts autour, en souhaitant qu'elle fasse tourner la chance ou encore mieux, qu'elle me donne ma chance.

***

J'ai grandi avec ma mère à Pensacola. Près de la plage. Elle voulait que je m'engage dans l'armée. Il se trouve que je n'ai jamais été très doué avec l'autorité.

– Quand je t'ai appelé Maverick, je ne savais pas que tu me prendrais au pied de la lettre, m'avait gentiment réprimandé ma mère quand j'avais quitté les forces armées[1].

Nous avions convenu qu'à mes vingt et un ans, je pourrais le voir. Mon père.

– Il voyage à cause de son travail, Mav. Je ne sais pas si tu devrais aller le voir.

– Je voyagerai avec lui. Je veux apprendre. Je suis son fils, non ?

Je crois que je m'imaginais un lien entre nous. J'avais hâte de quitter la Floride. Mon père

1. *Maverick* signifie en anglais rebelle, franc-tireur.

m'envoyait une paire de gants de boxe tous les ans pour mon anniversaire.

– C'était un homme bien, avait dit ma mère quand je lui avais posé des questions.

– Je veux le voir.

– C'était un homme bien.

Elle avait insisté sur le « était ». Je ne comprenais pas. On ne pouvait pas être bon, puis méchant, ce n'est pas possible. Si ? J'étais trop jeune et trop con. Le jour de mon vingt-et-unième anniversaire, elle m'a donné ses coordonnées, et comme il ne répondait pas au téléphone, je suis allé le chercher moi-même.

Mon père, celui que j'avais imaginé grand, puissant, ayant de nobles raisons de nous abandonner ma mère et moi, était allongé sans défenses, dans un lit d'hôpital trop petit pour lui. Il n'y avait pas eu de signal d'alarme. Rien qui laisse supposer que sa vie allait changer la mienne pour toujours. C'était en plein jour, un jour comme un autre. Mais j'étais dans une ville où je n'étais jamais venu. Seul.

Donc je me suis assis là, sans avoir aucune larme à pleurer. Rien que lui et moi. Un inconnu dont je partageais le sang. Les docteurs ont dit qu'ils essayaient de refroidir son cerveau après l'accident. Ils l'avaient placé dans un coma artificiel mais il n'avait pas voulu se réveiller. Son coma est maintenant réel. Tout dépendrait de sa volonté de vivre, disaient-ils.

– Mon père se bat, c'est son truc, avais-je répondu aux docteurs.

C'est tout ce que je sais de lui.

– Il n'a peut-être plus assez de combativité en lui.

J'ai regardé mon père, il avait des cicatrices, il était cabossé, battu. Il ne ressemblait pas au gars que ma mère avait en photo. *N'arrête pas de te battre*, je voulais lui dire. Mais il n'avait jamais entendu ma voix. Je ne sais toujours pas si je devrais l'appeler « Papa », « mon père », ou le surnom qu'ils lui donnaient quand il se battait. Alors j'ai dit :

– Je vais te rendre fier.

Je suis monté dans un avion pour rentrer, j'ai pris une douche, je me suis changé et j'ai sorti mes gants de boxe. J'ai trouvé ma mère dans la cuisine.

– Je ne reste pas à la maison.

Elle a pleuré doucement. J'ai passé mes bras autour d'elle et l'ai serrée contre moi. Cela faisait six ans que j'étais plus grand qu'elle et elle paraissait petite et fragile entre mes bras.

– Je t'aime, Mav.

Elle a pris ma mâchoire et m'a embrassé sur la joue.

– Dis-moi où tu vas. Tiens-moi au courant.

– Je le ferai.

– Maverick, tu n'es pas ton père. Tu n'es pas obligé de faire ça.

– Non. Mais je suis à moitié lui. Et à moitié toi.

Je l'ai regardée.

– Je veux plus que ce que j'ai ici.

J'ai ouvert la porte avec rien d'autre qu'un sac de sport, mes économies et mon sac à dos.

– Je vais lui prouver qu'il a eu tort de croire que je ne méritais pas son temps.

Dans le bus, j'ai sorti les derniers gants que mon père m'avait envoyés, à mon dernier anniversaire. Il ne m'avait pas envoyé de gants neufs, ils étaient vieux et il y avait un message avec : *Comme tu ne t'es jamais servi de ceux que je t'ai envoyés et que tu n'as clairement pas l'intention de le faire, je t'envoie ceux qu'un vrai combattant a utilisé.* Ils sont tellement vieux qu'ils sont rafistolés avec du gros scotch autour du poignet. J'ai glissé une main dans un gant, puis l'autre, et je me suis rendu compte qu'ils m'allaient.

Ils m'allaient.

CHAPITRE 5

Entraîne-toi avec moi

REESE

C'est comment, la grande vie ?

Miles m'a enfin envoyé un texto, hier soir. J'étais déjà au lit quand mon téléphone a vibré. J'ai jeté un œil à l'écran et je me suis relevée d'un coup.

J'aurais probablement dû attendre une minute avant de répondre. Ce n'est pas bon d'avoir l'air impatiente, et pour être honnête, je ne l'étais pas. Mais c'est l'un de mes meilleurs amis et une des rares personnes qui sait tout sur moi et m'apprécie quand même.

Bien !
Je songe à venir te rendre visite
et rencontrer tes nouveaux amis.

Est-ce qu'il se sert de cela comme prétexte ? J'ai froncé les sourcils et j'ai réfléchi. Nous sommes amis, il n'a pas besoin d'un prétexte ; il peut dire que je lui manque, et c'est tout. J'ai tapé, hésitante :

Pas de problème.
Quand est-ce que tu veux venir ?

Je ne suis pas encore sûr, peut-être
pour les demi-finales ?
Tu pourras nous présenter à RIP,
avec les gars ?

J'ai lu le message, puis suis sortie du lit et me suis regardée dans le miroir. Au moment où il viendra, je serai magnifique, j'aurai confiance en moi et des objectifs clairs dans la vie. Donc j'ai écrit :

Je vais voir ce que je peux faire,
mais a priori aucun souci.

***

Je n'ai pas énormément d'amis ; j'apprécie ceux que j'ai car j'ai toujours eu du mal à m'en faire et à les garder. Je montre le message à Brooke le lendemain matin.

– Hum. Je ne sais pas.

Elle lève mon téléphone et le montre à Pete pendant notre petit déjeuner à la grande table de la cuisine des Tate.

– Nan.

Riley le regarde ensuite.

– Carrément dans la friendzone.

Remy lit le message avant de me rendre mon téléphone. Il lève la tête et me regarde avec ses beaux yeux bleus, exactement les mêmes que Racer, et secoue tristement la tête.

– Trouve un homme qui a des couilles, Reese.

Je range mon téléphone.

– Les hommes qui ont des couilles me font peur.

– Pas un vrai. Un vrai homme te les confie.

Il se penche sur le côté de la table avec son sourire à fossettes, lève le menton de Brooke, et l'embrasse sur la bouche. Mes oreilles chauffent, et pourtant je n'arrive pas à lâcher des yeux ce bisou sec qu'ils se donnent, dur et possessif.

Une fois que Diane m'a donné le sac à pique-nique de Racer, nous nous dirigeons vers la crèche dans un des SUV. Je commence à être nerveuse en déposant Racer et je marche vers la salle de sport. Qu'est ce qui m'a pris de dire à Cage que je pourrais être sa *sparring partner* ? J'arrive à peine à trotter sur mon tapis pendant une heure sans baisser la tête. Mais je décide de me mettre un coup de pied au cul. Ou je laisse Cage le faire.

Je suis frappée par la déception lorsque je ne le vois pas devant les portes. Je regarde autour de moi pour voir s'il n'est pas en retard, mais aucun signe de lui. Les portes s'ouvrent à moitié et je vois une des dames de l'accueil qui m'appelle.

– Reese ?

Elle me fait signe de venir.

– On a laissé entrer votre ami, on sait qu'il est avec vous.

Elle me fait un sourire retenu et entendu. Je veux lui expliquer que ce n'est pas ce qu'elle croit. Que nous sommes juste amis. Mais j'aperçois Cage à travers les portes vitrées et je me sens désarmée et muette. Je garde les yeux rivés sur les cheveux noirs de jais à l'arrière de sa tête en entrant dans l'espace d'entraînement très fréquenté, où le son des poids qui retombent et les bruits de pas se mélangent à la musique d'ambiance. Mes yeux parcourent la peau bronzée de sa nuque. En ajoutant à cela un survêtement qui tombe bas sur ses hanches, cela donne une nouvelle définition au mot « sexy ». Mais pourquoi est-il aussi intrigant ?

Il est plus grand que moi. En face à face, mes yeux arrivent au milieu de son torse ; au niveau de ses pectoraux bien définis, pour être exacte. De ses tétons qui sont parfois moulés par son tee-shirt humide de sueur. Son corps est souple et fin mais musclé, comme le sont souvent le corps des boxeurs, et il émane de lui une dangereuse aura de rébellion. Il saute à la corde, avec ses écouteurs dans les oreilles.

– Salut.

Je m'apprête à lui taper sur l'épaule lorsqu'il arrête de sauter et se retourne. Des yeux calmes et distants se fixent sur moi. Mon regard descend, un tout petit peu, pour admirer ses belles lèvres et l'angle de sa mâchoire… J'observe son cou, le tombé du tissu sur son torse fuselé, et le temps que je fasse un petit voyage visuel et impulsif sur le reste de son corps et que je remonte mes yeux sur son visage sublime, ses sourcils remontent. Ses yeux d'acier électrique me transpercent, et envoient un drôle de frisson dans mon corps. Toute son attention est désormais focalisée sur moi, pas sur la salle. Ses yeux ne bougent pas, et mon cœur tire quand il fait un pas en avant avec une grâce de prédateur. Ce mec doit être une panthère sur le ring…

Mes yeux s'écarquillent lorsque je me rends soudain compte qu'il m'a entendue lui dire bonjour. Il a ses écouteurs, mais j'ai dit bonjour et il s'est retourné, et maintenant il continue à me regarder, imperturbable. Aucun doute, il m'a entendue. Je comprends qu'il n'écoute pas de musique. Qu'il se sert des écouteurs pour garder les gens à distance. Bizarrement, je comprends cela aussi. Il enlève les écouteurs et les met dans la poche de son pantalon, sans arrêter la musique. Car il n'écoutait pas de musique. Comme un prédateur, il faisait attention à son environnement sans alerter la proie.

– Salut, répond-il.

Les muscles qui se tendent sous son tee-shirt font accélérer mon pouls quand il commence à enrouler la corde autour de son poignet.

– Tu n'écoutes pas de musique. Tu te sers des écouteurs pour que les gens ne te parlent pas.

Il me lance un regard sceptique avec un petit air amusé sur ses lèvres, pendant que nous enfilons tous les deux des gants.

– Je ne suis pas là pour me faire des amis.

Il balaie la salle d'un regard dédaigneux.

– Ma façon de voir les choses, c'est qu'un jour ou l'autre, je vais les croiser sur le ring. C'est plus facile de leur éclater la tête si je ne les connais pas.

Bon Dieu, ce regard dans ses yeux. J'ai lu des romans qui parlent de vampires, où les termes « sanguinaire » et « assoiffé de sang » sont utilisés. Je n'avais jamais, jamais vu la soif de sang dans les yeux de quelqu'un. Jusqu'à ce battement de cœur, à cette seconde, dans ce gymnase plein de monde. Quand les yeux de ce gars se sont mis à briller, rouges, sanguinaires.

– Tu ne peux pas m'éclater la tête, je mets un casque, lui dis-je en tendant le bras vers les casques.

Il fronce les sourcils, puis je le vois serrer la mâchoire, exaspéré.

– Bon, tu avais dit s'entraîner, pas discuter.

– Je n'aime pas non plus papoter ni m'entendre parler, mais tu me donnes envie de parler.

Je fronce les sourcils.

– Je ne sais même pas pourquoi je t'ai proposé de m'entraîner avec toi alors que je ne sais rien de toi.

Il soupire et s'appuie sur les cordes tandis que nous grimpons tous les deux sur le ring. Je lui jette un regard circonspect et me laisse tomber sur le bord du ring, glisse mes jambes sous les cordes et les laisse pendre dans le vide. Je ne gagnerais pas grand-chose à m'entraîner avec ce gars. Je sais avec certitude qu'il va se battre comme un pro. J'aurais plutôt intérêt à parler, je gagnerai des informations, et je suis infiniment curieuse.

Il s'assoit à côté de moi à contrecœur. Il est grand, fort et a de larges épaules. Une personne ne devrait pas occuper plus d'espace que celui que son corps occupe physiquement, mais lui, il en prend plus. Je n'ai jamais senti une présence aussi forte que la sienne. Je suis mal à l'aise, trop sensible à cette personne, extrêmement attirante assise près de moi, avec son corps encore chaud à cause de l'effort physique, duquel émane une énergie puissante, et je sens un besoin surprenant de me décaler. Mais je ne le fais pas. Je campe sur mes positions, ou plutôt, je pose mon cul dessus, et j'essaie d'avoir l'air détendue.

– C'est quoi, ton nom ? Cage ? je lui demande.

Il semble réfléchir à la question en me regardant, presque comme s'il hésitait à me le dire.

– Maverick, dit-il enfin, avec un petit froncement de sourcil en regardant la salle comme s'il observait un puzzle compliqué.

– Maverick ? Comme dans *Top Gun* ?

– Avec Goose en moins.

Il sourit et c'est irrésistible. J'ai le sentiment que je perds totalement le contrôle de moi-même.

– Alors, c'est quoi ton histoire ?

Il se tait. Comme s'il n'y avait pas d'histoire à raconter.

– Tu es du coin ? me demande-t-il au lieu de répondre.

Il se penche en arrière en me regardant et quelque chose se serre en moi. Je ne sais même pas où, car je n'ai jamais senti cela. Je m'éclaircis la voix et j'essaie de prendre le même ton que lorsque je parle à mes copines.

– Je voyage cet été. Pour la saison. Avec ma cousine.

Je ne lui dis pas que j'essaie de devenir meilleure, de me trouver.

– Tu te bats ? je lui demande.

– Pas encore.

– Mais ça va venir ?

– Ouais, je vais me battre.

– Tu es bon ?

– On verra.

Il mord la bande velcro de son gant autour de son poignet et le tire sous son autre coude, et quand il fait la même chose avec l'autre gant, je m'attarde sur ses mains, fortes avec de longs doigts dont les jointures sont toutes abîmées.

– Il me faut un coach pour que l'Underground m'accepte, dit-il.

– Alors trouves-en un.

– Ils sont tous pris. Et ils pensent que je ne sais pas suivre des instructions.

– Tu es un petit rebelle, Maverick ? Qui l'eut cru ? dis-je avec un grand sourire.

Il me rend presque mon sourire. Ses bras musclés sont nus et se déploient à nouveau quand il pose ses gants et tend les mains pour enlever les miens.

– Alors trouve un coach qui ne coache pas.

Il rit. Un rire agréable qui me surprend. Lorsqu'il tire sur les deux gants, je croise mes bras sur mon ventre.

– Je suis sérieuse.

– Quelqu'un qui reste juste assis dans mon coin ? demande-t-il.

– Je suppose.

– Tu es dispo ?

Il est sérieux ? Je ne sais pas grand-chose de lui – Maverick, oh la la, j'adore son nom – mais même quand Maverick est près de moi, je veux qu'il soit encore plus près. Un vrombissement grave gronde dans mon corps maintenant, et c'est impossible de m'en débarrasser.

Je secoue la tête tristement.

– Non, je ne peux pas assister aux combats.

– Tu voyages pour la saison mais tu ne vas pas aux combats ?

Maintenant, il se fout de moi. Et cela me fait sourire.

– Parce que je travaille. Je ne peux pas partir en vacances d'introspection spirituelle sans gagner ma vie.

– Si j'arrive à entrer dans l'Underground, tu viendras me regarder combattre ?

– Peux pas, je travaille.

Quelque chose qui ressemble à de l'espoir meurt dans ses yeux. Il serre la mâchoire.

– Ouais.

– Tu peux essayer avec Oz.

– Quoi ?

– Pas quoi, qui, je précise. Oz Molino. Il est à la retraite. J'ai entendu que personne ne voulait de lui parce qu'il se contente de rester assis, à boire ou cuver. Sa femme l'a quitté.

Il hoche la tête.

– Je le chercherai.

Nous ne savons plus quoi nous dire. Je n'ai pas envie de partir car j'ai l'impression de connaître sa voix, et de le connaître, depuis plus longtemps que ces quelques jours. J'aime tellement ce sentiment mais je n'arrive même pas à déterminer son origine. Je sens soudain son regard très pénétrant, il me regarde comme s'il m'attendait depuis longtemps. Moi aussi, j'ai l'impression de l'attendre depuis longtemps.

Cela n'a aucun sens. Ce n'est qu'un regard, et une impression. On ne sait jamais ce qui se cache vraiment sous un regard, et on ne peut pas rationaliser tous les sentiments. Mais tout est là. Tangible, palpable. Comme s'il y avait un fil entre nous, avec une extrémité en lui, et l'autre en moi.

Alors que nous nous installons dans un long silence, j'entends un mouvement derrière nous. Nous jetons simultanément un œil pour voir que d'autres personnes ont pris le ring.

– Oh, mince alors, dis-je ironiquement avec une fausse grimace. Je vais devoir attendre une autre fois pour montrer mes compétences catastrophiques de *sparring partner*.

Je n'en suis pas sûre, mais je crois détecter un éclair de déception dans les yeux de Maverick. Une chaleur inattendue m'étouffe jusque dans la moelle de mes os.

– Je vais aller chercher Racer en avance, alors.

Je me glisse sous les cordes et je saute par terre, il fait de même et atterrit avec souplesse, je lui lance un sourire et me prépare à partir.

– Eh, merci, me lance-t-il.

Nos yeux restent accrochés pendant quelques secondes, les plus intimes que j'aie jamais vécues. Dans mes baskets, je jure que mes orteils se replient.

– Salut, Maverick.

Je me dépêche de partir. Puis j'arrive à la crèche et j'essaie de reprendre mes esprits, mais mon cerveau n'est pas à jour. Il n'arrête pas de rejouer notre conversation. Lui dans le parc. Lui qui me suit dans la salle de sport. Quand Racer sort de la crèche, je suis tellement soulagée – car je peux arrêter de penser à Maverick – que je tombe à genoux et lui fais un gros câlin, en faisant un bisou sur sa fossette.

– Comment va mon garçon préféré du monde entier ?

– Y'ai faim, me dit-il en faisant la grimace, de mauvaise humeur.

Je rigole et prends sa main dans la mienne.

– J'ai faim aussi.

CHAPITRE 6
Le grand Oz

MAVERICK

C'est le soir. Au deuxième étage d'un vieil hôtel pour séjours prolongés, je descends le couloir jusqu'à la porte 2F et je frappe. Elle s'entrouvre de quelques centimètres, un œil injecté de sang m'observe à travers la petite ouverture que permet la chaîne de la porte. Eh bien, le voilà. Le grand Oz.

– Je peux vous parler une minute ? dis-je.

– Pas le temps, répond-il.

Il essaie de me refermer la porte au nez, mais je commence à avoir de l'expérience, et je m'empresse de la bloquer avec mon pied.

– Une minute. S'il vous plaît.

Il plisse les yeux.

– Calme-toi avec ton pied, gamin, et peut-être qu'on pourra parler.

Je serre la mâchoire, je débats intérieurement, puis j'enlève mon pied.

– Tu es qui, et pourquoi t'es là ? me demande-t-il.

Derrière lui, la chambre est un bordel plein de bouteilles vides et de cartons de pizza.

– J'ai besoin d'un entraîneur.

– J'ai besoin de plus de vodka.

Il me claque la porte au nez. Je grince des dents et lève mon bras, prêt à frapper, mais la porte qui me fixe m'emmerde vraiment. J'en ai tellement marre de voir des portes fermées que je ferais passer mon poing à travers si je pensais que cela pouvait m'aider. Je me dirige vers la sortie par les escaliers et je dévale les marches, plusieurs à la fois.

***

Trente minutes plus tard, je frappe à nouveau. Il ouvre la porte, avec le même œil rouge.

– Toi, dit-il avec dégoût.

– Exact. Moi.

Je me retourne et tire mon sweat au-dessus de ma tête. Autant qu'il sache tout de suite avant qu'il me demande un petit spectacle en privé. J'attends, je le laisse regarder mon tatouage en détail, puis je me retourne pour retrouver cet œil grand ouvert, qui m'observe.

– J'ai besoin d'un entraîneur, je répète, en soulevant la bouteille de vodka que je viens d'acheter.

La porte se ferme.

Puis j'entends le bruit de la chaîne. Et pour la première fois, en même temps que cette porte, des possibilités s'ouvrent à moi.

***

Le lendemain matin, j'ai compris que l'amour de la vie d'Oz, avant que la bibine remplace tout, s'appelait Wendy. Quand il dit des gens que ce sont des lâches, il les appelle des Wendy.

– C'est des putains de Wendy, tous ceux-là. Wendy, c'est mon ex-femme. Elle ne pouvait pas me supporter.

– Elle avait peut-être ses raisons, j'ai dit.

– Ouais. Je travaillais trop, et maintenant je ne travaille plus du tout !

Je préparais mes gants, mais il s'est approché de moi et les a poussés par terre.

– On t'inscrit à l'Underground aujourd'hui. Pas d'entraînement.

Il fonce se changer dans sa salle de bains, prend une gorgée de vodka, pure, et range la flasque dans la poche intérieure de sa veste alors qu'on se prépare à partir. Exaspéré, j'appuie ma tête contre le dossier du canapé où je me suis assis pendant que Madame se prépare.

– Oz, il est sept heures du matin, je grogne.

Il fouille dans son bordel pour retrouver la carte de sa chambre avant de la fourrer aussi dans sa poche.

– Je suis un homme qui vit vingt-quatre heures sur vingt-quatre. Le matin n'est qu'une prolongation de la soirée.

Oz engloutit de l'alcool comme une personne normale respire.

– Comment ça se fait que vous soyez ici ? je lui demande alors que nous entrons dans l'ascenseur branlant.

– Les habitudes ont la peau dure. J'ai toujours été en ville pour l'ouverture de l'Underground ; je voulais aller voir et pleurer sur mon sort.

Je suppose qu'Oz est aussi indésirable que moi. Quand nous arrivons au vieil entrepôt meublé de deux tables où se font les inscriptions pour l'Underground, il remarque le silence. Il se répand comme un feu de forêt lorsque nous entrons dans la salle. Je commence à m'avancer vers les files d'attente devant les tables quand la voix d'Oz m'arrête.

– Attends un peu. On ne sait pas s'il y a des mines cachées.

Jetant un regard assassin à tous ceux qui attendent, je m'appuie contre le mur et observe pendant qu'Oz se tient sagement au fond. J'ai vu la plupart de ces combattants en vidéo, même si les plus grands, comme Tate, s'inscrivent plus tard dans la journée. Leurs places sont garanties, de toute façon. Nous sommes matinaux, donc nous arrivons à nous inscrire en une demi-heure.

– Tiens, mais c'est le magicien d'Oz, le petit ne va pas faire long feu, ricane un groupe de trois combattants plus âgés.

Je marche près d'Oz jusqu'à la sortie en les ignorant.

– Ce n'est pas de toi qu'ils se moquent, mais de moi.

– Oh, ils se moquent de moi aussi.

Il me lance un regard en coin.

– Je sais qui tu es. Certains de mes compétiteurs recherchent peut-être leur perle rare. Moi, ma perle rare m'a trouvé, parce que ces têtes de con avaient trop peur de le prendre.

– Et pourquoi vous m'avez pris ?

Il était bourré, je le voyais. Mais je voulais savoir, après tout je lui avais bien laissé voir mon tatouage.

– Rien à perdre. Plus rien à perdre.

Il me tape dans le dos et me donne mon programme.

– C'est ta première soirée. Qu'est-ce que tu en penses ?

Je regarde la feuille, et vérifie que j'ai un combat pour l'ouverture. Je vois alors le surnom qu'il m'a donné. Je m'esclaffe.

– Putain, vous aimez faire dans le dramatique, je lui dis en lui donnant une claque derrière la tête.

Il me rend ma claque.

– Complètement. Maintenant, fais honneur à ce nom. Apporte un peu d'excitation à tout ça. Montre-leur ce qu'il se passe quand deux moins que rien s'associent ; deux moins que rien contre le reste du monde.

– Eh, je m'offusque en grognant, on n'est pas des moins que rien. On est plus que rien. Tout le monde est plus que rien.

Il prend une longue gorgée de sa flasque alors que nous sortons sous le soleil.

– Plus que rien, ça ne suffit pas. Soyons les champions.

CHAPITRE 7
Le parc

REESE

Nous sommes déjà à la moitié de la semaine, et j'ai fait la moitié de ma session d'exercice quand je reçois un texto de Brooke :

Hey ! Super longue queue
à l'inscription pour l'Underground,
on s'arrêtera peut-être pour dîner
sur le retour. Ne nous attends pas,
mange à la maison avec Diane

C'est noté ! Je vais emmener Racer
au parc et je vous rejoins
à la maison + tard

Je pose mon téléphone et jette une fois de plus un regard sur toute la salle. Une pulsion surnaturelle me fait dépasser l'espace de muscu. Je passe entre les tapis de course, les vélos, vers les tapis de sols au bout, et les sacs de frappe. J'observe l'endroit où Maverick s'entraînait toujours. Il y a plusieurs mecs autour des sacs, maintenant. Aucun n'est aussi imposant, ou mystérieux que lui. Ni aussi sexy. Il est parti.

La déception s'abat sur moi. J'attends un peu, je regarde l'heure. Plus que cinq minutes avant d'aller chercher Racer.

Reese, tu fais la conne.

– Tu cherches ton ami ? Celui avec qui tu viens ?

– Je… Euh… Ouais.

– Il n'est pas venu.

– D'accord. Merci.

Je vais chercher Racer à la crèche, je rejoins Pete là-bas avec la poussette et nos casse-croûtes, puis j'installe Racer et je le pousse vers le parc. Il y a un coin que j'aime bien, à l'ombre d'un arbre. Je me dirige vers cet endroit.

– C'était bien aujourd'hui, à la crèche, Racer ?

– Oui.

Il cherche des chiens dans le parc, je le sais.

– C'est sympa ici, non ?

Je sors ses nounours de fruits et j'ouvre le sachet. Il plonge la main dedans.

– Racer, j'ai beaucoup couru aujourd'hui, et maintenant j'ai faim. Si je te raconte une histoire de plus ce soir, tu veux bien me donner un nounours ?

– Deux histoires, négocie-t-il.

– OK, deux histoires pour deux nounours ? je rétorque.

Il hésite, puis acquiesce et me laisse sortir deux nounours en regardant attentivement ma main. Je le laisse déplier mes doigts.

– Tu vois ? Deux.

Il me fait un sourire avec sa fossette que je pourrais croquer, et il continue à manger. Je les fourre dans ma bouche et commence à installer la couverture, mais je m'arrête d'un seul coup en voyant la silhouette qui fait des tractions sur un arbre.

Son tee-shirt remonte car il a les bras levés, et je vois parfaitement les carrés de ses abdos, durs comme du béton. Ses yeux extraordinaires s'enflamment et brillent lorsqu'il me voit à quelques mètres, non loin de l'arbre. Il se laisse tomber par terre, agile comme un chat et étonnamment silencieux, puis se relève de la position accroupie dans laquelle il a atterri, et ses yeux sont directs, intéressés et chauds. Non, pas chauds. Plus que cela. Mon estomac fait un salto quand ses lèvres remontent un peu. Il s'approche tranquillement et j'ai la sensation très étrange qu'il m'attendait. Mais… est-ce que c'est vrai ?

– Maverick.

– Mavewick ! répète Racer, en tendant son poing.

Il tape contre le poing de Racer.

– Mec. Sympa, ta casquette.

Il tapote la casquette des Yankees de Racer. Puis ses yeux se relèvent pour croiser mon regard. Mon ventre est agité, mais ce n'est pas à cause de la faim, plutôt à cause de ma nervosité ou de quelque chose comme… de l'appréhension.

– Je ne t'ai pas vu à la salle, aujourd'hui, dis-je.

Il secoue la tête.

– J’ai parlé à Oz.

– C’est vrai ?

Il me lance ce sourire discret et parfait, puis hoche la tête.

– C’est super.

– Ouais.

Nous nous sourions pendant quelques secondes délicieuses.

– Donc tu vas te battre pour l’ouverture ? je lui demande avec enthousiasme.

Il sort une feuille de la poche arrière de son jean.

– C’est moi.

Je prends la feuille et la regarde. Elle indique son acceptation des conditions et du règlement de l’Underground, précise le nom de son entraîneur, puis le sien. Un petit frisson dangereux parcourt mon échine quand je lis : *Maverick « le Vengeur » Cage*. Et Maverick « le Vengeur » Cage me regarde lire son papier en observant ma réaction. Mes mains sont soudain moites.

– Eh bien… Waouh.

Mon ventre frémit en voyant son nom, je ne sais pas pourquoi. Maverick Cage. Son nom est un paradoxe. Maverick veut dire « rebelle », et Cage… Ce Maverick-là sort de sa cage. Il remet la feuille dans sa poche.

– Il fallait que je le dise à quelqu’un.

– Et tu es venu me le dire à moi ? je réponds, perplexe.

Il me fixe, avec un regard intense.

– Cela ne serait pas arrivé sans toi.

– Ce n'est pas vrai du tout.

Il baisse les yeux vers la poussette.

– Je m'en serais surtout voulu si je ne l'avais pas dit à mon petit pote.

Il tape encore dans le poing de Racer et le petit glousse à cause de cette attention.

– Ses parents sont occupés, donc je dois le garder un peu plus longtemps, dis-je à Maverick.

Il garde les yeux fixés sur moi. Il a un visage obstiné et arrogant, mais quand il sourit, le plaisir adoucit ses traits granitiques. Et il sourit en ce moment. Oh la la…

– Donc ce n'est pas le tien, dit-il.

– Oh, non. J'aimerais bien !

Je ne peux pas réfléchir quand il me regarde. Je me sens toute nue. Comme s'il savait qu'il m'avait manqué. Comme s'il savait que lorsqu'il me regarde, je me sens bizarre. Bizarre et bizarrement sensuelle à l'intérieur. En réaction à lui. Je déplie ma couverture et je me penche pour l'aplatir par terre. Puis je me rends compte que mon cul est en l'air, l'Himalaya des culs, en plein dans son champ de vision. Dans des vêtements de sport moulants. Merde.

Il s'accroupit sur le bord de la couverture et ouvre la main.

– Tu partagerais cette couverture avec moi ?

Ses doigts sont encore pleins de cicatrices. Je ne sais pas pourquoi je n'arrête pas de les regarder.

La compassion serre mon ventre chaque fois que je vois ses bleus. Ses mains sont énormes. Il les plaque sur la couverture, puis bouge pour s'appuyer sur ses bras en arrière, et déplier ses jambes devant lui. Il y a d'autres couples autour, sur des couvertures. Cela me paraît intime lorsque je pose mes affaires, et je me sens rougir quand je sens qu'il me regarde m'installer à côté.

Il s'étale un petit peu plus et lève les yeux vers l'arbre, puis me regarde en silence. Je fouille dans le sac à pique-nique.

– Tu veux… de la bouffe pour enfants ? Sinon, j'ai…

Je sors mon Snickers d'urgence, que je suis fière de n'avoir toujours pas touché, et le tends vers lui.

– Plus une bouteille d'eau et un gobelet avec un couvercle.

Je passe le gobelet à Racer et donne l'eau à Maverick. Il la prend.

– Non, merci.

Il ouvre la bouteille et me la rend. Je secoue la tête. Je n'ai plus vraiment faim. Ni soif. J'ai encore l'impression que mon ventre est plein de papillons et c'est n'importe quoi, car je ne le connais même pas. Il se relève sur ses bras, les mouvements des muscles de son torse sont visibles à travers le coton de son tee-shirt.

– J'ai presque cru que tu étais arrivé à la salle et que tu t'étais fait virer.

– Pas encore. On verra demain, dit-il avec un sourire en coin.

Et je vois une pointe de joie dans ses yeux.

– Wee, et les canards ?

Je ramène mon attention sur Racer.

– C'est vrai. J'ai promis qu'on irait donner à manger aux canards aujourd'hui.

Je remballe rapidement nos affaires et dirige la poussette vers le lac. Il marche à côté de moi. Je le sens me regarder quand je m'arrête au distributeur pour remplir un gobelet de nourriture pour canards.

– Mavewick, fais-moi sortir, ordonne Racer.

Maverick le soulève et le pose sur ses pieds.

– Ne va pas dans l'eau, Racer, reste sur le bord, et ne les laisse pas te mordre les doigts. Fais comme ça…

Je lui montre comment mettre sa main à plat.

– Ou alors jette-le dans l'eau et regarde-les manger.

Il hoche la tête et commence à en jeter partout, et à faire courir les canards derrière les petits morceaux. Je m'assois par terre, et l'odeur d'herbe fraîche nous entoure alors que Maverick s'installe à mes côtés.

– Eh, je veux faire quelque chose pour toi.

– Quoi ?

Je ne me rappelle plus comment respirer. Je lui donne un moment pour s'expliquer, mais il ne fait que sourire. Son visage ouvert et amical me captive.

Mais ses yeux sont camouflés, prudents. J'essaie d'adopter un ton indifférent.

– Tu veux dire pour la salle de sport ? je demande.

Il hoche la tête.

– Pour ça. Et pour Oz.

– Oh.

Je secoue la tête en riant doucement.

– Ce n'est rien, vraiment.

Lorsqu'il me regarde, il a l'air curieux, et insatisfait d'une certaine façon. Mais son sourire est réellement reconnaissant.

– Crois-moi, ce n'est pas rien. C'est quelque chose, et ça me fait plaisir.

Sa gratitude honnête me donne tellement chaud. Je me sens impulsive.

– Je m'impose un entraînement intensif de vie saine, cet été. Tu as rencontré la nouvelle Reese, je m'entends balancer.

Waouh. Est-ce que je viens de dire ça ?

Je veux tellement qu'il partage des morceaux de lui avec moi que je suis en train de me mettre complètement à nu sans même qu'il me l'ait demandé. Heureusement qu'il l'accepte sans sourciller, avec une petite danse attirante dans les yeux.

– Comment était l'ancienne ? me demande-t-il naturellement.

Je hausse les épaules et secoue la tête, je ne veux pas vraiment me lancer là-dedans. Comme il ne fait rien pour meubler le silence qui s'installe entre nous, je n'ai d'autre choix que de lever les yeux vers lui. Je lève mes cils, et il me fixe, intrigué. Des cheveux chatouillent mon visage, et je les repousse, je me sens vraiment instable sous son regard.

– Aide-moi à me motiver et à maintenir ce rythme de vie sain, et on sera quittes, je suggère soudain.

Il secoue la tête avec un entêtement joueur.

– On n'est pas quittes. Je te suis encore redevable.

Il devient pensif, et cherche dans sa poche.

– Ouvre la main.

Il a l'air si intense que j'ouvre ma paume et le regarde y déposer quelque chose.

– Qu'est-ce que c'est ?

– Ma reconnaissance de dette.

Je regarde la pièce de monnaie au creux de ma main, puis je lève les yeux vers lui, perplexe. Sa voix est un peu plus rude et rauque, tout à coup.

– Je n'ai pas grand-chose pour le moment, mais j'ai ça.

– Pour les mauvais jours ? je demande.

– Pour n'importe quel jour[2].

Je ne comprends pas pourquoi il me donne cela. Les oreilles rouges, je baisse les yeux vers la pièce d'un penny, puis je le regarde. Ce que j'ai fait pour lui n'était rien du tout, vraiment. Il m'a juste semblé qu'il aimait vraiment faire du sport, et qu'il avait du talent.

---

2. Aux États-Unis, les pièces d'un penny sont considérées comme des porte-bonheur. Trouver un penny coté face porte chance.

Quand je relève la tête, il y a dans ses yeux quelque chose d'interdit et de presque suppliant… Il a besoin que je prenne cette pièce. Il a besoin de savoir qu'il peut me rembourser, d'une certaine façon. Je comprends qu'il a une fierté aussi grande que sa carrure. J'ai un peu mal dans la poitrine. Je hoche la tête, et referme mes doigts autour de la pièce car quelque chose me dit que Maverick « le Vengeur » Cage ne reprend jamais ce qu'il donne. Il me semble être un mec qui ne cède pas, qui ne lâche pas facilement.

– Je peux rentrer dans la salle de sport après la fermeture, avec ma carte.

Je m'entends dire cela, surprise par l'effet qu'il a sur moi, il me rend spontanée.

– Tu veux venir ? Quand je vais rentrer chez moi, je veux pouvoir m'acheter une nouvelle robe, une taille en-dessous de l'actuelle.

Il me regarde, reste silencieux, serre la mâchoire, puis ses yeux se perdent dans l'eau.

– Je suis partant.

Et nous restons assis là, à regarder Racer glousser et essayer de caresser les canards en leur donnant à manger. Et j'aime bien être ici. J'aime vraiment beaucoup être ici.

***

Nous nous retrouvons à la salle à vingt-et-une heures. J'ai pris mon dîner avec Racer, je l'ai laissé à ses parents, et j'ai dit à Brooke que je serais de retour à vingt-trois heures. Ce soir-là, la salle est complètement vide. Il y a une chose étrange dans l'air. Cela crépite entre nous. Autour de nous. Le silence ne fait que le magnifier.

Maverick descend la fermeture éclair de son sweat à capuche puis, à ma grande surprise, enlève son tee-shirt. Il attend une seconde et va le poser dans un coin. J'observe l'œuvre d'art dans son dos, subjuguée. La lumière est faible, mais je devine la forme d'un oiseau aux ailes déployées. Un oiseau qui a un autre symbole, un chiffre ou une lettre que je ne vois pas.

Il se retourne et me regarde. Il semble attendre que je dise quelque chose. Mais je ne peux pas. Il est beau, la beauté n'avait jamais eu d'image aussi claire pour moi. Il est la perfection dans une version entièrement masculine. Il est irréel, comme s'il faisait partie d'une autre espèce, et il émane de lui un air de rébellion et un côté implacable que l'on ne peut pas arrêter.

Il me regarde comme s'il était sincèrement surpris que je ne dise absolument rien.

– C'est un très beau tatouage.

Il fronce un peu les sourcils, en réfléchissant. Puis il sourit tout seul et se retourne. Quoi ? Il y a quelque chose que je n'ai pas compris ? Il me jette une paire de gants. J'en enfile un, et je galère pour mettre l'autre.

– Attends. Je vais te le mettre.

Je suis nerveuse quand nous sommes aussi proches. Je pourrais le toucher, d'ici. Sa main serre le gant autour de mon poignet, je suis vulnérable et j'ai envie de raconter des bêtises, alors que je n'aime pas beaucoup parler. Il me regarde.

Il se retourne, souffle doucement, puis fonce sur les sacs. Je suis impressionnée par son tatouage, par toute la partie de son dos qu'il recouvre. Un oiseau immense avec ses ailes déployées s'étale vers ses omoplates, et sa queue descend le long de sa colonne vertébrale. Une sorte de forme noire menaçante est placée sur le dos de l'oiseau, tandis que des flammes consument le bout des plumes de ses ailes.

J'ai l'impression qu'il me donne quelque chose. Un aperçu de quelque chose que personne d'autre n'a vu dans la salle de sport. Je garde les yeux rivés dessus, assoiffée, mes yeux observent le moindre centimètre de ce tatouage alors que les muscles du dos de Maverick travaillent en dessous.

Il frappe. L'énergie bouc en lui, elle augmente à chaque coup. Il n'y a que moi dans la salle. Et Maverick. Et mes idées cochonnes sur Maverick. Je déteste cette pensée et je me réprimande moi-même. Mais il n'y a plus d'espace dans la salle. C'est comme s'il prenait plus de place que celle que son corps occupe ; énormément plus. Lorsqu'il se déplace pour frapper l'autre côté du sac, les ailes de l'oiseau s'enflamment avec tous les mouvements des muscles de son dos tandis qu'il tape dans le sac de frappe. *Pam, bam, poum.*

Je décide de me mesurer à une poire de vitesse tout en me demandant où il trouve la force qui le pousse. Je me dépense sur la poire pendant environ une demi-heure, puis je viens m'installer sur le banc le plus près de lui, je m'allonge sur le côté et je soupire, je ferme les yeux car je suis épuisée, et j'entends le silence. J'ouvre les yeux, et il me fixe avec une expression complètement déconcertée. Il regarde ailleurs et souffle.

Quand il recommence, ses coups sont plus féroces. Je me sens agitée. Mon cerveau est obsédé par sa manière de bouger. La mèche de cheveux qui tombe sur son front quand il frappe. La façon dont il place ses pieds pour envoyer de grands coups. L'expression sur son visage qui fait que je l'imagine aussi concentré en faisant autre chose. En me faisant des choses. Oh mon Dieu, ce n'est pas ce que j'avais imaginé quand je me suis engagée pour un été à devenir une meilleure Reese.

Je me remets debout, surprise que mon corps me semble aussi solide que liquide.

– Je vais y aller, il faut que je parte.

Ses yeux glissent vers moi avec surprise, et soudain, sans se cacher, son regard descend et il fixe un point de sueur sous ma gorge, juste au-dessus de mes seins. Ses yeux passent sur ma poitrine puis remontent d'un coup, avec un éclair de frustration dans leurs profondeurs.

– Je vais rester jusqu'à être crevé.

Est-ce qu'il vient de mater mes seins ? Juste sous mon nez ?

– OK. Je… À bientôt. Je suppose. Montre-moi comment tu retires le premier gant quand tu as les deux ?

Je marche vers lui pour qu'il me montre. Erreur… Son odeur est délicieuse. Il sent la sueur et l'homme. Comme s'il venait de prendre une douche et qu'avec la chaleur de son corps, l'odeur de son savon et de son shampooing ressortaient. J'inspire profondément, je regarde son visage qui me fixe. Merde, est-ce qu'il a remarqué ? Pendant un instant, je crois voir de la chaleur dans ses yeux. Il parle alors à voix basse.

– Sers-toi de tes dents pour le scratch. Coince le gant sous ton autre bras et retire ta main.

J'essaie, je serre le gant sous mon bras en tirant et j'y arrive.

– Oh. Bonne astuce.

Je vais raccrocher les gants et je l'entends recommencer à frapper en partant. Je sors de la salle et regarde à l'intérieur, mais les fenêtres sont dépolies et m'empêchent de le voir.

CHAPITRE 8
Compulsion

REESE

Une fois, j'ai lu que les incohérences extérieures provoquaient des actions compulsives. Quand ils effectuent la même action et obtiennent des résultats différents, positifs et neutres ou négatifs, les gens vont effectuer ces actions plus compulsivement à la recherche d'un autre résultat positif.

Cela doit expliquer pourquoi je passe compulsivement tant de temps à la salle de sport. Chez les Tate, il y a une piscine, un court de tennis, un terrain de sport, et une salle de sport privée. Mais est-ce que je me suis servie de tout cela ? Non. Je répète à Brooke que c'est à cause du soleil, mais en vérité, une étrange pulsion me pousse à aller à la salle tous les matins. Et à le chercher. À la porte, qui m'attend. À l'intérieur à côté de la poire de vitesse, du sac de frappe, du ring. Mais rien.

Aujourd'hui, j'ai couru huit kilomètres. J'ai sué des seaux d'eau et il faut que j'aille chercher Racer dans dix minutes, mais j'attends compulsivement sur un banc, en buvant une boisson énergétique, et en me demandant si je ne le reverrai jamais. Et pourquoi cette idée me rend si triste. Comme si j'avais perdu quelque chose. Je finis ma bouteille quand un grand boxeur avec le crâne rasé et luisant, le torse plein de muscles gonflés, s'approche.

– Salut.

Je souris et sors mon téléphone en espérant qu'il va partir.

– Je m'appelle Trenton.

Il semble attendre une réaction.

– Twister, ajoute-t-il enfin.

Une fois de plus, je fais un sourire froid mais j'ai peur d'être malpolie, donc je finis par lâcher :

Reese.

– Reese, j'aime bien. Comment ça se fait que je ne t'aie jamais vue avant ? me demande-t-il en faisant un pas vers moi.

Il commence à me dire qu'il m'a vue le premier jour où je suis venue et a pensé que j'avais l'air de venir du sud, qu'il habite ici et combat dans l'Underground. Je hoche la tête, ce qui semble l'encourager, et il m'explique depuis combien de temps il s'entraîne quand je sens une piqûre dans ma nuque, puis quelque chose, ou plutôt quelqu'un, s'asseoir juste à côté de moi. Un jean, un tee-shirt noir, et tout un tas de Maverick Cage.

J'essaie d'ignorer la sensation de sa cuisse contre la mienne. Son épaule contre la mienne. C'est impossible de me concentrer sur la conversation maintenant. Comment ce mec peut-il s'asseoir là, sans rien dire, et plus attirer mon attention que tout le reste ? Son silence, sa présence, et sa façon de regarder Trenton avec les sourcils froncés font exploser une bulle dans mon ventre.

La voix de Trenton s'éteint, ses yeux brillent, un peu agacés, quand il regarde Maverick qui est plus grand, a un corps plus compact, mais est plus intimidant que ce qu'on imagine.

– On ne se connaît pas, dit Trenton platement.

– Non, répond Maverick.

– Je m'appelle Trenton, dit le mec fièrement.

Je n'entends pas de réponse. Je jette un œil sur le profil de Maverick et il reste assis là avec un regard qui émet clairement le message « tire-toi ». Il fixe le mec, imperturbable. Le gars plisse les yeux, mais Maverick n'arrête pas de le regarder de haut, bien qu'il soit assis et l'autre debout.

– Ouais, d'accord. Bon, c'était sympa de te rencontrer, me dit-il sur un ton qui laisse entendre que ce n'était pas si sympa que cela.

Il se retourne pour ramener ses muscles gonflés comme des ballons à l'autre bout de la salle. Maverick me regarde, et je suis tellement lâche que je n'arrive pas à trouver le courage de faire de même. Je suis encore en train d'analyser la situation. Il est si proche. Il ne me dit pas un mot, mais je le sens. Je ne sens que lui. Partout.

Je me demande s'il me sent. S'il est conscient de ma présence, même si ce n'est qu'à hauteur d'une fraction de la conscience que j'ai de lui. Je me tourne et le surprend en train de me regarder, l'urgence de détourner les yeux se fait pressante. Mais je ne cède pas, je soutiens son regard avec entêtement. Une éternité s'écoule, et ni l'un ni l'autre ne regardons ailleurs. À quoi pense-t-il ? Et est-ce vrai que celui qui baisse les yeux en premier se soumet ?

– Où est-ce que tu dors ? je demande, dans un extrême effort pour avoir l'air détendue.

– Juste en face.

Il fait un geste vers l'hôtel au coin de la rue, et je hoche la tête. Il se penche plus près, et cela me donne l'impression que nous sommes seuls dans une bulle, lui et moi.

– Et toi ?

– Chez ma cousine.

Pourquoi voulons-nous savoir où est l'autre ? Où il vit ? Où il dort ?

Je lui ai posé la question car, égoïstement, me demander où il est et ce qu'il fait me rend folle. Maintenant que je sais, peut-être que mon cerveau va enfin cesser de penser constamment à lui. Nous nous regardons encore un peu, presque comme si nous ne nous étions jamais vus. Ses yeux semblent affamés de mon visage. Je me sens affamée aussi, pas de nourriture, mais de quelque chose que je ne peux pas définir. Et que je n'avais jamais désiré avant. Il baisse la tête plus près de moi, et sa voix descend d'un ton.

– Pendant un combat… Tu peux deviner le prochain mouvement de quelqu'un en regardant dans ses yeux, dit-il doucement.

– On n'est pas en train de se battre.

– Non. C'est vrai.

Il me regarde, si profondément que j'ai l'impression qu'il m'a trouvée. Mais ce n'est pas le cas. Car ses yeux me fixent comme s'il essayait de me comprendre.

– Peut-être que le mouvement de ton adversaire dépend du tien, dis-je d'une voix qui devient rauque.

Invite-moi à sortir. Ou à aller au parc. Ou dis-moi simplement que pendant la saison, on se reverra peut-être. Nous partons dans trois jours et j'ai le sentiment que je ne le reverrai probablement jamais.

– N'importe quel mouvement ? me demande-t-il avec une pointe de provocation dans la voix.

– Non, pas n'importe lequel.

– Tu sais, Reese…

Il se penche en avant et pose ses coudes sur ses genoux. Ses épaules tirent sur le tee-shirt qui se tend sur ses muscles, et il me regarde de côté.

– Je connais des mouvements, m'informe-t-il avec prétention.

– Tes mouvements sont limités et ils ont tous un rapport avec les coups de poing. Donc je ne te crois pas.

– Crois-moi, dit-il en hochant la tête exagérément.

– Montre-moi, je le défie en souriant.

Il sourit aussi et se redresse, mais ses yeux s'assombrissent un peu et il secoue la tête.

– Pas ici.

Il y a une lueur étrange dans ses yeux quand il regarde mes lèvres pendant une seconde. Mes oreilles chauffent un peu, et je baisse les yeux sur son torse. Je suis terrifiée. Je suis euphorique. Il faut que je change de sujet, et vite. Je remonte les yeux pour trouver les siens, métalliques, qui me regardent.

– Comment va Oz ?

– Il m'attend.

Pourtant, il reste immobile à côté de moi. Il ne part pas. Au lieu de cela, il se met à froncer les sourcils puis fait un signe vers Twister avec sa mâchoire forte.

– Je vais le foutre en l'air, à l'ouverture ce week-end, donc ne t'attache pas trop à lui.

Je rigole.

– Tu ne te prends pas pour n'importe qui.

Son sourire s'élargit, mais il plisse les yeux pour m'avertir, et me dit d'une voix sombre et éraillée :

– Ris tant que tu veux. Mais je vais lui péter le nez, la mâchoire, et le reste de sa gueule. Ne t'attache pas trop à aucun de ces trous du cul. Je ne voudrais pas te briser le cœur.

– Aucun risque ! Et mon cœur est bien gardé, derrière des murailles, je te promets.

Je lève mes deux doigts croisés.

– Ouais, c’est ça.

Il fait semblant de me faire les gros yeux, puis prend un regard noir pour de vrai.

– Sérieusement. Ne t’attache à aucun de ces gars.

S’il n’était pas aussi obsédé par le combat, je me dirais qu’il est jaloux, mais sur un plan strictement professionnel. Il veut que je le soutienne, et c’est en partie le cas, en tout cas assez pour ne pas vouloir lui dire que je ne peux soutenir personne d’autre que Remy. Parce qu’il fait partie de la famille. Donc au lieu de lui promettre, je fronce les sourcils et je le pousse alors que nous nous dirigeons tous les deux vers la sortie.

– Va-t’en, petite brute. Va taper sur tes sacs.

Avec un début de sourire, il me tient la porte ouverte, et une fois dehors il se retourne pour partir.

Je me sens perdue et mal dans ma peau en le regardant s’éloigner. Je le regarde traverser la rue pour rejoindre son hôtel, en luttant contre l’envie de crier son nom. Maverick se retourne brièvement pour me regarder sur le trottoir d’en face. Il lève son index et fait un cercle avec, et je comprends que cela veut dire « demain ». Je sens un coup dans mon cœur, je lève mon index à mon tour et fais le même mouvement, soudain toute excitée.

Demain.

CHAPITRE 9
Lire dans ses pensées

REESE

Bien que j'aie encore passé une nuit d'insomnie, à rêver d'oiseaux, de chair mâle et transpirante avec des plumes d'oiseaux en mouvement, je suis super motivée. Comme si j'étais alimentée par autre chose que le sommeil. Quelque chose comme… de l'impatience ? De l'excitation ? *Quoi que ce soit, Reese, vas-y.* Toute ma vie, j'ai voulu changer mais je résistais à l'effort de le faire. Ou peut-être que j'avais peur de qui je pourrais devenir. Je change, maintenant.

C'est peut-être la pièce de monnaie. Trouver un penny, c'est censé porter chance. Mais s'il y a bien une chose pour laquelle je m'estime encore plus chanceuse, c'est que l'on m'ait donné une pièce qui fait office de chèque en blanc. Je regarde le petit bout de cuivre dans ma main avec un pic de joie dans la poitrine.

– Qu'est-ce que c'est ? demande Brooke.

– Je l'ai trouvée par terre.

Je lui mens car je serais gênée de lui dire que j'ai rencontré un mec. Elle poserait des questions sur lui, qui il est, et je ne saurais pas quoi répondre. Ce n'est pas comme ça entre nous. Pas du tout.

***

Nous nous retrouvons devant l'entrée de la salle. Mon cœur s'accélère quand je le vois appuyé contre les vitres, avec un pantalon de survêtement sombre et un sweat bleu électrique, il m'attend. Il lève la tête, et sous sa capuche, je vois ses yeux s'illuminer un peu à ma vue. Nous sourions.

– Prête ?

C'est tout ce qu'il me demande. Un seul mot. Un mot avec cette voix profonde, sombre, qui gronde, qui active les récepteurs de mon cerveau, et d'autres… plus gênants. J'acquiesce et comme nous entrons dans la salle, nos épaules se frôlent à peine et mes récepteurs sont inondés d'une chose chaude et incontrôlable.

Le ring d'entraînement est déjà pris, donc je me dirige vers les tapis de course et lui vers les tapis de sol. Décidée à transpirer, j'alterne entre course et marche ; je le regarde, la seule personne que je vois réellement dans cette salle pleine de gens en sueur, et je n'arrive pas à m'habituer au fait qu'il n'arrête pas de me regarder. Lorsque j'ai fini et que je vais préparer mes affaires, il vient me voir.

– Mon premier combat est dimanche.

Il me regarde avec un sourire retenu et une lueur heureuse dans les yeux.

– J'ai deux jours pour m'entraîner, je vais le faire avec Oz.

– OK.

Il regarde ma bouche et repart de l'autre côté de la salle.

– Et je suppose qu'on ne se verra plus, je lance pour qu'il s'arrête. Bonne chance, Maverick.

Bonne chance, le Vengeur...

Nos regards restent fixés l'un à l'autre pendant une éternité. Puis Maverick me fait ce petit hochement de tête lent et arrogant, comme il l'a fait le jour où je l'ai rencontré, un signe de tête qui semble vouloir dire « merci », et lorsqu'il me sourit avec ses yeux métalliques et lumineux, mes oreilles commencent à chauffer et je baisse la tête. Je me retourne et m'en vais, je me sens heureuse pour lui et étonnamment triste pour moi.

***

Il y a des changements dans ma vie. Des changements positifs.

Miles m'a envoyé un texto, récemment. Il veut venir me rendre visite. Peut-être qu'il pensait que je serais toujours là, et que maintenant je lui manque. Mon corps me fait mal partout à cause de tous les exercices que je fais. J'ai plus d'énergie et j'ai perdu un peu de fesses, je suis contente. Mais c'est LUI qui s'immisce dans mes pensées ce soir, alors que la maison est si silencieuse que j'entends le doux clapotement de la pluie sur le toit, allongée dans mon lit en me demandant si je le reverrai un jour.

J'ai été scolarisée dans une école privée. Nous étions 460 élèves, entre le collège et le lycée. Tous les ans, des groupes se formaient, des groupes où je n'arrivais jamais vraiment à m'intégrer. J'étais en manque de lien, et ma timidité n'aidait pas. Ma discrétion n'aidait pas. Les gens confondent timide avec ennuyeux. Discret, avec le fait de n'avoir rien à dire, et par conséquent rien à ressentir. Ils me voyaient muette comme une lampe, donc pour eux, j'étais une lampe. Je ne me suis jamais vue comme une lampe, peut-être comme une ampoule. Mais je n'avais jamais réussi à trouver l'interrupteur jusqu'à aujourd'hui.

Je n'avais jamais pensé qu'il existait un autre être humain assez taiseux pour me donner l'impression de m'entendre. Je n'avais jamais pensé que quelqu'un d'autre que moi pourrait m'aider à trouver l'interrupteur. Est-ce pour cela que je le trouve si intrigant ? C'est pour cela que j'ai l'impression de le connaître ? Pour cela qu'il me rend si attentive ? À lui ? Et à moi, à mon corps ? Les battements de mon cœur, mon souffle, mon… sexe ! Il s'empare de tout.

C'est comme si mon corps ne m'appartenait plus ; il s'enfuit. Il réagit au moindre regard, au moindre sourire ou son de sa voix. Qu'est-ce qui ne va pas chez moi ? Miles et moi, cela fonctionnerait. Mais Maverick est tellement viril… *Voilà ce qu'il se passe quand tu ne perds pas ta virginité avant la fin du lycée, Reese.* C'est comme si j'étais au régime et que j'avais une envie irrésistible de ce que je ne peux pas avoir. C'est pour cela que je suis si… fébrile, ces derniers temps. Maverick Cage respire le sexe, et j'ai vécu une vie sans sexe. Il est comme le Snickers que je n'ai pas mangé depuis des semaines.

J'ai eu maintes occasions d'avoir des relations. En première. En seconde. Même en troisième, et en terminale. Des gars ont voulu coucher avec moi, Lex Kent, et Julian Parish au bal de promo. Ils ont voulu coucher avec moi, mais je ne voulais pas coucher avec eux. Ils m'ont embrassée, touchée et j'avais un peu eu l'impression qu'ils se servaient de moi. Je ne voulais pas que l'on se serve de moi. Je voulais que l'on me comprenne, que l'on me connaisse. Et je voulais que l'on m'aime.

***

Depuis deux jours, l'équipe est occupée à faire les valises et à se préparer pour le premier combat. Remy n'est quasi jamais là. Brooke n'arrête pas de m'envoyer des messages dans la journée :

Comment va Racer ?

Tres bien ! ;D on joue avec les trains

Oh, lui et ses trains. fais-lui un calin
de ma part. J'essaierai de rentrer
avant qu'il s'endorme.

Quand Diane commence à préparer le dîner, Racer, elle et moi sommes les seuls à la maison. J'ai appris qu'elle est avec l'équipe depuis plus de dix ans. Son attitude est tellement chaleureuse et naturelle, elle est comme la maman de tout le monde.

– Tu n'es pas une bavarde, hein ? dit Diane en s'affairant dans la cuisine tandis que je l'aide à couper les légumes.

Je souris.

– Je suppose.

– Réservée avec les inconnus, ou juste discrète ?

– Discrète.

– Surtout, dis-moi si je t'embête.

– Non, pas du tout. Tu peux m'expliquer un peu tout ça ?

Je fais un signe de la main vers l'îlot de cuisine plein de légumes et de six ou sept faux-filets qu'elle fait mariner dans des sacs de congélation.

– Remy consomme plus de protéines en une journée qu'une personne normale en une semaine. Il s'entraîne toute la journée et sa nutrition est aussi importante que ses exercices, dit-elle en sortant un plateau où elle dispose des tranches de patates douces en deux lignes parfaites avant de les recouvrir d'un filet d'huile d'olive et d'une pointe d'herbes fraîchement pilées. Toute la cuisine est emplie de l'odeur du romarin et des poivrons, et j'aime cette impression d'avoir les poumons propres chaque fois que j'inspire.

– Vous êtes tous tellement proches, dis-je en la regardant glisser la plaque dans le four.

Puis j'y écrase le basilic pour l'assaisonnement des pâtes aux courgettes qu'elle prépare.

– On est comme une famille. Avec ses hauts et ses bas, j'imagine.

– Quels bas ?

– Remy est caractériel, mais il ne ferait pas de mal à une mouche. Il a juste ses humeurs. Mais Brooke sait comment s'y prendre avec lui. Il ferait n'importe quoi pour elle.

– Ça se voit, admets-je.

– Et toi ? Tu as laissé un garçon à la maison ? demande-t-elle malicieusement avec des yeux brillants et un sourire « confidences entre filles ».

Miles.

– Peut-être, dis-je.

Je finis avec le basilic, puis je vais me laver les mains et les essuyer.

– Qu'est-ce que ça veut dire, « peut-être » ?

– C'est un ami, mais je crois que j'en veux plus. C'est dur de changer les choses quand on s'est fait reléguer dans la friendzone. Je n'arrive pas à faire en sorte qu'il me voie différemment.

– Tu es une belle fille. Ne te case pas tant que tu n'as pas trouvé le grand amour.

Le grand amour. Tout le monde en parle comme si c'était tout noir ou tout blanc, mais comment le reconnaît-on ? Je fais un effort pour faire avancer les choses. Ce qui veut dire que peut-être, en ce moment même, je devrais être en train d'envoyer un message à Miles pour savoir pourquoi il veut venir. Mais peut-être, juste peut-être, que je devrais lui manquer un peu plus. Peut-être que cela devrait être lui qui m'envoie un message. Je suis convaincue qu'il faut se battre pour ce que l'on veut, mais je n'ai pas envie de m'adonner à un match de ping-pong inutile avec des textos qui ne veulent rien dire.

Au lieu de cela, je sors la pièce de Maverick et la fais tourner dans ma main, en me demandant ce qu'il fait en ce moment, et en me disant que je serais prête à payer cher pour savoir à quoi il pense.

CHAPITRE 10

L'entraînement avec Oz

MAVERICK

Nous nous entraînons dans un garage, les cartons d'un côté, les sacs au milieu de la pièce. Personne ne me regarde. Personne ne m'interrompt. Personne ne me distrait. D'abord, le saut à la corde, en avant, en arrière, sur le côté.

– Stop.

Je m'arrête, dégoulinant de sueur, et vais prendre la poire de vitesse. Des images de mon père. Je le vois dans son lit d'hôpital. Des images de ma mère. Elle, à la porte quand j'ai quitté la maison. Des images des coachs avant qu'ils me claquent la porte au nez ; *tu ne seras jamais assez bon*. Je boxe dans le vide. Contre lui. Je cours. Les poids. Planche, pompes, tractions, abdos. Et des images d'elle. *C'est un très beau tatouage*... Des images d'elle. *Bonne chance, Maverick*... Des images d'elle. Des yeux bleu clair qui me regardent, des lèvres roses qui disent « *Il est avec moi* ».

– Attaque personnellement si un des combattants devient épineux, dit Oz.

Je fais des abdos, en soufflant par la bouche.

– Et si tu arrives jusqu'à Tate, ne le laisse pas te fatiguer. Il a une endurance, on n'a jamais vu ça. Juste après avoir frappé, il est invisible ; il est là une seconde, puis il disparaît. Tu ne le lâches jamais des yeux, compris ?

Nous prenons une pause déjeuner de quarante minutes, et Oz passe quelques cassettes sur une vielle télé portative. Tate, dans son peignoir rouge cramoisi, marche le long du chemin de béton qui mène à l'arène et au ring. Vêtu de jaune, Apocalypse arrive à son tour. Ils tapent leurs gants. La cloche retentit. Apocalypse donne un direct. Tate bouge son épaule, il esquive. Apocalypse envoie un autre direct, plus haut. Tate tourne la tête, en fronçant les sourcils. Il lance une gauche, un coup direct, puis une droite qui fait craquer sa mâchoire. Les coups laissent Apocalypse sonné. Il commence à les bloquer, à reculer. Tate est clairement l'agresseur. Il s'en prend à Apocalypse jusqu'à le presser contre les cordes, et il lui balance plusieurs coups. Dans les côtes, le ventre.

– Tate va devoir apprendre comment tomber, putain, et rester par terre, marmonne Oz en faisant avance rapide jusqu'à un autre moment, où Tate a amené Apocalypse dans les cordes.

Le poing de Tate fait une boucle. Un dernier coup. Apocalypse s'apprête à tomber. C'est la fin du round. Tate recule jusqu'à son tabouret et prend un vaporisateur d'eau. Apocalypse s'assoit sur son tabouret aussi, sanguinolent, en secouant la tête vers son coach. Il ne se relèvera pas et crache son protège-dents. Le présentateur commence à hurler le nom du vainqueur. « Riiipti… » Oz coupe la vidéo, et je commence à renfiler mes gants.

– Le plus souvent, quand Riptide se bat, il sort sans aucune trace sur le visage. C'est le plus grand qu'on ait connu.

– Je serai meilleur.

– Tu es présomptueux.

Il s'approche pour resserrer mes gants autour de mes poignets, puis me donne une claque à l'arrière de la tête, assez sobre pour me lancer un regard noir.

– Garde l'arrogance pour les filles.

– C'est ce que je fais, putain.

– C'est vrai ? demande-t-il, soudain intéressé. Quelles filles ?

– Une fille. Rien qu'une.

– Comment elle s'appelle ?

Je secoue la tête et vise le sac de frappe.

Désolé, Oz, mais elle n'est qu'à moi.

CHAPITRE 11

L'Underground à distance

REESE

Ce soir, dans ma chambre, je me pose beaucoup de questions sur l'Underground. Les Tate voulaient avoir facilement accès au combat inaugural, donc ils nous ont pris un hôtel cinq étoiles dans le centre-ville.

Apparemment il existe beaucoup de circuits de combats. Dans celui-ci, on se bat par saisons, deux par an ; en été et en hiver. Le printemps et l'automne sont des périodes d'entraînement. Les matchs se déroulent à différents endroits ; on commence par l'inaugural à Seattle ce soir, jusqu'au combat final qui aura lieu à New York cette année. Tous les soirs, si un combattant gagne, il a la chance de se battre contre un autre adversaire, puis un autre, jusqu'à abandonner ou perdre. Cela veut dire que les meilleurs se battent à la fin, sinon, les autres n'auraient aucune chance d'avancer. Les bons débutants peuvent grimper jusqu'à se battre contre les plus gros. D'après ce que j'ai compris, il n'y qu'une seule personne qui n'a pas été vaincue une seule fois depuis trois ans. Remy Tate.

La suite est étrangement silencieuse car toute l'équipe, à l'exception de Diane, Racer et moi, est allée assister au premier combat.

J'ai failli m'évanouir quand Remy est sorti avec son sac de sport et sa tenue de combat. En le voyant passer devant moi comme une bête, je m'inquiète des coups que Maverick pourrait recevoir. Je suis stressée pour Maverick. J'ai mis Racer au lit. Je lui ai lu un livre sur les trains, puis je suis même allée chercher des encas sucrés ; le genre que l'on ne trouve pas dans la cuisine des Tate. J'essaie de regarder la télé. J'ai posé la télécommande et je regarde par la fenêtre quand, quelques heures plus tard, j'entends l'équipe revenir dans la suite.

En général, je ne sais pas de quoi ils parlent, je préfère jouer avec les trains et glousser devant le sourire et les yeux brillants de Racer. J'ai envie de croquer sa fossette et de manger sa grosse joue en même temps. Mais ce soir, Racer dort déjà et je suis bien trop curieuse pour retourner tout de suite dans ma chambre. Remington est trempé et fonce directement vers la cuisine pour s'hydrater. Il est silencieux, satisfait, et Brooke n'a pas l'air crevée. Donc je suis sûre que cela s'est bien passé, ce soir. Lorsqu'elle va voir Racer, je reste avec les gars, à essayer de décider si je devrais leur demander.

– Beaucoup de nouveaux. Avec le Scorpion qui n'est plus là et Parker la Terreur encore à l'hôpital, ils pensent tous qu'ils ont leurs chances pour la finale cette année.

– C'est un tas de petits débiles, dit Coach Lupe.

– Qu'est-ce que tu as pensé de la nouvelle star, Coach ? demande Pete avec curiosité.

– On voit qu'il a été blessé dans son cœur et dans son esprit. Il retient tellement de colère que ses muscles en ont pratiquement des spasmes.

Maverick ?

– Il a le feu. Tu crois qu'il pense arriver à combattre Riptide ? demande Riley.

Coach gratte sa tête chauve.

– Il va devoir en faire tomber des dizaines pour avoir une chance. Les bleus ne se battent pas contre le champion, à moins de vraiment tout défoncer.

– Oz était carrément en train de ronfler derrière les cordes.

Pete secoue la tête d'un air désapprobateur. Oh mon Dieu. Oui, ils parlent de lui. Ils parlent de mon Maverick. Mon Maverick ? Non, pas le mien. Du tout. Mais mon ami. Enfin peut-être mon ami.

– Qu'est-ce qu'on sait sur ce gars ? demande alors Pete, en sortant son téléphone comme pour prendre des notes.

– De certain ? demande Coach. Rien. Tu as vu son tatouage ?

– Ça ne peut pas vouloir dire ce qu'on pense. Rem ne s'inquiète pas, réplique Pete.

– Parce que c'est mon boulot de m'inquiéter pour nous tous, grogne Coach.

Je touche la pièce dans ma poche. J'ai une envie soudaine de glace au chocolat et à la vanille. Je me dirige vers la cuisine pour chercher quelque chose dans les placards.

– Tu as besoin de quelque chose, Reese ? demande Diane.

– Je cherche quelque chose à grignoter. De diététique ! je lui précise. Certainement pas du chocolat ou de la glace.

– J'ai de la glace à la vanille au lait d'amande. C'est assez bon, et il y a moins de calories que dans la glace normale. Une cuillère ? Deux ?

– Une, réponds-je en levant deux doigts.

Elle rit. Je prends le bol dans ma chambre et je fixe la glace en pensant à lui. *Maverick.* Cage. Maverick est en dehors des sentiers battus, mais en cage, comme piégé. Je pense à son tatouage représentant un oiseau et imagine des doigts qui le caressent. À qui sont ces doigts ? À moi. Puis des lèvres qui se posent dessus. À qui sont ces lèvres ? À moi. Il serait meilleur que cette glace à la vanille, et j'ai soudain l'impression qu'il est le seul à pouvoir satisfaire ce besoin insatiable qu'il provoque chez moi. Mais je suis certaine que je ne peux pas l'avoir, tout comme je ne peux pas manger de glace normale.

Je tiens le bol dans mes mains tout en tendant l'oreille pour entendre le reste de la conversation dans le salon. Remington Tate est le roi du ring. Imbattable depuis des années. Il s'entraîne comme si sa vie en dépendait, et se bat comme si c'était sa raison de vivre. C'est une icône de l'Underground et un combattant incomparable. D'abord boxeur, banni à cause de son caractère ingérable, il s'est désormais fait un nom dans l'Underground, pouvant rivaliser contre n'importe quel champion en poids lourd, welter ou moyen. Il se bat dans des méga combats, qui attirent des méga foules ; et entre ses sourires prétentieux à fossettes et sa façon de réduire ses adversaires en bouillie, les combats sensationnels qu'il donne à voir engendrent beaucoup d'argent. Maverick, en revanche, ne s'était jamais battu de sa vie avant ce soir.

Je ressors de la chambre et reste dans le coin alors que les quatre gars (Coach, Riley, Pete et Remington) sont assis sur le canapé et tous penchés sur quelque chose. Brooke est debout à côté, le bras de Remy autour de sa taille. Ils regardent les combats sur le téléphone de Coach. Ils évaluent tous les combattants.

Maverick ? J'ai tellement envie de voir que j'en ai mal aux yeux.

– Premier combat. Pas assez pour voir ses vraies faiblesses. Ce qui est sûr, c'est qu'il manque de patience, dit Coach.

– Reviens au début, dit Remington.

Il regarde l'écran et lâche une petite exclamation, impressionné.

– Ouais. Tu vas peut-être avoir un vrai challenge.

Remy marmonne quelque chose, se lève, et s'en va tout en gardant la main sur le cul de Brooke jusqu'à leur chambre.

– Qu'est-ce qu'il a dit ? demande Coach aux deux autres.

– Il a dit « C'est franchement pas trop tôt ».

Pete et Riley échangent un regard.

– En tout cas, si c'est Oz qui recoud la plaie ouverte du petit, le pauvre gamin va perdre un œil, déclare Coach en se levant et prenant sa veste.

Mon cœur se retourne dans ma poitrine.

– Il a quelque chose à prouver, lui.

Coach leur lance un regard grave.

– Si son père est vraiment celui qu'on pense, évidemment qu'il n'a pas digéré.

Il me remarque et pendant un instant, il semble ne pas comprendre pourquoi je suis là.

– Reese, c'est ça ?

– Oui.

Je leur souris à tous les trois.

– Félicitations.

– Viens avec nous la prochaine fois, dit Riley. Je te promets que c'est une sacrée expérience.

– Peux pas. Apparemment, Racer est dans une phase « j'ai besoin de Reese pour dormir ». Je suis son nouveau doudou.

Je retourne rapidement dans la cuisine et je demande un sac isotherme à Diane pour y mettre un pot de glace, puis je vais frapper à la porte de la grande chambre. J'entends la douche couler lorsque Brooke vient ouvrir avec une serviette autour d'elle. Je me force à ne pas regarder à l'intérieur car quand je suis près d'eux, j'ai presque l'impression de m'immiscer dans l'incroyable réaction chimique qui se produit entre Remy et sa femme.

– Je peux aller marcher un peu ? Racer est dans son lit. J'ai envie de brûler quelques calories.

– Bien sûr, mais…

Elle jette un œil dans la chambre comme pour regarder l'heure.

– Ça ira, je lui affirme, en plongeant la main dans mon sac.

Je sors la bombe lacrymogène qu'elle m'a donnée. Elle fait un grand sourire.

– Bon, d'accord. Tu as tout ce qu'il faut. Fais attention, Reese. Sois revenue dans une heure ou je vais faire exploser ton téléphone.

– Oui !

Je traverse le salon et sors de la suite.

CHAPITRE 12
Premiers soins

REESE

Vingt minutes plus tard, je suis dans le hall de son hôtel. Je fais semblant d'être sa meuf, la neuneu qui a oublié le numéro de sa chambre, vient d'arriver et veut lui faire une surprise. Comme je suis jeune et que j'ai l'air gentille, les employés tombent dans le panneau et me donnent le numéro de la chambre, et trois minutes après, je suis une boule de nerfs qui frappe à sa porte. « Mais fais-le », j'entends, dans un grognement grave. Même à travers la porte, la voix du mec me donne des frissons. *Pourquoi tu es venue ici, Reese ?*

– Maverick.

Je frappe encore :

– Maverick, c'est moi.

S'ensuit un silence total, au point que je me demande si je n'ai pas rêvé les bruits que je viens d'entendre dans la chambre. Il lâche un juron et trois battements de cœur plus tard, la porte s'ouvre.

Maverick Cage se tient devant moi, complètement immobile. Grand. Transpirant. Et intimidant.

Son sourcil saigne, l'œil en-dessous est gonflé et bleu, et la puissance du regard dans son autre œil est absolue ; elle pourrait me faire tomber à la renverse si je n'étais pas aussi déterminée à rentrer et l'aider. Il me faut un moment pour me rendre compte que pendant que je restais là comme une idiote, il me regardait des pieds à la tête. Une chaleur s'empare alors de tout mon corps.

– Qu'est-ce que tu fais là ?

Sa voix est aussi râpeuse que du papier de verre. Il y a tout un monde de frustration dans l'expression de son visage. Son cou est large, bronzé, il saigne et il est torse nu, tellement bien foutu. Et glorieux. Tous ses muscles sont affûtés et durs comme la pierre, recouverts par la peau la plus lisse et dorée que j'aie jamais vue. Ses tétons… *Non, tu ne vas pas mater ses petits tétons marrons et dressés, Reese !*

– Je sais coudre, je m'exclame. Je veux dire, des vêtements et des trucs comme ça, mais… quand je suis venue ici, ma cousine a insisté pour que j'apprenne les gestes de premiers secours.

Son œil parcourt mon corps encore une fois et il attend une seconde. C'est une seconde tellement longue que dans ma tête, j'ai le temps de quitter l'hôtel avant qu'il ouvre la porte plus grand.

– Entre.

Il est réticent à me laisser entrer dans son espace, et je suis soudain tout aussi réticente en avançant.

Si je pensais avoir une meilleure idée de qui il est en venant, j'étais loin du compte. L'endroit est aussi vide que peut l'être une chambre d'hôtel propre, sauf qu'elle est pleine d'équipement de boxe. Un sac de sport à côté d'un fauteuil, dans un coin. Des bouteilles d'eau et des boissons énergétiques. Une trousse de secours ouverte et pleine de matériel qui semble avoir été dérangé car on en a sorti quelque chose.

Voir le lit dans lequel il dort me donne un sentiment étrange dans la poitrine. Comme si quelqu'un m'y avait donné un coup de poing. Une paire de gants de boxe noirs est posée sur la table de chevet, à côté d'une autre paire semblable mais plus vieille. Ils ont l'air très vieux, abîmés et déchirés aux poignets, rafistolés avec du scotch argenté. Ce n'est pas le genre de gants avec lesquels on se bat. Ils ont l'air plus vieux que Maverick.

Au milieu de la chambre à la décoration spartiate, un homme d'une cinquantaine d'année est debout avec une petite aiguille brillante et un fil bleu et fin entre les mains. L'homme a du ventre et ses yeux, injectés de sang, sont perdus quand il me regarde comme s'il n'était pas sûr que je sois vraiment dans la pièce, ou dans sa tête.

– Salut, Oz, dis-je.

Il plisse les yeux.

– Et toi, tu es ?

– Vous ne me connaissez pas, mais tout le monde vous connaît.

Il souffle.

– Vraiment ? Je suis le ringard, hein ? Je fais mon grand retour, tu vas voir un peu.

Il boit une gorgée de sa flasque en argent. Maverick me fait un demi-sourire et va prendre l'aiguille des mains d'Oz. Quand il s'approche de moi avec, je me demande soudain ce qui m'a poussée à venir l'aider. J'ai cousu des coussins, pas de la chair humaine.

– Fais de ton pire, dit-il en haussant son sourcil valide avec un air de défi.

– Elle a été stérilisée ? je demande en essayant de me concentrer sur l'aiguille qu'il vient de me donner.

Pas sur le fait que Maverick est trop proche. Pas sur le fait qu'il me regarde avec plus d'intérêt que jamais. Il ouvre le tiroir de la table de nuit, prend un briquet, l'allume, passe la flamme sur l'aiguille pour la stériliser, puis il marche jusqu'à un sac de glaçons et y plonge l'aiguille pour la refroidir immédiatement.

– Je suis impressionnée.

Nos doigts se frôlent lorsqu'il me rend l'aiguille, puis il s'assoit sur le fauteuil près de la fenêtre. J'essaie de garder un pouls régulier en nettoyant la blessure.

– Pas d'hôpital pour toi, hein ? je murmure.

– Je ne veux pas y aller pour guérir et encore moins pour mourir.

Sa voix est basse mais ferme, si proche que son souffle passe sur mon visage ; et il est tellement chaud. J'arrête de sourire quand je le vois me regarder et je sens ce retournement étrange dans mon ventre.

Sois forte, Reese. S'il peut prendre les coups, tu peux bien faire un peu de couture. Tu pourrais même supporter son regard. Je me tiens entre ses jambes écartées. Il porte un short et… Oh. Merde. Ses cuisses sont massives et bombées comme un roc. Il est assis, la lumière jaune de la pièce se reflète sur ses cheveux, ses genoux sont égratignés. Je vois les poils sur ses jambes bronzées. Son torse est trempé de sueur. Je suis debout, et sa tête est au niveau de mon cou. À chaque centimètre qui me rapproche de lui, je suis de plus en plus nerveuse. Ma main tremble un peu. Je sais que ça va faire mal, mais il n'y a pas d'inquiétude dans ses yeux. Presque comme s'il était insensible à la douleur.

Baisse les yeux, dis-je.

Il s'exécute mais ça ne m'aide pas du tout. Je n'arrive pas à me concentrer car je ne sais pas sur quoi sont posés ses yeux maintenant, mais mes lèvres me picotent. Cela picote. Est-ce qu'il regarde mes lèvres ? Je sens son regard sur moi, en moi, comme s'il avait des rayons X dans les yeux. Je pose les doigts sur le front de Maverick et il ne réagit pas. J'inspire, je retiens mon souffle, et je transperce sa peau du bout de l'aiguille, en grimaçant intérieurement. Il ne bouge pas. Il me regarde en silence tandis que je ressors l'aiguille. Et que je perce encore sa peau.

– Tu vas avoir une cicatrice, je murmure tristement.

Il tend le bras et enroule sa main blessée autour de ma taille comme pour me stabiliser, et je ne peux pas retenir le frisson immédiat qui fait trembler mon corps. *Comporte-toi correctement !* Ma main a arrêté de recoudre tandis que j'essaie de comprendre ce qui me déstabilise au plus profond de moi.

Son petit doigt a réussi à passer sous mon tee-shirt, les autres sont au-dessus. Le bout de son doigt est un peu rêche. Il m'agrippe un peu plus fort et il me tire plus près. Mon souffle s'arrête, puis je comprends qu'il me tient pour que je puisse terminer. Et je n'y arriverai pas si je continue à me concentrer sur le fait que mes nichons sont en plein sur sa tête !

Je transperce encore sa peau, plus vite cette fois, et j'essaie de coudre le plus serré possible pour que cela cicatrise mieux. Et le plus vite possible, pour que je puisse sortir de là. Il inspire un grand coup. Je m'arrête.

– Je te fais mal.

Sa tête se penche un peu en arrière, ses yeux remontent vers les miens et il y a tellement de chaleur dedans. Personne ne m'avait jamais regardée comme ça.

– Tu as fini ? demande-t-il, d'une voix crispée, comme si sa seule hâte était que cela se termine.

Mais ses doigts me serrent plus près de lui, jusqu'à ce que mon genou soit contre… son entrejambe. Je serre les lèvres et ramène mon attention sur sa peau. Je fais douze points de suture au total. Alors que mon cœur galope dans ma poitrine aussi vite que Seabiscuit[3], je prie pour qu'il ne le remarque pas.

– Voilà. Tu survivras pour combattre un jour de plus.

Je recule et traverse la moitié de la pièce en cherchant quelque chose à dire.

– J'ai apporté de la glace, pour fêter ça. C'était ton premier combat à l'Underground. Raconte-moi !

Je sors le pot de glace. Il se penche en avant, les coudes sur ses genoux, et me regarde avec curiosité.

– Ça n'avait rien de spécial.

Il replie ses doigts et regarde attentivement mon visage. Puis Oz dit :

– C'était spectaculaire ! Il en a mis trois K.-O. !

Les yeux de Maverick sautent sur Oz, avec une étincelle assez forte pour faire fondre de l'acier. Il lâche un grognement énervé et secoue la tête.

– Pas assez.

– Mieux que n'importe quel débutant depuis très longtemps. Tu as cassé Twister en un seul round.

3. Seabiscuit (23 mai 1933 -17 mai 1947) est un cheval de course pur-sang américain. Il défraya la chronique au cours des années 1930, et son parcours hors du commun fit de lui une figure populaire auprès du public américain alors frappé par la Grande Dépression.

Il fixe Maverick, qui me fixe, moi.

– Twister ? je demande, impressionnée.

– Je vais t'appeler un taxi pour que tu puisses rentrer, Oz, lui dit Maverick.

Je remarque son regard insistant vers la porte. Les sourcils d'Oz s'envolent. Les miens aussi. Maverick est imperturbable. J'ai le sentiment très étrange qu'il veut être seul avec moi. Un nœud de panique se forme dans mes tripes. Et aussi de l'excitation. Et du désir.

– Gamin, je me débrouillais déjà tout seul avant que tu sois né, donc va te faire foutre. Je peux me trouver un taxi.

Oz referme la trousse de secours en la faisant claquer, la prend sous son bras tout en avalant une autre gorgée de sa flasque et attrape son manteau.

– Au revoir, Oz, dit Maverick, et lorsque la porte claque derrière un Oz grommelant, il me regarde et sourit.

Je sors la glace. Pitié, faites qu'il ne me sourie plus jamais ainsi. Nous sommes tellement seuls, et c'est tellement silencieux, et il est tellement… torse nu.

– Qu'est-ce que tu fais là ? me demande-t-il, toujours souriant.

– Les cuillères en plastiques, je réponds, comme si c'était la meilleure invention de tous les temps.

J'ignore volontairement sa question et j'en fais des tonnes dans mon observation des cuillères, comme s'il y avait une différence entre les deux, et je lui en tends enfin une. Il me regarde, la prend entre son pouce et son index. Je sens presque une connexion lorsque nous tenons tous les deux la cuillère en même temps. Ce qui est ridicule.

– C'est diététique, dis-je alors qu'il plonge la cuillère dans le pot.

Il la fourre dans sa bouche. Je le regarde, indécise.

– C'est bon ?

Il prend une autre cuillère et fronce les sourcils, comme s'il réfléchissait à la question.

– Parle-moi du combat.

– Pourquoi ?

Sa voix est dure et sèche, contrairement à la glace fraîche qu'il mange.

– J'ai envie de savoir. Comment c'était ? je demande.

– Pourquoi tu ne manges pas ?

– Je…

Je regarde la glace. Il lève sa cuillère vers moi. Mes yeux s'écarquillent. Mes lèvres s'entrouvrent. Et quand il avance la cuillère, je laisse la crème glacée glisser sur ma langue. Je l'avale et prends ma propre cuillère, et engloutis nerveusement une autre bouchée.

– Parle-moi du combat, je répète. Je parie que tu as déjà des fans.

– Désolé de te décevoir.

– Oh, attends. Tu dois bien remarquer les filles.

– Oh, je remarque.

Il fait un grand sourire, avec des étoiles dans les yeux.

– C'est une distraction dont je n'ai pas besoin.

Je ne m'attendais pas à cet aveu de la part d'un mec aussi jeune et outrageusement sexy que lui. Pourtant, Maverick est tellement concentré sur sa carrière que je le crois quand il dit que coucher avec des filles n'est pas une priorité. Pour lui, cela doit être facile et accessible. Mais se battre dans l'Underground au niveau où il veut combattre, c'est autre chose. Pour une raison inconnue, je ressens une nouvelle connexion avec lui et je m'entends admettre quelque chose que je n'ai jamais dit, pas même à Miles.

– Je suis vierge, je chuchote.

Ses sourcils sautent, il y a de la surprise sur son visage, mêlée à du respect et à autre chose que je n'arrive pas à déchiffrer. Je rougis jusqu'aux oreilles. Il ouvre la bouche comme s'il cherchait ses mots, et une grimace perplexe plisse son front quand il demande enfin :

– Pourquoi ?

– Je n'aime pas mon corps, je crois. Et cela devrait signifier quelque chose, n'être pas simplement… un bon moment.

– Qu'est-ce que tu peux ne pas aimer dans ton corps ?

Je hausse les épaules.

– Sérieusement, Reese ? demande-t-il doucement, incrédule.

Je ris nerveusement, et je hoche la tête avec un sourire.

– Sérieusement, Maverick.

Je parle plus avec ce gars que je n'ai jamais parlé avec personne. Parce que je veux écouter et le faire parler aussi. Écouter prend un tout nouveau sens, avec lui. Parler aussi. Les mots. Les regards. Les tons de voix. Un tout nouveau sens. Il soutient mon regard. Nous nous regardons dans les yeux pendant des siècles. La chambre rétrécit, et ses mains s'étalent sur ses genoux tandis que ses pouces s'agitent sur ses deux jambes. Je ne sais pas quoi faire de mes mains, de mes yeux, de ma peau.

Pour la première fois de ma vie, je suis consciente qu'au plus profond de moi, je souffre. Puis Maverick jette un œil dans la pièce avec une grimace et passe nerveusement une main dans sa nuque.

– Désolé pour la chambre.

– Oh non, elle est bien. Cosy.

– J'ai dépensé toutes mes économies pour aider mon père.

– Je… Je suis désolée. Qu'est-ce qu'il s'est passé ?

– Une merde, on va dire.

– Je suis désolée, Maverick.

Ses yeux croisent les miens, et je détecte une drôle d'expression sur son visage quand je l'appelle Maverick. C'est un regard si hésitant que je m'arrête et ai immédiatement envie de retirer ce que j'ai dit.

– Tu préfères que je t'appelle Cage ? Tu… t'es raidi quand j'ai dit ton nom.

– Je préférerais que tu me parles de toi, dit-il, en s'avançant sur le fauteuil. Qu'est-ce que tu cherches ?

– Qu'est-ce que tu veux dire ?

– Tu es là, le soir. Qu'est-ce que tu cherches ?

– Un ami.

– Je ne suis pas très amical.

– Mais tu ne caches pas qui tu es, et j'aime bien ça.

– Tu ne gagneras rien avec moi.

– Ce n'est pas grave. J'ai un penny. Et au moins, je peux manger de la glace sans que tu ailles le dire à ma mère.

Nous mangeons encore un peu. Je remarque les vieux gants abîmés sur la table de nuit et je me lève pour aller les toucher.

– Ils ne sont pas à moi. Les miens sont là.

Il se penche en arrière pour prendre les autres, me tend la paire de gants neufs, et pose les vieux sur le côté.

– Les vieux étaient à mon père.

Je jette un œil sur les gants. Eh bien, il a dû casser la tête de pas mal de gens avec.

– Il devait être bon.

Quand il parle de son père, il y a des nuages dans ses yeux, que j'ai envie de dissiper.

– Je ne l'ai jamais vu combattre, mais j'ai vu quelques vidéos sur Internet. À ses débuts, il était bon. Sans être le meilleur.

– Et tu veux être le meilleur.

– Je veux être une légende.

– Tu ne serais pas un peu ambitieux ?

Il rigole doucement. Mon téléphone sonne.

– Il faut que j'y aille. Je n'avais qu'une heure.

Je réponds au téléphone.

– Salut, je suis en route, tout va bien.

Je raccroche, et vole un dernier regard vers lui.

– Désolée. C'est énervant mais ma mère a demandé à ma cousine de me surveiller de près.

– Ne t'excuse pas, c'est bien qu'elles en aient quelque chose à foutre.

Son honnêteté me fait soudain réaliser qu'à mon départ, il sera seul dans cette chambre. Je compare cela aux allées et venues de tout le monde chez les Tate et je secoue la tête, étourdie.

– Tu n'as personne ?

Il hausse les épaules et enfile un tee-shirt.

– Je vais te raccompagner.

C'est le trajet de taxi le plus tendu de ma vie. Maverick et moi nous taisons tous les deux tandis que le taxi se dirige vers l'hôtel des Tate, mais nous nous regardons régulièrement. Chaque fois que nos yeux se croisent, nous sourions. Mon corps se serre à certains endroits et j'ai une gêne entre les jambes. Je regarde la peau que j'ai recousue au-dessus de son œil et je me sens bizarrement très possessive avec lui.

Je remarque, quand il saute hors du taxi pour me raccompagner dans le hall jusqu'à l'ascenseur, que des gens le regardent marcher à côté de moi. Il y a quelque chose chez lui qui attire l'attention. Même de loin. Sa confiance en lui, son allure, sa démarche, son corps, son visage, et ses yeux. Je ne veux pas que l'équipe le voie. Alors au moment où nous arrivons devant l'ascenseur, je me retourne pour le regarder juste avant d'appuyer sur le bouton avec une flèche vers le haut.

– C'est bon. Je vais monter.

À cet instant, mon téléphone se remet à vibrer. Je commence à m'inquiéter. Et si Brooke avait déjà envoyé la cavalerie, c'est-à-dire Pete et Riley, me chercher ? Je jette un œil à mon portable avec crainte. Mais c'est le nom de Miles que je lis sur mon écran. Je me dépêche de ranger le téléphone. Maverick hausse un sourcil, et me regarde avec des yeux souriants.

– Ta cousine ?

– Non. Un garçon de chez moi.

Et Miles ressemble tellement à un petit garçon comparé à Maverick. Maverick est un peu gamin par moments, mais tellement viril, tellement adulte et mature. Je me demande ce qui l'a fait mûrir aussi vite. Une tragédie qui lui a donné ce regard, celui qui met les gens en garde de ne pas s'approcher. Qui leur dit qu'ils ne pourront jamais être proches. Comme s'il était plongé dans ses pensées, Maverick regarde en l'air puis ramène ses yeux sur moi.

– La prochaine fois, je prendrai un bel hôtel comme ici.

– La prochaine fois ?

– La prochaine fois que tu viendras.

Ses yeux descendent là où j'ai rangé mon portable, puis reviennent sur mon visage. Est-ce que c'était… de la jalousie ?

– On part pour la prochaine ville demain.

Il hoche la tête. Je ne sais pas où il a l'intention de s'entraîner, mais c'est le seul endroit où je peux le voir. Je sors :

– Je serai au Body Factory Gym à Denver. Je pourrai te faire rentrer là-bas aussi.

Ses yeux s'inondent de tendresse.

– Certains pourraient facilement profiter de ta gentillesse.

– Au fond je ne suis pas sympa.

– Tu es sympa de partout.

Ses yeux passent sur mon corps, et mes orteils se replient quand ses yeux atteignent mes pieds, puis il se reprend, serre la mâchoire, et lève des yeux sincères et étonnamment confus vers moi.

– Je ne veux pas être sympa. Je veux être le contraire de sympa. Classe, unique et inoubliable. Les gens confondent la gentillesse et la faiblesse, et je ne suis pas faible.

Un homme aussi dur que Maverick doit détester la faiblesse.

– Je ne crois pas que tu sois faible. Il faut de la force pour être gentil, dit-il sur un ton hautain.

Mais dans ses yeux, je lis l'approbation. Je veux qu'il dise ce qu'il pense de moi, mais je ne suis peut-être pas prête à le savoir. Si c'est du mal, ça va me tuer, et si c'est du bien, je vais devenir folle. Folle.

– Je n'y serai que dans trois jours. On se verra là-bas.

Il s'en va. *Ne le regarde pas partir, Reese. Ne regarde pas son dos en V et son beau petit cul, Reese.* Bien sûr je fais les deux, et mon cœur fait des cabrioles lorsqu'un groupe de mecs entre et que Maverick me regarde par-dessus son épaule. Il reste là, à me fixer jusqu'à ce que je monte dans l'ascenseur. Au moment où les portes se referment, je le vois se retourner et lever la main pour toucher sa blessure. Un instant volé. C'est ce qu'il vient de se passer entre lui et moi. Mais je veux plus qu'un instant. Et je ne veux pas le voler. Je veux qu'il soit à nous. Je regarde encore le texto de Miles et je range mon téléphone sans répondre.

Cette nuit-là, je rêve de nous mangeant de la glace.

– Tu veux que je te dise quelque chose ?

Maverick laisse tomber la cuillère dans le pot et touche ma bouche avec sa main.

– Je veux t'embrasser juste là.

– Pourquoi ici ?

– Ça me semble un bon point de départ.

Et lorsqu'il pose ses lèvres sur les miennes, je me réveille, comme si c'était une réalité si improbable qu'elle ne peut même pas exister dans mes rêves.

CHAPITRE 13
Première paie

MAVERICK

Je n'ai pas appelé ma mère. Je ne voulais pas l'inquiéter. Maintenant, nous sommes dans la chambre d'hôtel bordélique d'Oz après être allés chercher notre paie et je regarde mon premier chèque de 18 005 dollars.

Je le glisse dans une enveloppe et j'écris un mot.

Mon premier chèque. Il est pour toi.
Maverick

– Tu es sûr que tu ne veux pas en garder un peu ? me demande Oz d'un air dubitatif.

– Nan, elle en a plus besoin que moi.

– Tu as l'intention de lui envoyer tous tes chèques ?

– Le plus possible, oui.

Je le regarde en plissant les yeux tandis qu'Oz pose sa tête sur le dossier du canapé et regarde le plafond.

– Quand tu en arriveras à affronter Tate, on parlera d'un chèque qui aura six, peut-être même sept chiffres dessus, pas cinq.

– Le prochain est pour moi. Je nous installerai dans un bel hôtel comme les grands combattants.

– Pour que tu puisses la faire venir ?

– Ouais, pour que je puisse la faire venir.

Il soupire.

– Les filles bien ne sortent pas avec des boxeurs.

– Les boxeurs ont des femmes bien.

– Un. Il n'y en a qu'un : Riptide.

Il hausse les sourcils avec un air de provocation.

– Tous les autres sont divorcés, comme moi, ajoute-t-il en secouant la tête. Quand tu gagnes ta vie en te battant, c'est comme si toute ta vie était en guerre, ça déborde sur ta vie personnelle.

– Comme mon père.

Il reste silencieux, puis ouvre sa flasque et prend une longue gorgée.

– Qu'est-ce que tu sais sur mon père ?

– Oh non, pas ça.

Oz ricane et se lève pour partir, le sale lâche. Mais avant, il me donne une claque dans le dos.

– Tu ne me paies pas pour ça, dit-il en m'observant. Et tu ne veux pas savoir.

– Si, je veux savoir.

Il soupire et réfléchit un moment.

– Il est devenu complètement dingue après être resté trop longtemps dans le monde du combat. Il est devenu…

Il cherche ses mots.

– Une terreur.

– La drogue ?

Il renifle, prend une autre gorgée, mais il fronce les sourcils en regardant la flasque et la retourne pour constater qu'elle est vide.

– Il se battait salement, j'ai vu les vidéos, lui dis-je.

– Tu ne te bats pas comme lui. Tu as plus de bon en toi qu'il n'en a jamais eu. Tu te bats mieux que lui. C'est tout ce que tu as besoin de savoir.

Il trouve une bouteille à moitié vide et remplit sa flasque.

– Oz, putain, mec, dis-je.

Il lève sa flasque comme pour porter un toast.

– J'emmène mon bébé au lit, je vais la laisser s'occuper de moi jusqu'à être de bonne humeur.

Je soupire, puis je retourne l'enveloppe et écris l'adresse de ma mère.

CHAPITRE 14

Un greyhound pour Denver

MAVERICK

Deux jours plus tard, nous sommes au fond d'un bus, en route pour Denver. Oz fait une sieste. J'ai mes écouteurs dans les oreilles, je regarde mon père se battre contre Riptide sur le ring. J'ai visionné ces vidéos un million de fois. Je cherche des faiblesses. Il n'en a aucune. Il est rapide, mon père a du mal à garder l'équilibre quand il prend un coup. Si je tiens le coup contre dix combattants la prochaine fois, je peux arriver jusqu'à lui. Face à face. Je pourrai me battre contre lui. Je pourrai voir exactement ce qu'il a dans le ventre. Ou plutôt je pourrais voir ce que moi, j'ai dans le ventre.

Je soupire et verrouille mon téléphone, puis je pose mon front contre la vitre et regarde dehors, sans vraiment rien voir d'autre qu'elle. Elle est dans ma tête. Elle a dit « Il est avec moi » mais maintenant, c'est elle qui est avec moi. Elle est là quand je vais au lit, là quand je me réveille. Je passe mon pouce sur ma blessure. Ses yeux quand elle me recousait. Ses lèvres qui se referment sur la cuillère et lèchent la glace à la vanille. Mon esprit part dans tous les sens mais il finit toujours avec elle.

Elle qui me regarde combattre. Elle dans une belle chambre avec moi. Sur un beau lit. Et moi, qui l'embrasse d'une façon pas très « sympa ». Qui l'entends faire des bruits tout sauf gentils.

Elle souffle quand elle fait de l'exercice, et fait un bruit particulier quand elle fait un effort, presque un gémissement, puis elle soupire quand elle reprend son souffle, et elle est ce que j'ai vu de plus sexy dans une salle de sport ou ailleurs. Elle a une toute petite taille que je pourrais tenir entre mes deux mains et le cul le plus exquis. Il rebondit quand elle court, ainsi que ses seins délectables. C'est une bombe, faite pour baiser. Je ne peux pas la regarder sans imaginer à quoi elle ressemblerait en-dessous de moi.

Je passe une main sur mon visage, ressors mon téléphone, et j'essaie de me concentrer sur l'homme que je dois battre. Mais je pense encore à cette fille sympa qui ne veut pas être gentille. Une fille qui veut être inoubliable et ne se rend pas compte qu'elle l'est déjà.

CHAPITRE 15

Comme on se retrouve

REESE

Nous sommes maintenant à Denver. Le temps y est fabuleux, en été. Tout est vert, le vent est frais et propre. Cela fait cinq jours que je n'ai pas vu Maverick Cage, mais moins d'une seconde que je n'ai pas pensé à lui. À chaque instant de la journée, il est dans la ligne de mire de mon cerveau. Je ne comprends pas cette obsession pour lui, pourquoi je suis aussi consciente du fait qu'il est loin. Je vis avec la curiosité de savoir ce qu'il fait et avec une langueur aiguë dans mon corps qui grandit à mesure que les jours passent sans le voir.

Il m'a fallu toute une journée pour inscrire Racer dans la crèche parfaite à Denver, car Brooke veut qu'il interagisse avec d'autres petits enfants mais aussi qu'il soit près de l'endroit où Remy et elle s'entraînent, et de la salle de sport de l'équipe.

Je suis au Body Factory Gym quand je le vois arriver. Il tend une carte à l'entrée et je comprends qu'il s'est inscrit. Je suis presque déçue qu'il n'ait plus besoin de moi. Je regarde ailleurs, je reprends mon souffle, et je me retourne vers lui, en attendant qu'il me voit.

Il range sa carte, signe le papier, et je vois la femme essayer de flirter avec lui, et Maverick… oh putain, Maverick lui sourit. Puis il entre. Il ne m'a pas vue mais regarde les tapis de course, où je suis d'habitude. Sauf qu'aujourd'hui, je suis sur un tapis de Pilates. Je m'assois puis me relève maladroitement.

Et ses yeux me trouvent. Je suis… trouvée. Et vivante. Et nerveuse. Cela fait une éternité. *Très, très longtemps que tu ne m'as pas regardée.* Quand il me regarde, il semble arrêter de respirer. Il m'observe pendant une seconde tendue, et me dévore avec ses yeux qui ratissent mon corps. Mes seins sentent son regard. Mon sexe aussi. Et mon cœur. Ses doigts se serrent et il glisse ses mains dans les poches de son survêtement.

Je voudrais avoir l'air détendue, mais je ne peux pas. Je suis submergée par la joie. Je suis submergée par lui. Je m'approche, mon sourire me fait mal au visage.

– Maverick Cage, dis-je dans un souffle excité. Tu m'as manqué.

Mais merde, Reese, tu ne viens pas de dire ça ! Mes yeux s'écarquillent immédiatement lorsque les siens s'allument aussi, de surprise. Je baisse la tête et cherche quelque chose à dire quand je me rends compte que… *Tu mates son entrejambe, Reese !*

– Merde, je lance.

– Quoi ? demande-t-il.

Je relève mon visage vers le sien, rouge de honte, pour le voir arborer ce sourire tellement masculin, et je me retourne vers les tapis de course.

– Eh, dit-il en prenant mon poignet.

Je glisse ma main dans la poche de son sweat pour y prendre son iPod et ses écouteurs.

– J'ai vraiment besoin de ça plus que toi, pour le moment, dis-je pour m'excuser, puis je les mets dans mes oreilles écarlates et saute sur un tapis.

Mon tapis de course est face à lui. Il est toujours là, debout, et me regarde d'un air amusé. Je ne sais pas quelle sorte d'attraction il possède, quel type de pouvoir il a sur moi. Je le veux pour mon anniversaire et pour Noël. Oh mon dieu, qu'est-ce qu'il m'arrive ?

Il est l'image, l'odeur et la sensation les plus parfaites au monde et je peux presque sentir son goût dans l'air. *Je ne veux pas t'aimer, Maverick. Je ne veux pas que tu te retournes, Maverick.* Il se retourne, et oui, je l'aime vraiment beaucoup, et je ne sais pas quoi faire pour que cela soit réciproque. Il est tout en dureté face ma douceur. Je me sens encore plus ronde car il est tellement musclé.

En se déplaçant dans l'espace d'exercice, il enlève son sweat à capuche et le tee-shirt qu'il porte en-dessous se relève un peu, laissant entrevoir les carrés de béton de ses abdos. À cet instant, j'ai tellement conscience de mes formes ; pourquoi est-ce que je ne peux pas avoir le corps de Brooke ?

J'avais commencé à arrêter de manger à l'époque où Miles m'avait fait le coup de M. Darcy. *Reese est chouette, mais je les préfère plus fines, même si elle est carrément baisable.* Sympa…

J'ai perdu un ou deux kilos depuis la soirée à l'hôtel, et en ce moment je n'ai pas faim. J'ai perdu l'appétit. J'ai développé une nouvelle addiction, une nouvelle obsession, et elle est plus dangereuse pour moi que la nourriture a pu l'être. Plus dangereuse que n'importe quelle addiction que j'ai connue.

Et je garde les yeux rivés sur mon addiction, je ressens des choses clairement pas sympas, je remarque qu'il boit sa bouteille doucement et regarde les autres boxeurs taper dans le sac de frappe en attendant son tour. Il caresse inconsciemment la blessure que j'ai recousue, avec son pouce.

Il pose sa bouteille puis récupère son sweat à capuche, comme s'il venait de prendre une décision. Il vient vers moi.

– Allez, on sort d'ici, dit il. Il y a un sentier pas loin.

– Mais…

Je suis choquée.

– Et tes sacs de frappe ?

– Je me bats demain. C'est mon jour de récupération.

J'éteins le tapis de course et en descends.

– Dans ce cas, j'espère que tes jambes ont de l'énergie. Car tu vas devoir me rattraper.

Nous sortons et je le regarde du coin de l'œil tandis que nous avançons sur le sentier, avec le soleil de midi qui tape au-dessus de nous pendant les quelques minutes qu'il nous faut avant d'être à l'abri sous les arbres.

– J'aime bien passer du temps avec toi, je marmonne.

– Moi aussi.

Il me sourit de côté, et je ressens ce sourire dans toutes les parties sexuelles de mon corps.

– Waouh, regarde cette vue.

Je m'arrête et admire toutes les étendues verdoyantes à l'horizon. Cela fait une vingtaine de minutes que nous remontons le chemin, et il nous en faudra autant pour redescendre.

– Il faut que je sois revenue dans vingt minutes, sinon Racer va s'impatienter.

– Qu'est-ce qu'il pense de Denver ?

– Il aime bien. Il est obsédé par les montagnes. Et toi, tu fais de la randonnée quand tu ne donnes pas de coups de poing ?

– Pas vraiment…

Il laisse sa phrase en suspens avec mystère, puis me jette un regard observateur avant d'ajouter, d'une voix douce comme la brise :

– Je te voulais pour moi tout seul.

Je m'arrête.

– Quoi ? Pourquoi ?

Je m'étouffe de rire. Il ne sourit pas, mais semble amusé, honnête et si masculin, avec ses yeux légèrement sombres.

– Tu sais pourquoi.

– Vraiment ? dis-je en secouant ma tête avec stupéfaction. Peut-être que je veux juste te l'entendre dire.

– Pourquoi ?

Ses lèvres tressautent un peu.

– Parce que…

Je cherche une raison, en essayant de reprendre mon souffle.

– Peut-être que j'aime bien ta voix ?

Soudain il est dans mon espace, me fait reculer, avec un regard décidé. Mon cul himalayen s'arrête contre un arbre et je sursaute quand il appuie son bras contre l'écorce. Il coince mon corps entre lui et l'arbre. Tout mon souffle s'échappe quand l'avant de son corps entre en contact avec le mien. Mes tétons réagissent si violemment qu'ils me font mal. Tout à coup, je sens des odeurs de forêt, de terre et de Maverick Cage.

Il me regarde pendant un moment, avec une expression tendue, les feuilles de la végétation qui nous entoure bruissent dans le vent, et dissimulent heureusement le bruit de ma respiration qui s'accélère. Maverick baisse les yeux pour qu'ils soient face aux miens, il ne me touche pas avec ses mains, seul son corps me maintient en place.

– Je veux passer les vingt minutes qu'il nous reste à t'embrasser, Reese, dit-il d'une voix profonde, rugueuse et irrésistible.

Mais c'est son regard, semblant me demander la permission, qui m'achève.

– Tu es attiré par moi ? je demande, incrédule.

Il dit, comme si c'était évident et difficile à supporter pour lui :

– Très attiré par toi, Reese.

– Je…

Je détourne le regard, intensément attentive à la dureté du moindre centimètre de son corps collé au mien. Je ne m'attendais pas à cela. Je suis abasourdie. Je suis un tas de braises sur ce chemin, je vais laisser une partie de moi à cet endroit précis.

Il penche lentement sa tête en avant, et je tourne la tête par réflexe, juste un centimètre, car j'ai peur de sentir ses lèvres sur les miennes. Peur de ce que cela va me faire. À la place, il effleure ma mâchoire avec ses lèvres. J'entends un gémissement s'élever de ma gorge. Il expire, se recule, et m'observe pendant un moment.

Son regard est sexuel, il penche la tête et passe sinueusement, chaudement, ses lèvres sur ma tempe, jusqu'à mon front, où il dépose un baiser avec ses lèvres douces et fermes pressées contre ma peau pour dix secondes parfaites, terrifiantes, palpitantes. Ma gorge est serrée, et j'ai envie de le supplier de ne pas s'arrêter lorsqu'il s'éloigne d'un centimètre et m'étudie avec des yeux où brillent de la jalousie et de la possessivité.

– C'est à cause de lui ?

Non. C'est à cause de toi. Tu me rends irresponsable. J'aime bien ça. Mais j'ai peur.

– Peut-être, je réponds à la place en avalant ma salive.

Je m'appuie contre l'arbre, et lutte pour faire fonctionner mes genoux.

– Il est comment ?

Je ne me rappelle même pas de Miles, et cela m'inquiète. Je mets encore plus de distance entre nous en recommençant à marcher.

– Il est…

Je cherche mes mots.

– Le garçon de chez toi, dit-il, avec une lueur méchamment joyeuse dans les yeux.

– Je sais de qui on parle, Mav.

Je lève les yeux au ciel, et il rit doucement, satisfait que je ne me rappelle plus.

– Il est… Pas comme toi.

Quand j'ai rencontré Miles, j'étais seule dans la cafétéria de la fac et j'ai vu ce gars, tout beau tout propre, appeler deux garçons et une fille, ses amis, pour qu'ils le suivent. Ils l'ont suivi jusqu'à ma table.

– Ça ne t'embête pas si on s'assoit ici ? avait-il demandé.

Et j'ai hoché la tête, et lorsqu'il a dit « Je m'appelle Miles », j'ai pensé qu'enfin, quelqu'un me comprenait. Pour une fois, quelqu'un s'était demandé si j'avais un intérêt.

J'ai honte de lui avouer que je suis si facile. Aussi facilement charmée par une chose si simple. Un nom ou une pièce de monnaie, un regard venu d'yeux argentés et d'un mec si franc qu'il me dit qu'il veut m'avoir à lui tout seul pour m'embrasser. Il tire une feuille d'un arbre en passant, la découpe minutieusement, puis la jette en fronçant les sourcils.

– Ce qui veut dire ?

– Il est plus raffiné.

– Tu veux dire qu'il a de l'argent.

Avec la mâchoire visiblement crispée, il attrape une autre feuille et la jette tout de suite par terre.

– Non. Il n'est pas… primitif. On ne le trouverait jamais dans une baston.

– Parce qu'il perdrait.

Je souris et regarde mes pieds tandis que nous redescendons le sentier.

– Tu lui fais confiance ? Il se soucie de toi autant que moi ? insiste-t-il.

Je le regarde avec de grands yeux.

– Qu'est-ce que tu fais ?

– J'évalue mes concurrents, dit-il simplement.

– Il n'y a pas de concurrence, dis-je en mentant. Je le connais depuis longtemps et je viens de te rencontrer. Je ne peux pas t'aimer plus que lui. Je ne suis pas amoureuse de lui, si c'est ce que tu veux dire. Mais j'ai toujours pensé qu'on pourrait avoir plus ensemble et que ça pourrait marcher.

– Il t'appelle souvent ?

Il a un air renfrogné depuis que j'ai dit qu'il n'y avait pas de compétition possible et je n'en reviens pas de la facilité avec laquelle j'ai sorti ce mensonge, sachant que je suis moi-même très mal à l'aise. Je m'arrête net et je me tiens face à lui alors qu'il se retourne et fait la même chose, grand et sexy.

– Il n'appelle pas… souvent, admets-je.

Jamais. Il n'envoie que des textos, maintenant que j'y pense. Maverick expire, ses yeux s'assombrissent encore plus, et il se remet à avancer, et parcourt la distance qui nous sépare en trois pas. Putain. Sa démarche. Sa voix. Son regard.

– Je pense à toi.

Il tend le bras et touche mon visage avec sa main couverte de bleus. Tous les doigts de Maverick Cage sont sur mon visage.

– Je pense beaucoup à toi.

Il examine ma figure et son pouce caresse mon menton très rapidement, mais si puissamment que mes genoux sont comme du gâteau.

– Je pense à t'embrasser, dit-il.

J'ai l'impression qu'il m'embrasse en ce moment même, avec ses yeux métalliques. Qu'il m'embrasse et me fait voler. Ses lèvres sont tellement belles que tout à coup, je ne peux plus les lâcher des yeux. Je tremble et, quand il le remarque, ses yeux s'allument un peu comme un prédateur, je baisse le regard et me remets à descendre le chemin obstinément.

Nous ne parlons pas jusqu'au bout du sentier. Tout ce temps, Maverick sourit de son côté. Est-ce qu'il se dit que Miles n'est pas un concurrent sérieux ? Pourquoi a-t-il l'air aussi suffisant ? Parce qu'il m'a vue trembler ?

– Maverick ?

– Reese ?

Ses lèvres remontent. J'ai envie d'effacer son rictus de supériorité. Je me penche, pose mes bras sur ses épaules, dures comme la pierre, et embrasse sa mâchoire.

– Comme baiser, c'est tout ce que tu auras.

Je ponctue les mots suivants de quelques bisous de plus.

– Sur cette… mâchoire… très dure.

Je n'ai jamais été aussi audacieuse, avant. Il a fallu toute ma volonté pour réaliser ma pulsion, et je n'ai plus la force de me retourner et de le regarder en partant. Mais lorsqu'il prononce mon nom, je m'arrête et ferme les yeux.

– Reese ?

Je reprends mes esprits avant de me retourner, et quand je le fais, Maverick baise mes lèvres avec ses yeux. Son regard les caresse avec tant de nonchalance que le temps s'arrête. J'ai le souffle coupé. Mes genoux sont instables au moment où il remonte son regard incandescent vers mes yeux. Il rattrape la distance qui nous sépare en trois grandes enjambées et baisse la tête devant moi.

– Donne-moi un vrai baiser, pour me porter chance.

– Quoi ?

Il fixe à nouveau mes lèvres, férocement. Et il vient de me parler avec la voix la plus sexy que quelqu'un ait jamais prise pour s'adresser à moi. Il attrape mes hanches et me tire près de lui.

– Embrasse-moi pour me porter chance, Reese.

Je regarde ses lèvres parler, presque grogner ces mots ; ses belles lèvres, parfaites et rebondies que n'importe quel trou du cul pourrait abîmer demain. Je sens une grosse boule d'anxiété se former dans mon ventre, je fixe sa bouche avec un dangereux besoin de l'embrasser tout de suite. Quel goût aura-t-il ? Quelle sensation ? Il a tellement de feu en lui que je ne serai plus qu'un tas de cendres au premier contact.

Je me rapproche un tout petit peu, mon cœur tambourine, la peur m'étouffe. Ses mains sont sur mes hanches, recouvrent ma taille. Il suffit d'une allumette pour déclencher un incendie et il est cette allumette. Maverick attend, me regarde avec impatience, sa poitrine monte et descend au rythme de sa respiration. Plus beau et mâle que jamais, les yeux rivés sur ma bouche.

Je ne peux pas. Ce n'est pas possible. Un mec comme lui pourrait complètement détruire une fille comme moi. Je prends sa main immense, déplie ses doigts serrés, et dépose un baiser rapide, presque brouillon, à l'endroit où il avait posé le penny.

– Bonne chance.

Il referme son poing et me sourit, je m'en vais, souriante aussi.

CHAPITRE 16
Le combat de Denver approche

REESE

Le lendemain matin à la salle, il est déjà à l'intérieur. Je prends un tapis de course et je le vois mettre ses gants, des filles le regardent et essaient d'aller lui parler. Je ne supporte pas qu'il enlève ses écouteurs et leur adresse la parole. Il n'arrête pas de jeter des coups d'œil vers moi, curieux. Et je ne sais pas pourquoi, mais je ne peux pas soutenir son regard.

J'ai rêvé d'hier, encore et encore. Dans mes rêves, les choses s'étaient vite accélérées, et j'avais eu le courage de l'embrasser. Sur ces lèvres parfaites. J'ai peur qu'en me regardant, il voie ce que je ressens. Qu'il voie ce qu'il me fait ressentir.

Je regarde ailleurs, mais quand il commence vraiment à s'entraîner, je l'observe, tandis que le sac de frappe se balance de droite à gauche. Il envoie ses poings en avant. Je sais qu'il se sert de ses écouteurs pour bloquer les distractions, et il semble écouter le bruit de ses poings. Ils font des sons différents en fonction de l'endroit où ils atterrissent sur le sac. Il teste ses coups.

Il change de position pour s'attaquer à l'arrière du sac, face à la salle, et nos regards se croisent quand le sac part sur le côté, laissant apparaître son visage. Il a l'expression la plus sanguinaire que j'aie jamais vue. Il se tient là, une bonne tête de plus que moi, au moins deux fois mon poids. Et plein de muscles. Mon cœur bat une douzaine de fois. Il frappe le sac une douzaine de fois. Et il ne détourne toujours pas les yeux. Il y a quelque chose de dangereux dans son regard. Qui accélère mon rythme cardiaque et me donne l'impression de perdre le contrôle de mon corps. Je veux en savoir plus sur lui ; savoir tout ce qu'il y a à savoir. Mais il est plus impénétrable que le sac que ses poings martèlent. Il est comme un mur d'acier, avec des yeux d'acier. Des yeux perçants. Comme des couteaux. Je me demande comment il bouge au lit. Tout en dureté, mais fluide. S'il perd le contrôle. Je me demande ce qu'il faut faire pour qu'il sourie. Pas un rictus, pas un petit sourire en passant, mais un vrai sourire.

Après avoir fait mon quota d'exercice quotidien, je vais chercher Racer et l'emmène dans un parc pas loin. J'ai pris des encas pour nous – Maverick et moi – en me disant que je l'inviterais à venir avec nous, mais il s'avère que je suis une lâche et que je n'ai pas osé. Et maintenant, je les remets dans mon sac à dos. Je suis si étrangement en mal d'amour et de désir que je suis épuisée et en manque de sommeil, par-dessus le marché.

***

MAVERICK

Je sais toujours quand je frappe bien, en fonction du son que j'obtiens. Je commence à entendre les sons longs, durs, profonds, les uns après les autres, et je sais que je frappe comme il faut. Je n'étais pas en plein dans le mille aujourd'hui, parce que j'ai vu qu'elle me regardait et je me suis mis à bander.

Quelque chose dans le fait de sentir ces yeux bleu clair, purs comme un ciel dégagé, me fait réagir. J'ai du mal à la lâcher des yeux. J'aime regarder son visage. J'aime en retracer l'ovale avec mes yeux, admirer ses lèvres roses et charnues, comme si elle faisait la moue, et son petit nez fin sur le haut duquel apparaissent trois taches de rousseur. J'aime même me demander combien d'autres taches de rousseur elle aura si elle continue à emmener Racer au parc.

Je me force à me concentrer, je sens la sueur couler sur mon front et je continue à taper. Le sac de frappe se balance de droite à gauche. Je lance mes poings vers l'avant. Je garde mes écouteurs pour bloquer les distractions extérieures, mais elle est encore dans ma tête. Je serre les dents et teste mes coups, et fais une grimace quand le sac ne me rend pas le son que je veux entendre. Je déplace mon bras, tire sur mes abdos, et voilà. *BAM.*

Je change de position, je me place face à la salle. Au tapis de course qu'elle vient de quitter. Ses yeux qui croisent les miens. Ma bite devient folle. Je suis deux fois plus lourd qu'elle, je mesure une bonne tête de plus, et je suis plein de muscles. Elle a tout de la femme, et j'ai dû concentrer toute ma volonté pour me forcer à m'entraîner et arrêter de la regarder. Je me sens dangereux quand je la regarde. Mon cœur pompe plus vite et je veux en savoir plus sur elle, savoir tout ce qu'il y a à savoir. Je suis aussi impénétrable que le sac que je frappe, mais elle est aussi insaisissable que de l'air. Je pourrais être un mur de briques avec des yeux d'acier, mais la vérité, c'est que ce que je ressens est très fort.

Et je veux embrasser Reese autant que je veux gagner ce soir. J'arrête de frapper, et je dis à Oz que je prends une heure de pause. Je me dirige vers l'accueil.

– Il y a un parc dans le coin ?

– Oui. Deux ou trois rues plus loin, par là.

L'employée me montre la direction du doigt, je la remercie, remonte ma capuche, et marche vers le parc. Je vois la poussette à côté d'une étendue d'herbe, où Reese est assise avec un livre et où Racer mange une sucette rouge.

– Mavewick !

Je tape mon poing contre le sien.

– Salut, bonhomme.

Reese pose son livre et me regarde, avec de grands yeux surpris. Puis ses joues rosissent, et je mets mes mains nerveuses dans les poches de mon sweat. Putain, j'ai envie de me pencher, de prendre son visage entre mes mains, d'embrasser sa bouche, de la goûter jusqu'à ce qu'elle oublie comment elle s'appelle, et effacer ainsi l'autre mec de sa mémoire.

Elle se décale et tapote par terre à côté d'elle, je m'assois et la regarde. Reese est vierge. Il faut que je fasse attention avec cette fille. Que je sois patient avec elle. La patience n'est pas ma plus grande qualité, mais c'est celle qu'il me faut pour gagner ce combat, et je ne peux pas le perdre, tout comme je ne peux pas perdre à l'Underground.

– Salut.

Je me penche et pose mes lèvres sur sa joue, puis lui souris quand elle lance un regard inquiet vers Racer pour vérifier qu'il n'a rien vu. Il glousse en nous regardant. Puis je prends sa main dans la mienne et reste assis là quelques instants. Dix minutes plus tard, je suis allongé et je la tire vers moi pour qu'elle puisse lire son livre avec sa tête sur mon torse. Elle pose le livre par terre et ferme les yeux en inspirant, comme si je la détendais.

– Tu veux bien surveiller Racer pour moi ? Je n'ai vraiment pas bien dormi.

– Ouais, je murmure dans ses cheveux, et je lève mon autre main pour la poser derrière sa tête.

Je la garde contre moi car elle est trop bien, là. Je passe mon pouce sur l'arrière de sa tête et renifle ses cheveux. Et je reste ici une heure avec eux, comme si c'était normal.

Moi, un gars dont le propre père n'a pas voulu, on me confie ce petit garçon. Racer me montre tous les jouets qu'il a pris avec lui. Et Reese est dans mes bras, là où je veux qu'elle soit.

CHAPITRE 17
Tate

MAVERICK

J'ai tellement touché les vieux gants de mon père avant le match que je les ai autant usés que toutes leurs années de combat. Tout le monde sait qui je suis maintenant. Dans les vestiaires, j'ai une pièce à moi. Tous les autres combattants se chient dessus. Si j'en vois un passer dans le couloir, je peux lui faire baisser les yeux en une seconde. Et je le fais. Je maîtrise bien l'histoire des regards.

J'aime bien qu'ils aient peur. Ils ont raison. Je suis jeune mais je suis rapide, je suis fort, et j'ai plus de choses à prouver que tous ces connards.

– Elle va peut-être venir te voir combattre. Sois bon. Les filles n'aiment pas les perdants, me dit Oz pendant que nous attendons d'être appelés.

– C'est tout ce que tu as à me dire ? je lui demande en levant les sourcils.

– Ouaip. C'est ce que j'ai de plus efficace.

Je serre les dents. Est-ce qu'elle va venir au combat ? Elle ne peut pas venir à mon match. Je ne sais pas ce que cela me ferait, si elle venait. Quand elle rentre dans une pièce, je suis hébété, je ne réfléchis plus. Je plane. Elle est différente, pour moi. Elle n'a pas peur de moi.

Au moment où le présentateur crie mon nom, Maverick « le Vengeur » Cage, la foule tombe dans un silence de mort. Je termine de lacer mes bottes et donne un coup de pied dans les chevilles d'Oz pour le réveiller car il s'endort sérieusement sur un banc.

– Qu'est-ce…

– C'est à nous.

Je glisse mes mains dans les gants et l'impatience de monter sur le ring commence à frémir en moi. Je suis couvert d'un peignoir noir quand je sors et fonce vers l'allée, en tapant mes gants l'un contre l'autre pour me mettre dans l'optique de tout défoncer.

Dans le ring, mon adversaire m'attend. Hector « Hellman ». Le fait qu'il se batte contre moi fait de lui un favori instantané. Je vois des panneaux avec son nom dans le public. Aucun pour moi. Dans toutes les vidéos de mon père que j'ai vues, il faisait un doigt d'honneur au public en montant sur le ring. Mon père était le combattant le plus détesté de l'Histoire. Mais aussi le plus craint. Je sens la peur dans l'air, épaisse comme de l'huile.

Oz se place dans un coin tandis que je monte sur le ring, en prenant mon temps. Je le jure, ces gens semblent retenir leur souffle. Je me tiens au milieu et regarde autour de moi. Ils veulent voir si je vais les insulter, cracher par terre, ou leur faire un doigt d'honneur. Je souris discrètement et ils attendent toujours, et je ne fais rien de tout cela. Je suis là pour me battre. Je suis là pour gagner. « *Booouh !* » commence la foule. « *Boooooouh* ».

– Ils détestent ta gueule, Maverick, dit Oz en se grattant la tête comme s'il se demandait comment les convaincre.

La cloche sonne, nos gants se touchent.

Hellman lance un coup de poing. Je me baisse pour l'esquiver et jette le mien, que j'entends craquer dans son ventre. Le public a un hoquet de surprise. Les huées cessent. Hellman est sonné. Je prépare une gauche et frappe encore. La foule est aussi silencieuse qu'une morgue. J'entends les bruits de la chair qui frappe contre mon gant pendant que je m'en prends à lui. Ils n'ont plus d'encouragements. J'espère qu'ils les gardent pour leur chéri favori. Parce que je veux une chance de taper sur ce cher Tate. Je veux une chance de me prouver que j'ai ce qu'il faut, putain. Que j'ai plus que mon père. Je mets Hellman K.-O.

Je ne me rassois pas sur mon tabouret en attendant le suivant. À l'instant où la cloche retentit, je ne fais pas dans la dentelle ; un direct, un autre, un crochet. Il passe un bras autour de moi puis m'échappe. Je l'accule contre les cordes, direct, j'esquive, direct, et crochet. Le crochet l'étourdit. Il tombe.

Je les bats tous, un troisième, un quatrième, un cinquième. Mon corps produit de la chaleur comme jamais. Je suis en feu et mes poings aussi. J'ai de grands bras, je tape loin. Mes adversaires pensent qu'ils sont à une distance raisonnable de moi, mais ce n'est pas le cas. Je frappe, encore et encore. Chair. Os. Chair. Os. Mais je me fatigue. Je sais que c'est parce que je ne me suis pas entraîné comme je l'aurais dû.

J'étais au parc, avec un gamin et une fille qui fait partir ma tête dans toutes les directions, qui me mènent toutes à la même destination : elle. Elle au lit avec moi. Ses lèvres sur les miennes. Son joli cul rond sous mes mains. Chaque seconde que je passe avec eux me rappelle la famille que je n'ai pas et dont je rêve désespérément.

Je me pose sur le tabouret dans mon coin et je laisse mon corps récupérer lorsque la voix du présentateur résonne dans les haut-parleurs, pour annoncer mon adversaire suivant.

– OK, mesdames et messieurs…

Sa voix baisse et se perd mystérieusement.

– Je sais que c'est ce que vous attendez tous, commence-t-il.

La foule s'agite, un chœur d'exclamations surprises et de rires bêtes la parcourt, et je roule mes épaules fatiguées. Je tourne mon cou douloureux d'un côté, puis de l'autre. Bordel de merde, j'ai besoin d'un coup d'accélérateur.

– C'est bien cela, mesdames et messieurs ! commence à crier le présentateur. MESDAMES ET MESSIEURS, notre champion détenteur du record, Remington « Riiiiptide » Tate !

Je ne peux même pas savourer ce moment ; je reprends mon souffle. Crevé. J'ai pris quelques coups, mon œil est gonflé, ma blessure est sur le point de se rouvrir et de se mettre à saigner. Ma mâchoire me fait un mal de chien. J'ouvre la bouche et la fait travailler, en passant mon bras dessus tandis que Tate prend le ring.

Le public devient fou. Je jette un coup d'œil à Oz en attendant. Il a l'air aussi déglingué que moi, en train de roupiller sur son siège. Il faut vraiment qu'il se calme sur la picole.

– Eh. Fais au moins semblant d'en avoir quelque chose à foutre, dis-je en le poussant. Mets de la Vaseline sur ma tête, ou un truc comme ça.

Il relève la tête et fait ce que je lui demande, puis il voit Tate grimper sur le ring et ses yeux s'écarquillent.

– Putain qu'est-ce qu'il se passe ? Combien tu en as mis par terre ?

Je hausse les épaules, et évalue la taille de Tate de près. Il est plus grand que moi de deux ou trois centimètres, plus large de six ou sept. Et il a l'air tout frais comparé à moi, en sueur, sanguinolent et tabassé. Je ne suis pas aussi balèze que lui, mais je parie que j'aurai l'air grand, vu d'en bas.

Nous allons au centre. Touchons nos gants. La cloche sonne. Les cris envahissent l'arène. « REMY… REMY… REMY… » Je prends un coup, un poing directement dans mes côtes. Je recule, secoue la tête. Il revient avec un crochet qui me fait perdre l'équilibre. Je tombe par terre. Le décompte commence.

– Reste par terre, dit Oz.

Mais je ne peux pas rester là, je bondis sur mes pieds. Je vais me battre contre ce mec. Je vais battre ce mec. Ma tête tourne, j'aurais dû rester allongé. Je prends un autre coup, puis trois de plus. Ce gars me rentre dedans comme un bulldozer, de tous les côtés. Mon cerveau flotte déjà dans mon crâne.

Nous avons une pause. Je vais sur mon tabouret.

– Mec, tu te fais écraser, là, dit Oz.

– Vraiment ? Pour me dire ça, tu ne dors pas ? Tu as quelque chose pour ma mâchoire ?

– Je ne crois pas. Peut-être.

Il vérifie dans ses affaires et me met quelque chose dessus.

– Voilà.

Cette fois, je bloque mieux les coups. Je suis préparé pour sa force et je bloque quelques frappes, et commence même à les rendre. Mon flanc est ouvert quand je lance un crochet, et il en profite. Je tombe à plat sur le sol, hors d'haleine.

Les filles dans le public hurlent son nom. Elles se taisent quand je me relève. De la sueur goutte de mon front, mélangée à du sang et à une tonne de frustration. Tate se penche vers moi.

– Ton crochet n'est pas bon.

Puis il m'envoie un direct et un crochet qui me font tomber par terre. La voix du présentateur sonne dans les haut-parleurs lorsque le ringmaster lève son bras.

– Mesdames et messieurs. Une fois de plus… *Riptide !* Riiiptiiiiide ! PAS UNE DÉFAITE EN TROIS ANS. La bête la plus imbattable qu'on ait jamais vue sur ce ring. RIPTIDE !

Le rugissement soudain et sauvage de la foule pulse contre mes tympans. Je plante mon gant sur le sol et me relève. Le public se tait. Riptide baisse le bras, son sourire s'efface. Ni l'un ni l'autre ne nous lâchons des yeux en passant au-dessus des cordes pour sortir du ring. Nous descendons l'allée, côte à côte, en silence.

Oz est bien réveillé, maintenant, et il est énervé.

– Non mais pourquoi tu donnes des conseils à mon combattant, tu veux qu'il te batte ? demande-t-il.

Tate me jette un regard en répondant.

– Je veux qu'il essaie.

– Tu peux compter là-dessus ! rétorque Oz.

Tate s'arrête devant sa porte et se retourne pour me regarder, il attend que je dise quelque chose. Je ne dis rien. Je le regarde droit dans les yeux alors que nos équipes essaient de nous faire rentrer dans nos vestiaires.

– Tu as quelque chose à me dire ? demande Tate.

– Pas encore, dis-je.

Son équipe s'entasse autour de lui pour qu'il rentre. Il faut beaucoup plus d'efforts à Oz pour me faire bouger.

– Tu es le seul combattant que j'ai rencontré qui n'est pas intimidé par le champion en titre, Maverick, je te jure…

Il secoue la tête avec consternation en retirant mes gants. Je regarde mes poings, plie doucement mes doigts, puis les serre et les déplie. C'était ma première fois sur le ring avec Tate, mais cela ne sera pas la dernière.

***

Une heure plus tard, je suis de retour dans ma chambre d'hôtel, mon corps est dans une baignoire de glace. J'en ai une poche sur la tempe. Oz a recousu ma blessure et s'est effondré sur le canapé. Je fais rebondir une balle de tennis contre le mur de la salle de bains, je la rattrape et la relance. Je m'en suis servi pour libérer les nœuds dans mon dos en m'allongeant dessus, mais maintenant son bruit régulier m'aide à réfléchir tandis que je repense à ce qu'a dit Tate.

Je suis de plus en plus énervé, je jette la balle de plus en plus vite et fort. Quelque chose à lui dire ?

J'ai peut-être quelque chose à dire à ce trou du cul. Putain, j'ai beaucoup de choses à dire. Je préférerais que mes poings parlent pour moi, mais ils devront attendre un autre jour. Je rattrape la balle, je la jette dans mon sac, et je me mets sur mes pieds.

– Oz !

Je l'appelle dans la chambre en nouant une serviette autour de mes hanches et je sors de la salle de bains.

– Oz !

Je pousse de la main sa silhouette allongée sur le ventre.

– Où est-ce qu'il dort ?

– Hein ?

– Riptide, putain. Où est-ce qu'il dort ?

Il grommelle le nom d'un hôtel, je glisse mes jambes dans mon jean, enfile un tee-shirt, et prends la route.

***

Il y a foule devant l'hôtel des Tate. Je me fraie un chemin à coup d'épaules jusqu'aux portes tournantes au moment où Tate et sa femme sortent de l'ascenseur. Je grince des dents, et traverse le hall à toute allure.

– Pourquoi tu me donnes des conseils ?

Ses sourcils se soulèvent.

– Parce que tu en as besoin.

Je lance un rire moqueur.

– Je n'ai pas besoin de ton aide. Bats-toi contre moi. En privé, juste toi et moi.

– Je ne me bats pas contre des chiots.

Il plisse les yeux car je reste sur place et lui jette un regard noir, stoïque.

– Au gymnase Armor demain. Cinq heures du matin. Sois là, dit-il.

Il prend sa femme par le coude et lui fait traverser le hall pour sortir tandis que les portes de l'ascenseur s'ouvrent et que plusieurs bruits de pas en sortent.

– Mavewick ! j'entends.

Mes yeux descendent vers un sourire que je connais et voilà Racer, qui me regarde. Il porte un petit short et un tee-shirt Batman et quelqu'un lui tient la main. Une main féminine, avec des ongles bien taillés et rose clair. Ma poitrine se serre, et je lève les yeux. Reese.

La vérité me frappe. Elle est avec eux. Je la regarde et examine son visage pour voir si elle réalise qui je suis. Elle sait. Je me suis battu contre Tate ce soir et il sait forcément. Tout le monde sait, maintenant. Je vois dans ses yeux de la méfiance et de l'inquiétude. De l'inquiétude à propos de quoi, je ne sais pas. Pas inquiète pour moi, en tout cas. Pas possible.

Elle jette un œil derrière moi, vers Tate et sa femme, et je comprends qu'elle est inquiète qu'ils sachent qu'on se connaît. La perte. On ne peut pas perdre ce qu'on n'a pas. Dans ma tête, j'avais une sorte de… d'attachement à la chercher tous les jours. J'ai l'impression que je viens de perdre une bataille alors que je ne savais même pas que je me battais. Et je l'ai perdue contre Tate.

– Mavewick ! entends-je encore, et je sens un tapotement sur ma cuisse.

Je baisse à nouveau les yeux.

– Salut, mon petit pote.

Je tape contre son poing avant de pouvoir y réfléchir. Je regarde Reese, amusée et surprise de voir cela. Je retire ma main. Un top noir serré recouvre le haut de son corps, et en bas elle porte un jean bleu foncé délavé. C'est dur de respirer correctement. Cette fille a quelque chose. Je sens son odeur, une odeur douce et florale et je la sens, elle. Elle est dans ma peau. Je bous de jalousie qu'elle soit avec Tate. Jaloux qu'elle vive avec lui, qu'elle tienne la main de son fils. Qu'elle le soutienne.

Bordel, comment mon corps peut-il toujours savoir qu'elle n'est pas loin ? Son sac glisse de son épaule et je le rattrape par réflexe.

– Oh, c'est bon, dit-elle, troublée.

Je le remonte sur son épaule et lui fait signe de passer devant moi.

– Après vous.

– Mavewick, viens faire la fête.

– Je ne peux pas, bonhomme.

Je la regarde marcher à côté de moi. Chaque centimètre de mon corps est blessé mais la douleur est partie. Sauf celle qui est apparue entre mes jambes. Je suis attiré par son petit visage rond, sa bouche en cœur, ses jambes fermes. La nuance de bleu dans ses yeux. Elle m'appelle sur le plan le plus primitif. Je l'ai dans la peau cette fille.

J'attrape sa taille et je la garde près de moi alors que nous sortons dans la foule. Ses seins se pressent contre mon torse. J'inspire pour reprendre le contrôle, mais mon cerveau tourne à mille à l'heure. Mon sang descend très vite. Impossible que mon cerveau reste assez alimenté. Ses petits tétons dressés appuient contre le plat de mon torse. C'est impossible de ne pas penser à ces seins fermes et ronds et à leur sensation parfaite contre moi. Je suis dans tous mes états rien qu'en imaginant mettre mes mains dessus, les serrer et les exciter avec mes doigts pour les goûter ensuite. Je parie que ses tétons sont aussi roses que ses lèvres, j'ai envie de les étouffer doucement avec ma bouche et en sucer le bout jusqu'à avoir mal à la mâchoire. Ma bite souffre et mes couilles me font aussi sérieusement mal. Le fait qu'elle sente si bon et que je n'arrête pas de revivre nos conversations dans ma tête n'aide pas.

La foule se disperse et Racer court vers son père, qui nous regarde avec attention. Reese fait mine de suivre Racer, mais j'attrape son poignet.

– Attends, je lui demande doucement.

Elle baisse les yeux vers ma main, et je force mes doigts à se déplier et à la lâcher. Ma mâchoire me fait mal quand je la serre mais je ne peux pas la détendre, ni mes poings le long de mon corps, prêts à écraser n'importe quoi. Je ne sais pas ce qui me frustre le plus : qui elle est, ou qui je suis. J'ai envie de dire quelque chose, mais je n'arrive pas à trouver quoi. C'est Reese qui parle la première.

– Tu n'es pas le fils de Parker la Terreur.

Nos yeux se croisent et ne se lâchent pas.

– Non.

– Ton père est le Scorpion.

– Oui.

Elle ne dit rien après cela. Comme s'il n'y avait rien d'autre à dire.

CHAPITRE 18
Qui je suis

REESE

– Remy, pourquoi tu l'as laissé t'appâter ? demande Brooke.

Nous sommes dans le SUV pour revenir à l'hôtel et la tension n'est pas du tout retombée depuis la scène de tout à l'heure. Pete, Riley et Brooke envoient tous des regards discrets et confus vers Remy. Quant à moi, je n'ai pas pu me remettre du moment où Maverick a pris mon poignet et m'a regardée dans les yeux, avec un air brut et frustré.

Racer dort dans les bras de sa mère. On dirait qu'elle a enfin posé la question que toute l'équipe avait en tête. Tout le monde sauf moi, car je me noie ; je me noie dans mes pensées au point que je n'arrive plus à respirer. Je regarde par la fenêtre dans les rues de Denver, en me demandant qui a recousu la blessure au-dessus de son œil, qui avait l'air fraîchement ouverte et encore gonflée. Et je me souviens de comment c'était d'avoir son bras fort autour de moi dans le parc, et de poser ma tête sur son torse et de sentir la lessive de son tee-shirt. Oh putain.

Remy fait un sourire avec la même fossette que Racer, sauf qu'il en a deux.

– C'est le rejeton du Scorpion !

Il rigole tranquillement et serre sa main dans la nuque de Brooke.

– C'est un petit chiot, Brooke. Ce n'est pas Oz qu'il lui faut, et personne d'autre ne veut lui adresser la parole.

Elle soupire.

– Qu'est-ce que son père a fait ? je balance.

Je suis étourdie par tout ce que j'ai entendu. Tout ce que je sais, c'est que le fait qu'il soit le fils du Scorpion n'est pas bon. Pete et Riley ont lancé des mots du genre « pourri » et « poison », comme je ne les avais jamais entendu le faire. Et puis je l'ai vu dans le hall, avec sa pommette un peu violette et sa blessure au-dessus de l'œil, et tout ce que je peux dire, c'est qu'il est le même Maverick que celui du parc. Je suis triste. Je suis triste car je suis désespérée et démunie, je me demande ce que tout cela signifie.

Remington me regarde avec intérêt après que j'ai posé cette question. Je suis sûre qu'il sait que je connaissais Maverick avant ce soir. Que Maverick et moi avons… Eh bien, je ne sais pas ce que nous avons. Mais c'est important pour moi. Maverick compte pour moi.

– Sur la longue liste de son papa, dit Pete, il y a chantage, extorsion, enlèvement,…

– Avoir drogué ma sœur, harcelé notre équipe, ajoute Brooke méchamment. Son père est le boxeur le plus méprisable de l'Histoire. Aucun scrupule, il est le mal incarné qui ferait n'importe quoi pour gagner, peu importe qui il écrase, qui il drogue, trompe, fait chanter ou…

– Brooke, dit gentiment Remy en lui coupant la parole.

Elle a l'air émue. Elle laisse tomber sa tête en arrière et fixe maintenant le plafond en clignant des yeux. Remy prend son menton et la force à croiser son regard.

– Eh, c'est un gosse, déclare-t-il.

– Le gosse du Scorpion.

– Quand tu es sur le ring, dit-il fermement, tu n'es le gamin de personne. Tu es toi, ton équipe, et c'est tout. Vu l'état dans lequel est Oz, le petit est tout seul en vérité.

Brooke prend sa main et dépose un baiser sur ses doigts.

– Je te fais confiance, Remy, dit-elle d'une voix posée.

Lorsque la voiture s'arrête, elle porte Racer et regarde à l'intérieur de la voiture tandis que j'essaie de m'extirper par la porte.

– Tu n'as pas du tout eu le temps de t'amuser ici, Reese, dit-elle, en m'empêchant de descendre.

Mais je secoue la tête.

– Oh, non, je m'éclate avec Racer.

– Sors avec les grands, ce soir. Il y une fête organisée par un grand amateur de combats. Diane va rester, et elle m'a proposé de dormir avec le petit.

Elle sourit pour me convaincre puis s'en va et, à contrecœur, je me rassois à côté de la vitre. Je pose les yeux sur Remy et il me lance un regard plein de spéculations. Je dis :

– Merci. De l'avoir aidé.

Il lève les sourcils, rit à nouveau doucement, et dit :

– Je ne le fais pas pour lui, je le fais pour moi.

– Et pour lui, je rétorque.

Il ne dit rien, se contente de hausser les sourcils comme si je l'étonnais, puis il saute de la voiture pour ramener son fils en haut avec Brooke. Riley brise le silence dans la voiture.

– Scorpion lui manque, dans une certaine mesure. Personne ne lui a autant donné de fil à retordre que ce gars-là. Il n'aime pas gagner facilement et il ne fait que ça, ces derniers temps. C'est pour ça qu'il va quitter l'Underground.

– Quoi ?

Pete hoche la tête.

– C'est sa dernière saison. Cette finale sera la dernière de Remy.

CHAPITRE 19
Soirée du circuit

MAVERICK

La musique pulse à l'intérieur de cette maison à deux étages. Des combattants que je connais et d'autres qui me sont inconnus tournent avec leur équipe, leurs groupies, et quelques personnes importantes de Denver. Je ne parle à personne. Tout le monde sait bien qu'il ne faut pas m'approcher. Je dois émettre des ondes répulsives.

Je la regarde. Elle est avec quelques autres femmes qu'elle vient de rencontrer. Le groupe discute, mais Reese se tait. Je la regarde coincer ses cheveux derrière son oreille, et je vois ses yeux glisser vers les miens. Ses seins montent et descendent avec chaque respiration. Ses yeux m'échappent encore. Puis ils reviennent. Pour me trouver toujours en train de la fixer. Chaque fois qu'ils font cela… Ses yeux, qui reviennent et s'attardent… je bande de plus en plus.

Je suis dur comme la pierre et j'attends encore pour faire le premier pas, alors qu'elle a de plus en plus de mal à supporter mon regard. Elle se tortille sur place, puis joue avec ses cheveux. J'ai envie de jouer avec ses cheveux aussi. Avant j'y allais doucement. Mais maintenant elle sait qui je suis. Et je sais qui elle est. Si je ne l'attrape pas maintenant, elle va me filer entre les doigts. Je ne veux pas plus de distance entre nous, alors qu'il y en a déjà trop à mon goût. Je la veux plus près de moi. Chaque seconde, depuis qu'elle a dit que j'étais avec elle.

Elle boit une bouteille d'eau, et me jette un regard par-dessus le goulot en prenant une gorgée. Elle la repose et me fixe. Je suis claqué. J'ai sûrement une sale gueule. Oz a recousu ma blessure, cette fois elle va faire une cicatrice, c'est sûr. Cette cicatrice ramène mon esprit vers la fille qui a dit « il est avec moi ». Oui, je suis avec elle. Et ce soir, elle est avec moi.

Elle lâche mon regard, se lève enfin et s'élance dans le couloir, je me décolle du mur et avance. Elle se retourne pour me regarder, ses yeux s'agrandissent et ses lèvres s'entrouvrent, et j'aime qu'elles s'entrouvrent. J'aime qu'elle sache, à chaque pas que je fais, ce que cela signifie.

***

REESE

Je ne peux plus rester assise là. J'évite le bar, je bois de l'eau pendant que tout le monde parle du

Vengeur. Et je sens ses yeux sur moi, qui font un millier de nœuds dans mon estomac. Je jette un œil vers lui, et il me suit. Il est déjà presque une légende. Le mot le plus juteux, le plus vilain sur toutes les lèvres ce soir, c'est *Maverick*. Le fait qu'il soit le fils du Scorpion est déjà assez menaçant, mais le fait qu'il ait un talent fou et qu'il ait attiré l'attention de Remy ne fait que provoquer davantage de rumeurs.

Je ne sais pas grand-chose de son père. Uniquement ce que j'ai entendu dans l'équipe, et avant ce soir, je n'y faisais pas vraiment attention. Tout ce que je sais c'est qu'il était un homme mauvais, et que ce que je ressens quand je regarde Maverick en ce moment devrait être mauvais. Mauvais.

Je me dirige vers les toilettes pour femmes, à l'abri. Loin de ses yeux. Mais pas à l'abri de ce désir languissant, palpitant en moi. À l'instant où je pose le pied dans les toilettes, Maverick entre derrière moi. J'entends deux exclamations surprises de la part des deux femmes à côté du lavabo. Maverick ouvre la porte et leur jette un regard.

– Dehors, dit-il, d'une voix ferme et très basse.

Mes yeux s'écarquillent, un peu de peur et d'appréhension s'immiscent en moi. Il plisse les yeux tandis que les filles se dépêchent de sortir, puis ferme la porte avec son pied. Nous sommes seuls. Si seuls qu'il pourrait n'y avoir personne d'autre au monde.

Sa présence est massive. Il est fin et jeune mais se comporte comme un vieux sage, comme s'il avait voyagé dans le futur et savait exactement ce qu'il était destiné à devenir. Que sait-il d'autre ? Sait-il qu'il va m'embrasser, un jour ? Voudra-t-il toujours m'embrasser, un jour ? Me goûter ?

– Je suis énervé, je suis encore shooté par le combat, et tu ne fais rien pour m'aider à descendre de ce nuage.

Sa voix est si rauque qu'elle se brise.

– Ah non ? je demande d'une voix suave.

Je ne sais pas d'où vient cette voix ; je ne savais même pas que j'étais capable de parler ainsi à un homme. Il souffle. Il a l'air agacé. Est-ce qu'il est agacé ? Il passe une main dans ses cheveux et fait un pas, puis se penche en avant, nos yeux sont au même niveau.

– Non.

– C'est peut-être le sucre des boissons énergétiques.

– Ce n'est pas le sucre, rejette-t-il.

Il reste un moment sans me toucher. Je suis triste et agacée par ce que j'ai appris, et pourtant je me sens imprudente et… *je ne sais pas*. C'est une tempête inexplicable de sentiments lorsque je le regarde. Je le veux plus que j'aie jamais voulu quoi que ce soit, et j'ai déjà souvent voulu des choses qui étaient mauvaises pour moi. Mais maintenant, je veux Maverick Cage comme si j'étais malade.

Je ne bouge pas quand il tend le bras. Sa main se déplace de l'arrière de ma tête à ma nuque, qu'il serre un petit peu, et son toucher me fait trembler de la tête aux pieds. Sa main est chaude et douce, à la fois familière et nouvelle. Je réagis si fortement que mes lèvres s'ouvrent, et il le remarque.

Il inspire doucement, et ses yeux se mettent à s'assombrir alors qu'il écarte ses doigts à l'arrière de ma nuque et glisse sa main dans mes cheveux. Il me tire quelques centimètres plus près de lui, et je sens son souffle, chaud et épicé. Il expire par ses narines et ferme à moitié les yeux. C'est comme s'il perdait une sorte de bataille intérieure. Il baisse la tête alors que chaque centimètre de mon corps, des pieds à la tête, se serre et se tend à cause de l'appréhension.

Oh mon Dieu. Je ne sais même pas quoi faire de mes doigts. Je les serre le long de mon corps, en laissant échapper un souffle nerveux. Je suis abasourdie par le plaisir que ressent mon corps alors qu'il me tire plus près. Le plaisir quand ses doigts le touchent. Je me sens bien quand il me touche.

Je ne sais plus comment je m'appelle. Ni ce qu'il se passe entre nous. Tout ce que je sais, c'est Maverick. Maverick regarde mes lèvres. Maverick ouvre sa main possessive dans le bas de mon dos. Maverick penche sa tête. Maverick… s'apprête à m'embrasser. Et je veux embrasser Maverick. Je sais que je veux les lèvres de Maverick sur moi.

Alors quand elles touchent les miennes, les lèvres de Maverick sont la chose la plus incroyable, la plus géniale qui me soit arrivée dans ma vie. Il m'embrasse… Sa langue, qui plonge dans ma bouche. Sa bouche est possessive, son emprise est possessive, lui, il est tellement possessif. Ma langue ne m'a jamais donné autant de plaisir qu'en étant caressée, doucement et sûrement, par la sienne.

Il me déplace plus près de lui, sa main s'étale sur ma taille. Et il… grogne. Il grogne dans ma bouche et écrase mon corps contre le sien. Et j'aime tellement ce Maverick possessif que je ne peux ni réfléchir ni respirer. Il y a un changement de pression dans ses mains, il inspire un souffle haché. Ses narines s'ouvrent un peu tandis qu'il semble lutter pour garder le contrôle. Il enroule ses doigts blessés autour de mes hanches et me tire plus près.

Ma langue glisse dans sa bouche, et il l'aspire plus profondément. C'est comme s'il libérait toute sa frustration dans ce baiser. Je ne veux pas qu'il soit perturbé par mon manque d'expérience, donc j'essaie de frotter sa langue aussi. Il grogne. Il fait glisser ses mains sur moi comme s'il aimait les courbes de mes fesses, et mes seins sont agréablement écrasés contre son torse. Il se recule, prend son souffle.

Tellement de mots que j'ai déjà entendus. Orteils repliés. Culotte mouillée. Cœur qui bat. Souffle coupé. Je peux tous les appliquer à cette situation. À ce mec. Ce moment.

Ses muscles se tendent, et la chaleur du contact, de nos bouches, nos corps plus proches que proches, le battement de son cœur est le battement du mien, son souffle est mon souffle, notre espace est le même… Il place ses longs doigts calleux dans mon dos ; un toucher aussi dur n'est pas censé être si délicieux, si léger, si bon. Le désir. Ce n'est pas doux comme le contact d'une goutte de pluie. Ce n'est pas facile comme flotter sans but sur l'eau. C'est pesant, et lourd, une étincelle qui enflamme la forêt du corps. Un incendie. Je n'ai jamais été marquée ainsi par le désir.

Je ne peux pas parler. Même la voix de Maverick est extrêmement épaisse.

– Tate et sa femme ne sont pas là, n'est-ce pas ?

– Non. Je leur ai promis que je ferais attention. J'ai une bombe lacrymo.

Il sourit, puis examine mon visage, avec des yeux plus sombres que je les ai jamais vus.

– Tu leur as dit que tu les rejoindrais à votre hôtel ?

J'acquiesce.

– Est-ce que tu veux ça autant que moi ?

Il regarde mes lèvres, puis dans mes yeux en posant ses doigts dans ma nuque et la serrant doucement.

– Tu le veux ?

Dis non, Reese. Cela ne peut te mener nulle part. J'ouvre la bouche et dis :

– Plus. Je le veux plus que toi.

Il expire, puis penche son front contre le mien et regarde profondément dans mes yeux.

– C'est impossible, je suis en train de battre tous les records.

Il se recule un peu et a l'air véritablement tourmenté par le même désir que je ressens, et je dis :

– Maverick, je n'ai jamais fait ça avant.

– Je sais, Reese, mais nom de Dieu, j'ai besoin que ce soit moi.

Il presse sa bouche et grogne plus qu'il ne m'embrasse, il grogne, me pousse contre lui et murmure dans mon oreille :

– S'il te plaît, accepte que ce soit moi.

Nous recommençons nos baisers enfiévrés. Je pousse ma langue dans sa bouche et prends ses cheveux, j'ai brusquement besoin de lui plus qu'il n'a besoin de moi. Il arrache ses lèvres, me regarde avec du métal liquide dans les yeux, prend ma main, ouvre la porte et nous fait sortir.

***

Maverick est assis à côté de moi à l'arrière d'un taxi. Il me dévore des yeux. Et je le dévore avec les miens. Mon diaphragme me fait mal quand j'essaie de respirer. Il est caché par les ombres, mais la lumière de l'extérieur tombe sur sa nuque, sa mâchoire carrée. Ses lèvres. Mes yeux s'habituent à l'obscurité et j'étudie tranquillement les lignes nettes de son visage.

Il est tellement beau, avec ses yeux platine et son expression secrète, sombre et menaçante. On dirait qu'il vient de commettre un meurtre et qu'il met le monde au défi de l'enfermer. Non, en fait… On dirait qu'il est prêt à ramener une fille dans son lit et à la baiser jusqu'à lui faire voir des petites étoiles. Merde, cette fille, c'est moi. Il prend ma main pour me faire sortir du taxi. Ma main, dans sa main. J'aime tant son toucher que je sens une combustion interne rien qu'avec cela.

Demain, je ne serai plus vierge. Je voulais attendre, pour que cela veuille dire quelque chose. Je voulais me sentir belle et la donner à Miles. Mais au lieu de ça… J'en ai besoin autant que j'ai besoin d'oxygène, à cet instant. Sa main est forte et dure, comme Maverick Cage. Je le suis dans le hall, mon cœur bat comme un tambour dans ma poitrine, et bien que je ne sache pas où je vais, je n'arrive pas à croire à quel point j'ai envie d'y aller.

Nous prenons l'ascenseur et il m'emmène dans une chambre à l'avant-dernier étage. J'entre puis il ferme et verrouille la porte derrière moi. C'est une belle chambre, qu'il a pu se payer grâce à l'argent des combats. Son sac de sport est par terre, dans un coin. On pourrait croire que c'est tout ce qu'il possède. Que tout ce qu'il est et tout ce qu'il veut est dans ce sac. Mais quand je me tourne vers lui, je sais qu'il est tellement plus. Je sais qu'il veut tellement plus. Et je le veux plus que je n'ai jamais voulu quoi que ce soit.

Il avance. Mes genoux faiblissent. J'ai envie de faire un pas en arrière mais je garde ma position car je veux son toucher plus que je ne veux reculer. Je le déteste de me faire ressentir cela, et en même temps je l'adore de me faire me sentir aussi vivante. L'air crépite entre nous quand il s'arrête à quelques centimètres de moi. Je suis inondée d'impatience pure. Je relève un peu le menton, croise son regard, le soutiens.

Il tend le bras pour prendre ma nuque. Il enflamme mes terminaisons nerveuses sous le bout de ses doigts. Il ne lâche jamais mon regard tandis qu'il m'attire jusqu'à lui. Je ne me trompe pas sur la signification. Il m'amène à lui ; il ne vient pas vers moi. Cela m'excite et je ne sais pas pourquoi.

Il se penche et mordille ma lèvre, il commence à peine, la tête penchée sur la mienne. La raison s'absente et des vagues de sensations se succèdent en moi. Je sens mes mains se remplir de ses cheveux, ma gorge se nouer à cause de choses que je voudrais dire, que je n'ai jamais dites ; des choses sales, sexy, intimes, simplement… des choses. Je ne peux pas. Je me sens plus brute avec cet homme qu'avec n'importe qui d'autre.

Il m'amène jusqu'au lit, et lorsqu'il m'assoit sur le bord, le tissu rêche de son jean frotte contre le mien sur mes cuisses, je sens ses quadriceps durs en-dessous. Du feu liquide réchauffe mon corps, me consume. Mon cœur n'est plus en rythme, il saute, il s'affole. Ses doigts frôlent le bout de mes tétons et envoient une délicieuse onde de choc en moi. Un sourire séducteur se pose sur sa bouche. Sa putain de bouche parfaite.

Je ne devrais pas être ici. Je ne devrais pas le vouloir comme ça. Mais pas une seule partie de moi, en tout cas aucune de celles qui fonctionnent en ce moment, n'en a quelque chose à faire. Je l'attrape, et les muscles de ses épaules se contractent sous mes doigts, l'air est brûlant. Quand nous nous embrassons, il n'y a pas d'hésitation ni d'incertitude. Nos lèvres collent parfaitement, son corps m'écrase contre le lit, son érection contre mon ventre, et quand il m'embrasse, il ne me provoque pas, ne joue pas, il prend.

Mes doigts glissent dans sa nuque, elle est chaude, et je veux qu'il me touche encore plus, qu'il touche tout en même temps. Il descend sa main dans le bas de mon dos, et je me sens vivante, sous son toucher ferme mais douloureusement délicat, intime, possessif. Le contrôle nous échappe lorsqu'il se déplace et cale son érection entre mes jambes. Je le sens à travers mon jean. Ses doigts effleurent mon haut, puis le retirent.

Je défais mon soutien gorge.

Il n'y a personne d'autre ici, rien que nous deux, et je suis otage de cela, de ce désir, alors qu'il remplit sa bouche de mon sein et se déplace encore, rapproche son corps contre le mien et se coince encore mieux entre mes jambes. Mes paupières se ferment. Il s'occupe de mes seins un peu brusquement, en suçant le téton. Des étoiles clignotent sous mes paupières et j'ai une convulsion de plaisir. Il se recule, tire son tee-shirt et enlève son jean, et je n'arrive pas à croire à quel point c'est bon de sentir sa peau sous mes doigts.

Bon Dieu, il est magnifique, j'ai mal aux yeux quand je le regarde. Ses muscles sont durs comme du granit, chauds comme du feu, doux comme du velours. Il suce encore mes seins, les deux. Avidement, en s'étalant au-dessus de moi. Très vite, nous ne sommes plus que chair chaude, mains et bouches sur le lit. Il me prépare avec ses doigts. Je n'ai pas besoin de préparation ; je suis tellement prête que je ne vois plus rien, ma vue est trouble, tout ce que je sais c'est qu'il sent le chaud, le mâle, et que j'adore la façon dont il halète, et le fait qu'il me fasse fondre intégralement à chaque endroit où il pose sa bouche.

Maverick tend le bras et met un préservatif. Et je le dévore des yeux. Je ne pourrai jamais aimer l'image d'un homme autant que j'aime celle de Maverick, nu et excité.

– Je vais rendre ça bon pour toi, Reese, me promet-il en étirant ses longs muscles au-dessus de moi, et je hoche la tête, à bout de souffle, effleurant la cicatrice sur son visage.

Il grogne, ferme les yeux, puis m'embrasse. Il dit *Reese* dans ma bouche. Maverick Cage m'ouvre à nouveau avec ses doigts. *Maverick Cage vient de grogner.* Il écarte mes jambes plus largement avec sa main. Je sens ses doigts glisser, un, puis deux. Il plonge ensuite plus profondément et plus lentement. Il caresse mon clitoris avec son pouce. Je suis tellement mouillée que j'entends ses doigts bouger en moi alors que ses lèvres frôlent mon oreille. Il y dépose un baiser puis pose des yeux à demi fermés sur moi.

– Bon Dieu, Reese.

Il baisse la tête pour laper mes seins avec sa langue tandis que ses doigts s'enfoncent plus profondément. Maverick se relève une nouvelle fois pour me regarder en me touchant.

– Regarde-toi.

Il est tellement sexy au-dessus de moi. Il est si tendre quand il me touche. Il a l'air aussi déchaîné que moi. Je jouis vite, et pendant que je jouis, il s'installe entre mes jambes et je ne peux plus respirer. Je le sens là. Tellement chaud, gros et dur. Je me tends à cause de l'appréhension, j'attends. Il hésite pendant un moment douloureusement tendu, puis il observe mon visage et serre la mâchoire.

– C'est ta première fois. Tu devrais être traitée comme il faut, sur un beau lit avec de beaux draps…

Je recouvre sa bouche avec ma main.

– Non, je proteste anxieusement, en cherchant ses yeux sombres argentés.

Je devrais avoir peur. J'avais toujours eu peur, je voulais le bon moment, le bon mec. C'est le moment, c'est le mec et je n'ai pas peur. Tout ce que je crains, c'est que cela n'arrive jamais entre nous. Il prend mon visage dans une main et m'ouvre les lèvres, m'embrasse, sa langue fait des aller-retour mouillés dans ma bouche. Je plante mes ongles dans sa peau, dans son dos, je bouge sous lui en glissant mes mains dans le bas de ses reins pour empoigner son cul musclé et le pousser à se rapprocher.

Il mord ma lèvre car il ne se contrôle plus et me regarde en commençant à rentrer. Ma vue se trouble. Mon corps brûle, de là où il entre jusqu'à mon cœur. Tout ce qu'il me donne et tout ce qu'il prend. Chaque fois que j'avais dit non était pour lui, chaque fois je me suis posé la question, c'était pour cela.

– Oh, je chuchote dans son oreille, surprise par la sensation de l'avoir en moi.

Il s'arrête, prend mon visage dans une main, et me regarde d'un air un peu brut et très chaud.

– Ça va ?

– Mieux que ça, dis-je en hochant la tête si vite que cela m'étourdit.

Nous respirons fort tous les deux. Je tremble de désir et son corps vibre comme il essaie de se contenir. Les yeux de Maverick brûlent, mais c'est moi qui suis en feu. Il suce un de mes seins, et je donne une ruade à cause du plaisir. Je sens la pression alors qu'il s'avance, sa chaleur, sa longueur et lui, palpitant, vivant, parfait, si viril et à ce moment, mien. Tellement mien. Tellement mauvais. Et tellement, tellement bon.

Il s'appuie sur ses bras de chaque côté de ma tête pour se relever et se retirer. Je sens mon corps se resserrer autour de lui de la plus exquise des façons quand il rentre lentement.

C'est encore meilleur cette fois, et il va quelques centimètres plus loin.

– Oh putain, je m'exclame en me cambrant.

Je mords son épaule et serre un de mes bras autour de sa nuque.

– Dis-moi, gronde-t-il dans mon oreille en caressant mon sein avec la paume de sa main, et me regardant comme s'il avait vraiment besoin que ce soit bon. Tu en veux plus ?

Je ne peux pas parler ; je suis trop occupée à essayer de retenir un autre orgasme, à attendre qu'il y arrive en même temps que moi. Mais je hoche la tête vigoureusement de haut en bas. Il bouge ses hanches et entre un peu plus, la mâchoire tendue, les narines ouvertes, les yeux lourds. Je vois qu'il essaie d'y aller doucement pour moi et que cela lui demande beaucoup de volonté.

– C'est comment ?

Il reprend mon visage dans sa main, et m'embrasse sauvagement.

– Tu es une petite chose douce et sublime.

– Oh bon sang, c'est tellement bon, Maverick.

Il est grand, large et il m'entoure, souffle par souffle, centimètre par centimètre. Je meurs de la plus belle mort. Mon souffle s'accroche dans ma gorge.

– Ne t'arrête pas.

Il serre les dents, les yeux débordant de passion alors qu'il se pousse entièrement à l'intérieur, sa mâchoire est plus carrée que jamais, son cou est tendu par l'effort, tous les muscles de son torse sont contractés quand il me prend.

– Oh putain, dis-je, émerveillée lorsque mon orgasme commence à monter rapidement.

Je prends ses épaules et presse mon visage dans son cou.

Quand il rentre complètement, j'arrête de respirer. Il est à l'intérieur de moi et je le sens, épais et palpitant, qui s'étire. Il grogne et me serre contre lui.

– Putain, accroche-toi à moi, dit-il, en commençant à bouger lentement.

– Maverick, dis-je d'une voix éraillée, et je balance mes hanches.

Il m'écrase presque contre son corps et bouge ses hanches plus rapidement. Il regarde mon visage pour y voir le moindre signe de douleur alors qu'il se retire et s'enfonce à nouveau complètement… encore… et encore… et encore.

– Maverick, dis-je dans un souffle.

Je me cambre et frémis, en passant mes doigts sur tous ses muscles. Nous bougeons ensemble, son souffle est mon souffle, son corps est mon corps, et nous ne sommes qu'instinct. Je ne fais que ressentir, étourdie, brute et vivante.

Je ne trouve pas les mots pour dire ce que je ressens, combien j'en ai besoin, comme son odeur, sa peau, son apparence sont splendides à cet instant.

Il empoigne mes cheveux et garde ma tête en place tandis que ses lèvres descendent pour s'attacher aux miennes. Je m'attendais à ce qu'elles soient écrasantes, mais lorsqu'elles touchent les miennes, elles sont douloureusement affamées et douces pendant qu'il bouge en moi. Je me sens pleine quand il est à l'intérieur, si pleine que je ne peux pas respirer.

Il fonce maintenant, sans hésitation. Il accélère le rythme, ses yeux sont remplis de lave, ses yeux d'acier, et je vole. Mon corps est en sueur, teinté de rose ; cet homme, qui m'embrasse comme s'il avait besoin de moi, qui me regarde d'au-dessus. Des yeux métalliques me coupent et me transpercent.

– Ça va toujours ? demande-t-il.

Sa voix, si rauque et si grave, me fait de l'effet. Me pousse à bout.

Je tremble pour lui, je meurs pour lui.

– Oh mon Dieu, ça va plus que bien.

Il me prend maintenant, profondément et puissamment.

– Je te fais mal ?

Maverick Cage. Le Vengeur. Nous faisons partie l'un de l'autre. Pas d'équipe, pas de passé, pas de futur. Je sors, du fond de ma gorge :

– Seulement de la meilleure façon.

Il augmente sa vitesse, passe sa main sur mes seins avec gourmandise. Je sens ses cuisses se contracter quand il bouge, son biceps, il ralentit à un rythme puissant qui me fait passer de l'autre côté. Je jouis. C'est violent et rapide, cela me dépasse. Cela me fait faire un bruit, un hoquet, et me tordre en-dessous de lui, me tendre puis me relâcher, et perdre la vision, des étoiles devant mes yeux.

Je me rends compte qu'il a ralenti pour me regarder, puis il embrasse passionnément mon oreille, colle son nez derrière, et jouis avec un doux grognement, son corps tressaillant sur le mien.

Il expire et pose un baiser sur le côté de mon cou, puis sur le dessus de ma tête.

Quand il se recule, nous nous fixons. Je ne sais pas qui regarde l'autre le plus intensément. Et il me sourit. Son baiser est mouillé, affamé, comme si je ne venais pas tout juste de jouir entre ses bras. Comme s'il voulait engloutir ma bouche le plus possible. Il relève la tête et baisse les yeux vers moi.

– Tu as combien de temps avant de devoir rentrer ?

– Encore quelques heures.

Il détend ses muscles un par un sur mon corps délicieusement décontracté, roule sur le dos, puis fixe le plafond.

– Tu savais qui j'étais ?

Il regarde le plafond, et un muscle s'agite dans sa mâchoire.

– Non. Et toi ?

– Non, dit-il.

J'avale ma salive.

– Mais maintenant, tu sais, je murmure.

– Une partie de moi voudrait ne pas savoir.

Je roule sur mon flanc pour le regarder puis lève lentement la jambe, et l'enroule autour de la sienne. Il tourne son visage de l'autre côté, comme pour regagner un semblant de contrôle, expire, puis me tire contre lui et frotte sa mâchoire contre le dessus de ma tête.

– Reese, chuchote-t-il dans mon oreille. Tu ne devrais pas être avec moi, ici, maintenant.

Puis il me serre, comme s'il voulait que je sois à lui, frustré que je ne le sois pas.

– J'aime bien être ici.

Il pleut dehors, le son de l'eau est apaisant sur les fenêtres, dans la rue et sur les toits. J'ai envie de dire quelque chose. Qu'est-ce que nous sommes en train de faire ? Le savons-nous ? Je ne crois pas.

Je crois que nous sommes ici car cela nous semble évident. Car nous sommes remarquablement, irrémédiablement attirés l'un par l'autre. Je crois que cela ne durera pas. Alors je reste allongée là et fais durer ce petit moment.

Sans réfléchir, je prends mon jean par terre et en sors la pièce de monnaie, et la lui montre. Il la regarde dans la paume de ma main. *Pourquoi tu ne l'as pas utilisée ?* semblent demander ses yeux argentés alors qu'il la prend entre son pouce et son index. Parce que j'ai l'impression que c'est tout ce que j'aurai de toi, cette promesse tacite, et je ne veux pas la perdre, je crois. Je la prends de sa main et la remets dans ma poche, disant en silence : *Je ne te rendrai pas ça. Je la garde.*

***

Maverick ressemble à un repas gastronomique sur le lit, tout en masculinité, chargé en testostérone, sombre, et tatoué. Et endormi. Je le regarde, en essayant de m'habiller sans faire de bruit. J'essaie de ne pas me remémorer à quel point c'était bon. Je fais de mon mieux pour me rhabiller discrètement et sortir de son espace pour revenir dans la sécurité du mien. Là où je ne sors pas avec un combattant, je ne couche pas avec un combattant, je ne suis pas dangereusement proche de tomber amoureuse d'un combattant. Précisément le combattant que je ne peux pas avoir.

J'agis dangereusement. Je me suis déjà comportée ainsi auparavant, et j'en ai payé un prix tellement élevé que j'essaie encore de m'en remettre. Je n'aurais pas dû admettre que je voulais cela. Je n'aurais pas dû le suivre. Je n'aurais pas dû être là du tout. En même temps, il n'y a pas un seul endroit où j'aurais préféré être.

Je regarde le tatouage dans son dos alors qu'il dort sur le ventre, un bras coincé sous l'oreiller, son cul dur et musclé, l'arrière de ses jambes avec des poils clairsemés. Et mes yeux reviennent sur le tatouage, le plus beau tatouage que j'aie jamais vu. C'est un phénix enflammé, je m'en rends compte maintenant, avec un scorpion noir sur le dos. C'est presque comme si le poids du scorpion tirait le phénix vers les flammes, à moins que le phénix sorte le scorpion des flammes. Le ranime.

Je regarde le tatouage et la façon dont il bouge, il ondule quand Maverick semble percevoir mon regard et se relève sur un bras pour se retourner. Je recule dans l'ombre et le vois laisser tomber sa tête paresseusement. Sans bruit, je vais jusqu'à la porte sur la pointe des pieds, en vérifiant que j'ai bien mon penny dans la poche.

***

Une demi-heure plus tard, j'entre dans la suite des Tate et traverse l'obscurité jusqu'à ma chambre. Je ferme la porte pour que Racer ne rentre pas sans prévenir, je me mets en culotte, et me glisse dans le lit en soupirant et serrant mon oreiller entre mes bras. Je le pousse sous ma tête et regarde le plafond ; je revis tous les instants, tous les baisers et la manière dont son corps bougeait sur moi.

Est-ce qu'on vient de le faire ? Est-ce qu'il a aimé cela autant que je le pense ? Je fixe le plafond avec un grand sourire idiot. Je rêve du phénix enflammé, qui me brûle, et je me réveille en sueur, car mon téléphone vibre. Maverick n'a pas mon numéro, mais je suis quand même essoufflée quand je décroche car c'est à lui que je pense en premier.

– Allô ? je réponds, pleine d'espoir.

– Je pensais t'envoyer un message, mais j'avais vraiment envie d'entendre ta voix, entends-je à l'autre bout du fil.

– Oh, salut, dis-je en me rallongeant sur mon oreiller alors que la réalité de ma partie de jambe en l'air torride et inconsidérée s'écrase sur moi quand je reconnais cette voix.

– Eh bien, tu n'as pas l'air très enthousiaste, Reesey, se moque-t-il en faisant semblant d'être triste. Tu m'as déjà oublié ?

C'est Miles.

CHAPITRE 20
Entraînement avec Riptide

MAVERICK

Je me réveille et je vérifie quelles parties de mon corps me font mal. Tête. Torse. Bras. Épaules. Quadriceps. Mollets. J'inspire, et je tourne la tête contre mon oreiller. Merde, ce que mon oreiller sent bon. Ma queue se réveille. Je tends le bras pour la chercher de l'autre côté du lit, je renifle encore le jasmin sur mon oreiller. C'est son odeur, à elle. Le lit est vide sous ma main, j'ouvre les yeux et regarde partout dans la chambre d'hôtel. Reese est partie.

Je regarde l'heure, puis je m'assois et jure dans ma barbe. Je me dirige vers la douche et sors mes affaires d'entraînement. Si Tate est prêt à me donner quelques leçons, je serai prêt à les lui renvoyer. Dans le ring. Il m'attend impatiemment quand j'arrive.

Tate est un combattant agressif ; il n'attend pas. Moi non plus. J'ai vu ses vidéos. Je connais ses techniques. Il a commencé à boxer très jeune et son endurance est inégalée dans l'Underground. Pas de faiblesses. Pas de pitié. Rapide, fort, et précis. Il ne gaspille pas son énergie. Plus de la moitié de ses coups frappent juste. Mon père lançait ses poings beaucoup plus souvent, dans des efforts inutiles. Il se fatiguait et laissait Tate, frais comme la rosée, le réduire en bouillie. Je ne ferai pas les mêmes erreurs que lui.

La salle est vide, à l'exception des trois membres de son équipe. Son coach, le coach en second, et son assistant. Je fais un signe de tête aux trois et vois Tate à côté des sacs. Je sais quand un mec est sur les nerfs, et là, il l'est. Il frappe la poire de vitesse comme s'il allait commettre un meurtre. Je secoue mes bras et mes épaules pour les relâcher, et je remonte ma capuche sur ma tête.

– Je suis là.

– En retard, merde. Je te casserais la gueule rien que pour ça, si ce n'était pas déjà prévu.

Je grince des dents et prend un regard noir. Il se tourne pour prendre quelque chose sur le mur, me regarde avec les mêmes yeux noirs, et me jette un casque.

Je l'attrape et le pose à côté.

– Je n'aurai pas besoin de ça.

– Ça me va. Je me fous de te péter le nez.

Il grimpe sur le ring d'un côté, et je grimpe de l'autre.

– Ton père et moi, ça remonte à loin, dit-il.

– C'est à cause de toi qu'il est dans un lit d'hôpital de merde.

– C'est ça qu'il s'est passé ?

Ses yeux ont une lueur menaçante.

– Il a fait ça tout seul.

Un des membres de son équipe s'approche pour enrouler un bandage autour de mes mains et glisser les gants dessus.

Dans le coin de Tate, derrière les cordes, son entraîneur siffle.

– Allez mettre des casques, tous les deux. Vite.

Les lèvres de Tate remontent avec un air de rébellion, et il me lance un regard de défi. Je lui rends son sourire, un rictus sauvage sur mes lèvres. Nous tapons nos gants. Pas de casque.

Je lance un direct. Il jette son bras, bloque le coup, fait un bond en arrière, j'envoie un nouveau direct, encore bloqué. Nous nous éloignons et sautons sur place, en secouant nos épaules, pour s'assouplir. Je remonte mes gants, plisse les yeux, et il demande :

– Tu te crois bon parce que tu es rapide et fort ? J'ai un scoop pour toi. Je suis plus rapide, je suis plus fort, et j'ai de la discipline. Ton coach ne te rend pas service.

– Il est de mon côté, et ça me suffit.

Il envoie un coup, je l'esquive rapidement et reviens derrière lui. Il se redresse et se retourne vers moi.

– Si tu te contentes de ça, alors tu devras te satisfaire de la deuxième place.

– Bordel, quoi ? Tu veux que je gagne ?

– Je veux un bon combat. J'aime que les choses restent vraies. Ça me rappelle que je suis un homme. Mortel.

– Je veux être une légende. Les légendes ne meurent jamais.

Il frappe encore, et j'esquive, je remonte, lance trois coups. Il les bloque tous, puis envoie un crochet du droit ; je le dévie. Il sourit et tape encore. Je bloque, puis je me baisse avant qu'il me plaque contre les cordes, et je retourne vers le centre. Il me suit.

– Pour être une légende, il faut tomber sept fois, et se relever huit, dit-il.

Je me souviens d'une finale, il y a quelques années, où mon père avait défoncé Tate.

– Ou ne pas tomber du tout.

Il met son bras en arrière puis efface mon sourire avec une grosse claque.

– Pour arrêter de tomber, il faut avoir accepté la possibilité que cela arrive.

Je nettoie le sang de ma bouche, avec un regard mauvais. Nous reprenons nos positions, et il me regarde comme s'il attendait mon prochain mouvement alors que nous commençons à danser, sauter, en attendant que l'autre se lance.

– Tu veux le casque, maintenant ?

Je plonge, commence à frapper, et il me bloque, dévie, bloque.

– Va te faire foutre, je grince.

– Ça n'aide pas, de s'énerver. Tu contrôles la colère, tu ne la laisses pas te contrôler.

J'ai envie de lui prouver qu'il a tort, je prends de l'élan avec mon bras et vise sa tête. Il se baisse et lance un crochet, ses doigts s'écrasent contre ma mâchoire. Je crache du sang et rebondis dans les cordes. Je secoue la tête, essuie le sang, grince des dents et me redresse, en plissant les yeux.

– À mon tour, je grogne, et je lance mon bras.

Mon poing atterrit, un coup dans le rein. Il bloque mon coup suivant, en fronçant des sourcils pensifs.

– Tu es bien prétentieux pour quelqu'un qui a perdu hier.

Il envoie un direct. Je jette le haut de mon corps sur le côté, j'esquive.

– Il faut y croire pour le devenir.

– C'est moi le champion, pas toi.

– Tu ne vivras pas éternellement, champion.

Il lance trois directs, puis saute en arrière, contracte son bras et le regarde.

– Mémoire musculaire. Si tu frappes assez, tu te bats à l'instinct ; une partie de ton cerveau travaille sur ton attaque, l'autre se concentre sur l'offensive adverse. Laisse ta mémoire musculaire travailler pour toi et pense à rester concentré sur les yeux de ton adversaire.

Je lance un rire moqueur.

– Je n'ai pas besoin de tes conseils.
– Retourne chez Papa, alors.
– Quand j'en aurai fini avec toi.

Je lui mets un coup de poing, puis je lève mon crochet gauche et tape assez fort pour le sonner. Il relève la tête, la secoue pour s'éclaircir les idées, et essuie du sang de son nez. Je reprends mon souffle, satisfait de l'avoir fait saigner. Au moins, je ne serai pas le seul avec une poche de glace, ce soir. Il voit le sang sur son bras et me regarde, impressionné.

– Stop ! hurle le coach dans le coin. Vous serez tous les deux vidés pour le combat si vous continuez vos conneries.

Tate lui lance un grand sourire, et se retourne pour me jeter un regard insistant.

– Tu en as eu assez ?
– Je m'échauffe à peine, là.

Je ferme les yeux pour en faire partir le sang et je lève mes gants.

– Viens me chercher, Riptide, je gronde.

Nous continuons pendant trois heures. Son équipe est énervée contre lui. Nous terminons ensanglantés et avec des kilos de sueur en moins. Son équipe vient avec des boissons énergétiques, et il en jette une vers moi avec son bras plié.

– Même heure, la veille du combat à Atlanta. Tu as beaucoup à apprendre.

Il retire ses gants. Je ne dis rien. Par fierté, je lui jette un regard insultant. Mais je sais que j'y serai.

***

Je suis allongé en travers du lit, sur le ventre, avec des poches de glace tout autour de mon corps. Je ne comprends pas ce mec. Je ne le comprends pas du tout. Je suis en train de me faire piéger. Forcément. Je me demande si Reese est dans le coup. Si elle est censée être ma distraction. Merde, c'est ça.

Je grogne et sors mon téléphone. J'ai envie de lui envoyer un texto, mais je n'ai pas son numéro. J'ai envie d'envoyer un message à quelqu'un qui en a quelque chose à foutre. Ma mère ? Non, pas moyen. J'écris à Oz.

Tu es vivant ?

Oui.

T'es où, putain ?

Je veux qu'elle vienne. *Tu ne peux pas toujours avoir ce que tu veux, petit con.* Je jette un regard au seau d'eau à côté du lit, je pose mon téléphone, et je replonge mes doigts dans la glace. Puis je lève mes yeux vers les gants de mon père, laissant la colère m'alimenter.

CHAPITRE 21
Le vengeur est proche

REESE

Je ne l'ai pas vu depuis ce soir-là. Je ne suis pas retournée à la salle de sport à Denver, lâche que je suis. Je m'inquiète de la possibilité que Remy l'apprenne et décide de ne plus jamais s'entraîner avec Maverick. Je me bats entre mon envie de retourner le chercher et mon sentiment de trahison auprès des Tate, de Miles, et la vérité logique et rigoureuse que notre amitié est plus que ça, mais n'ira probablement nulle part.

Nous sommes maintenant à Dallas, cinq jours après que je lui ai donné ma virginité. J'essaie de me concentrer sur le fait que Miles m'a envoyé un message pour me dire que lui, Gabe et Avery venaient aux demi-finales. Mais le Vengeur sème la pagaille. J'ai entendu l'équipe parler de la façon dont il avait maté plusieurs adversaires difficiles et avait fini à un combat près de se battre encore contre Remy, à la dernière soirée. C'est comme s'il était une légende, simplement car il essaie de venger le Scorpion. C'est un vrai concurrent. Il gagne du respect, de l'admiration, et beaucoup de peur.

Je ne supporte pas de les écouter. L'idée que Maverick se batte contre Remy, qui fait partie de ma famille, commence à être douloureuse. Alors à la place, pendant que l'équipe discute, je me concentre sur les trains de Racer, la thérapie parfaite, si vous voulez mon avis.

Je suis dans une salle de sport de Dallas. Aujourd'hui, ma conversation avec moi-même tourne autour du fait qu'il ne soit pas là, et que je peux ainsi rester calme pendant mes exercices et me focaliser sur mon soutien à Remy. Je suis contente quand je me dirige vers la crèche, prête à me vider l'esprit en jouant avec Racer, quand je reçois un texto de Brooke.

Prends ta journée.
on emmène Racer au zoo, avec Remy

Tu es sûre ?

Oui, on est en train de le récupérer.

Ok, amusez-vous bien !

Je me retrouve en plein trottoir sur le chemin de la crèche, et soudain je ne sais plus quoi faire du reste de ma journée. Une pulsion incompréhensible me pousse à rebrousser chemin. J'ouvre les portes de la salle de gym, salue la réceptionniste, et je sens mon cœur se retourner dans ma poitrine. Je dépasse les tapis de course, les vélos, les poids, jusqu'aux tapis de sol au bout, avec les sacs de boxe. J'observe toute la zone où il pourrait se trouver. Il y a plusieurs mecs autour des sacs. Aucun d'entre eux n'est aussi grand, ni aussi mystérieux. Ni aussi sexy.

Il est sorti de ma vie. Peut-être qu'il ne veut plus jamais me voir. Je suis une Dumas, après tout. Il s'entraîne probablement quelque part avec Oz. La déception s'empare de moi. J'attends un petit peu. *Reese, tu te comportes comme une idiote.*

– Vous cherchez quelqu'un ? me demande une dame derrière le comptoir.

– Je, euh, ouais, non.

Je secoue la tête et me dépêche de ressortir, puis je regarde les bâtiments en face. La chaleur a été insupportable ces derniers jours, mais il y a un petit vent aujourd'hui, un ciel en partie nuageux.

Je ne suis pas encore prête à retourner à l'hôtel, je me balade jusqu'au parc. Il y a ce coin que j'aime bien, à l'ombre d'un arbre. Dans chaque parc où nous allons, je trouve l'arbre idéal et cela devient notre coin parfait, à Racer et moi. J'y vais avec mon livre et les encas de Racer et déplie la couverture, m'assois.

– Salut.

J'entends sa voix clairement, délicieusement dans mes oreilles, lève les yeux sur son jean noir déchiré, et le tee-shirt gris serré sur ses épaules à cause des muscles qu'il cache. Nos yeux se connectent et mon cerveau m'envoie des images de lui qui me tient. *Est-ce que je te fais mal... ?* Son tatouage qui ondule… Ses yeux qui explosent de passion…

Il fourre ses mains dans ses poches et se contente de me regarder. Et ces yeux me regardent avec prudence et méfiance, maintenant.

Maverick me jauge.

– Tu as combien de temps avant de devoir rentrer ? demande-t-il, en observant mon visage comme pour y trouver la réponse.

Je ne sais même pas si ma voix va fonctionner, quand j'ouvre la bouche.

– Quelques heures. Brooke et Remy ont emmené Racer au zoo.

Il se détend et se laisse tomber près de moi, s'allonge sur le dos puis regarde les branches de l'arbre et le ciel.

– J'ai fait un parc différent tous les jours. Je ne savais pas dans lequel j'allais te trouver.

– C'est vrai ?

Il fixe le ciel, avec la mâchoire crispée.

– Ouais. Je ne voulais pas demander à Tate.

– Il ne te l'aurait pas dit. Et c'est possible que je me sois cachée pendant que je… traitais l'information.

– Traitais quelle information ?

Je pose mon livre, mes yeux l'avalent comme mon petit déjeuner, mon déjeuner et mon dîner. Puis je jette un œil à la couverture.

– À quel point c'était intense.

Il ferme les yeux, souffle et plie ses doigts.

– Tu veux mon numéro ?

Il se rassoit et pose ses coudes sur ses genoux. Il hoche la tête.

– Je n'ai pas mon portable avec moi.

Je cherche un de mes rouges à lèvres dans le sac de Racer puis regarde Maverick pour lui demander la permission. Il me regarde aussi, et me laisse fermer ma main autour de son poignet. Il est large et fort. Je pose le bout du rouge à lèvres sur son bras et j'écris mon numéro. Avec un rouge à lèvres corail, sur son avant-bras. Et c'est la chose la plus érotique que j'aie jamais faite.

Je remets le rouge à lèvres dans mon sac, il reste un moment sans me toucher. Il regarde son bras. Puis il tourne son visage sur le côté, souffle, et se retourne vers moi.

– Reese, murmure-t-il sur un ton triste. J'ai perdu le contrôle, cette nuit-là.

Il regarde ma bouche, comme s'il la voulait. Et je veux qu'il la prenne. Je ne devrais pas le vouloir, mais je le veux.

– J'ai aimé que tu le fasses, dis-je.

Et j'ai aimé dormir dans tes bras, même pour une seconde. Je retiens mon souffle, et me rends compte de ce que je viens d'admettre – *non Reese, retire ce que tu viens de dire* – et je ne bouge pas quand il tend le bras.

– Moi aussi, dit-il.

Et mon Dieu, je veux encore les lèvres de Maverick. Chaudes et fortes, qui me réveillent du sort qui m'a maintenue endormie. *Cela ne mènera nulle part, Reese !* Il glisse sa main sous mes cheveux et le bout de ses doigts caresse ma peau.

– Tu m'as lâché après…

– Tu savais que je devais partir.

– Ouais, je savais, mais tu effaces tout dans ma tête. Je suis sûr que tu le sais parce que tu fais ton sourire en coin, juste là.

– Mon sourire en coin !?

Il sourit un peu, prend ma nuque dans sa main, et me tire plus près en se rallongeant sur la couverture.

– Maverick… Ce qu'il s'est passé…

Il me tire un peu plus près. Je pose mes mains sur sa poitrine pour me relever mais je finis par les laisser là, à sentir le plat de son torse en-dessous tandis qu'il murmure :

– Quoi, ce qu'il s'est passé ?

– Quoi ?

– Tu vas me dire combien ça t'a retourné la tête ou tu vas me laisser t'embrasser ?

Un baiser de plus… Oh putain, je vais aller en enfer. Je suis la pire personne que je connaisse. La plus inconsciente. La plus intoxiquée par Maverick Cage. C'est une pulsion pure. Je brûle d'un désir ardent et je veux être plus près. Plus près que près. Je veux être son tatouage, la femme dans son lit et la chose qu'il ne peut pas faire sortir de ses pensées et cette fille, avec lui, qui l'embrasse dans le parc.

– Ce qu'il s'est passé… je commence.

Était merveilleux et impulsif et effrayant et irréfléchi… Mais au lieu de finir ma phrase, je me penche et je presse timidement mes lèvres contre les siennes. Il pose sa main derrière ma tête, et sa langue glisse dans ma bouche.

Il grogne doucement, me tire au-dessus de lui, et attrape mon cul. J'adore ses mains qui me serrent, alors que nos langues commencent à se battre, et je sais que je ne peux pas continuer à faire cela, que cela ne mènera nulle part, mais ça me rend encore plus affamée, mes doigts serrent son tee-shirt dans mon poing, ma langue pousse la sienne, un gémissement m'échappe.

Sa langue, lente et tranquille, me goûte. Il y a un aboiement pas loin, des gens qui passent sur le chemin, et quand je fais un effort pour me reculer, Maverick retient ma tête et penche la sienne, pour me dévorer plus fort. Sa main glisse sous le dos de mon tee-shirt. Ses doigts effleurent ma peau, ils sont chauds, calleux, et tellement parfaits que je ne suis plus qu'un frisson géant. Il nous retourne et m'allonge sur l'herbe, m'embrasse encore et glisse sa main vers le bas pour tenir ma taille, en caressant mon abdomen avec son pouce.

– Reese, souffle-t-il contre ma peau.

Je lève les yeux vers le ciel, puis je laisse mes paupières se fermer alors que la sensation de ses lèvres dans mon cou surpasse ma raison.

– Je ne prends pas ce que tu m'as donné à la légère. Je ne veux pas que tu croies que c'est ce que j'ai fait.

– J'en avais envie.

– Et j'ai envie de toi.

La voix de Maverick est extrêmement lourde à cet instant.

– Le mec de chez toi. Il t'embrasse comme ça ?

– Non.

Et il sourit. Il me regarde.

– Mais…

Je me rassois. *Reese, arrête ça.*

– Mais on ne peut pas… tu sais. Refaire ça.

Ses yeux s'assombrissent.

– Je crois qu'on devrait le faire plus souvent.

Il me fixe, il attend que je dise quelque chose, et je n'arrive qu'à avaler ma salive nerveusement. Il fait un geste vers mon livre.

– Qu'est-ce que tu lis ?

Il passe son bras autour de mes épaules. Je me raidis mais en même temps, je fonds de l'intérieur.

– Un livre.

– Vraiment ?

Il hausse les sourcils, et je rigole en remettant timidement une mèche de cheveux échappée de ma queue de cheval derrière mon oreille.

– J'ai entendu beaucoup de choses sur toi, dis-je.

– Rien que des mensonges.

Il lâche un sourire.

– Tu défonces tout.

Son expression perd sa légèreté, et il regarde droit devant lui, pensif.

– Je vais défoncer Tate, Reese.

Je me rassois, et regarde ailleurs.

– Je n'aime pas y penser.

– Tu le soutiens par principe, je ne m'attends pas à ce que tu me soutiennes.

Je reste silencieuse.

– J'ai besoin de faire ça pour moi, m'explique-t-il avec une lueur féroce et déterminée dans les yeux.

– Maverick…

J'enroule mes bras autour de moi. Ce n'est pas facile pour moi de trouver quelqu'un avec qui j'ai une connexion. Je n'ai jamais ressenti le même genre de lien que celui que j'ai tissé avec Maverick « le Vengeur » Cage quand j'ai commencé à parler.

– Cette nuit avec toi était plus importante pour moi que tu ne peux l'imaginer, je murmure. Je n'aurais pas dû t'embrasser, là tout de suite. J'essaie de me trouver, et je ne peux pas faire cela si je suis perdue en toi.

Il prend mon menton et son toucher déclenche une chaleur partout en moi.

– Je ne te laisserai pas te perdre, me promet-il.

– Les Tate sont ma famille. Je crois qu'on ne devrait pas refaire ce qu'on a fait. Et Miles vient le mois prochain.

– Miles, c'est comme ça qu'il s'appelle ?

J'acquiesce et lui lance un regard impuissant. L'aspect liquide de son regard commence à se durcir sous mes yeux.

– Ouais, je comprends. Ce n'est pas le fils du Scorpion.

Il serre la mâchoire, ses yeux sont foncés, et nous nous fixons tous les deux. Il commence à se lever, mais presque comme une pulsion, sa main prend ma joue et attrape mon visage, il m'embrasse, une sorte de punition sexy. Je reste là, fondue, alors qu'il se lève et s'en va. J'expire, ferme les yeux, et touche mes lèvres.

C'est fini. Nous ne le referons plus. Hein ? Est-ce que nous sommes d'accord ou pas ? Oui, parce qu'il est en colère. Je suis sûre que nous serons courtois, mais… séparés. Et je ne peux pas le supporter. Et soudain, je ne me souviens plus pourquoi nous ne pouvons pas, pourquoi c'est mal.

Ou pourquoi j'ai écrit mon numéro de téléphone sur son bras.

CHAPITRE 22
Fini

MAVERICK

J'ai couru treize kilomètres, soit huit *MILES*, et il est minuit.

Miles. Miles. Miles.

Je me regarde dans le miroir de la salle de bains de l'hôtel, je regarde au fond de mes yeux. Et j'écrase mon poing sur la vitre.

CHAPITRE 23

Articulations cassées

MAVERICK

Le lendemain, je m'entraîne avec Oz. Nous nous entraînons dans un box de rangement qu'il nous a pris pour la journée. La porte est grande ouverte, et il a accroché les sacs aux poutres en fer du plafond. Je me sers de ma gauche, encore et encore. Je frappe. J'écoute les sons. *Clac, poum, poum, clac, pouf.*

– Oh, arrête, arrête. Où est ta droite ? demande Oz en se secouant pour sortir de sa sieste.

Il a apporté une chaise pliante et est resté assis là pendant des heures après que nous ayons avalé deux pizzas, une chacun. Il est possible que j'ai mangé quelques parts de la sienne en plus.

– J'essaie de renforcer ma gauche, je réponds.

Il me lance un regard mauvais.

– Tu as une super gauche. Ta gauche est presque aussi bonne que ta droite.

– « Presque », c'est bien ça, je lui fais remarquer.

Je vise le sac.

– Tu t'es blessé à ta droite ?

Il vient et prend ma main droite, mais je la retire avant qu'il puisse enlever mon gant.

– J'ai merdé, d'accord, je grogne. Ça sera revenu à la normale en un rien de temps.

– Tu as niqué ta droite ! Pendant la saison. Quand ?

– Peu importe.

– Quand ?

– Hier soir. J'ai cassé un truc.

– Tes articulations sont blessées, C'EST ÇA ! Tu as niqué ta droite pour une crise de colère ? Mais merde, quoi ? Je vais hériter d'un nouveau Scorpion, hein ?

Il me pousse, et je le laisse faire, j'attends qu'il fasse son caprice. Il abandonne et retourne sur sa chaise.

– Autant que tu n'ailles même pas au combat, si tu n'as pas ta droite, gronde-t-il.

– Je ne vais pas manquer un combat.

– Tu aurais dû y penser avant d'éclater ton poing. C'est à cause de Tate ? D'une fille ?

Je frappe le sac, puis je baisse les bras et regarde par terre, en inspirant profondément.

– Elle s'appelle Reese, dis-je dans un souffle, en fronçant les sourcils vers le sac de frappe. Reese Dumas.

Il lâche un juron dans sa barbe. Puis il sort sa flasque.

– Laisse-la tranquille, Maverick.

– Et si tu laissais ta flasque tranquille, Oz ?

– Je ne peux pas.

– Alors on se comprend.

Je me mets en position et je recommence à taper.

– Je ne la laisserai pas tomber.

Puis je teste ma droite en envoyant un direct dans le sac, et la douleur remonte dans mon bras. Je retire mon gant. Je regarde sombrement ma main, je teste mes doigts et les replie.

– Les membres de l'équipe Tate, dit Oz en se penchant en avant sur sa chaise, ils n'ont pas de liens de sang mais sont encore plus proches que ça. Elle ne voudra même pas te regarder, Maverick.

Je jette mon gant droit sur le côté et je continue à frapper avec ma gauche. *Je crois qu'on ne devrait pas refaire ce qu'on a fait… Les Tate sont ma famille… Miles vient…*

– Je ne veux pas te voir te ridiculiser pour une foutue Wendy !

Je m'arrête. Puis je glisse mon regard vers Oz et plisse les yeux.

– Ce n'est pas une Wendy.

La frustration monte. Je continue à taper, et je frappe le sac fort.

– J'ai entendu que tu t'entraînais avec lui, dit Oz.

– Ouais. Je te l'aurais dit si tu avais été à moitié réveillé.

Je n'arrête pas de frapper.

– Ça veut dire que tu n'as plus besoin de moi, hein ?

– Non. Ça veut simplement dire que j'ai plus de chances de trouver comment le battre.

– Il gagne les mêmes chances d'être sûr de te battre, grogne-t-il.

Il prend une gorgée et regarde tristement par la porte du box. Je fixe le sac et continue à frapper jusqu'à ce que mes muscles s'épuisent, et puis je continue, encore.

CHAPITRE 24

Remettre Maverick sur pied

REESE

Ma mère m'a appelée plusieurs fois, mais je ne réponds pas. J'ai peur qu'en entendant ma voix, elle sache que quelque chose hante mes pensées. Je finis par céder quand Brooke frappe à ma porte.

– Ta mère m'a appelée. Elle s'inquiète.

J'étais en train de mettre des affaires dans ma valise, car nous partons demain pour la prochaine ville, Atlanta. Racer est profondément endormi dans sa chambre, toutes ses affaires sont fin prêtes, sauf le petit train rouge qu'il aime mettre sous son oreiller pour dormir.

– Qu'est-ce que tu lui as dit ?

– Que tout allait bien. C'est vrai, non ?

Je hoche la tête. Brooke hésite un moment, puis m'adresse un sourire très chaleureux.

– Reese, je suis là si tu veux parler.

Toute ma vie, j'ai voulu avoir quelqu'un à qui me confier en dehors de mes parents et maintenant que je l'ai, je ne suis pas sûre de pouvoir lui parler de ce dont j'ai le plus besoin.

– Ça va, j'affirme.

Elle sourit encore.

– Je vais l'appeler, j'ajoute.

– Super, dit-elle, soulagée, et elle me montre son pouce levé avant de partir.

Je décide de téléphoner pour apaiser ma mère.

– Maman, comment ça va ?

– Je m'inquiète.

Je soupire.

– Pas la peine, je vais bien.

– Tu me promets ? On peut venir te chercher.

– Non ! Maman !

Je ne veux pas partir, je ne veux pas rentrer à la maison, où je serais toujours l'ancienne Reese, où je ne pourrais plus grandir, apprendre, expérimenter.

– Maman, je suis super bien ici ! Je suis juste… dans un processus de bourgeonnement et j'ai besoin de temps pour moi, OK ?

– Papillon ? demande-t-elle, pleine d'espoir.

– Non, dis-je avec un sourire triste, toujours une chenille.

– Dis-moi, qu'est-ce que tu fais en ce moment ?

Je lui parle de Racer, de mon régime et des Tate, de combien ils sont géniaux, et de l'équipe, et je lui dis que Miles va venir.

– Oh, ça me fait plaisir ! N'oublie pas d'appeler le soir, ou tous les deux jours, trois maximum. D'accord, chenille ?

– D'accord, Maman.

Je sais qu'elle se fait du souci, mais quand elle doute de moi, je me sens désespérée, avec l'impression que je ne regagnerai plus jamais sa confiance même si je regagne lentement la mienne. Quand je raccroche, je rentre un mémo sur mon téléphone : appeler maman. Brooke jette un œil dans ma chambre.

– Ta mère est contente maintenant ? Elle s'inquiétait vraiment.

Je hoche la tête.

– Je crois que c'est son sport favori.

– Eh bien, tu es sa fille unique. C'est pour ça que je veux absolument que Racer ait un frère ou une sœur. C'est plus sain que les obsessions d'une mère soient partagées.

Je rigole, puis la regarde avec mélancolie. Je me demande si je peux lui poser des questions sur Maverick. Je sais que Remy s'entraîne avec lui et c'est une torture de ne rien lui demander.

– C'est le garçon de chez toi ? me demande-t-elle, comme si elle lisait dans mes pensées.

J'ouvre la bouche, j'ai envie d'avoir une amie, mais qu'est ce que je peux dire ? Maverick Cage ? Je suis obsédée. Nous avons couché ensemble. Je pense à lui, souvent. Et je le considère comme un ami même quand je ne lui parle pas pendant des jours. Je ne le comprends pas moi-même. J'ai peur de le dire à voix haute. J'ai peur de faire une autre grosse erreur, quelque chose qui pourrait encore blesser ma famille.

Alors je souris à Brooke et je la laisse penser que oui, c'est le garçon de chez moi. Alors qu'en réalité, c'est le fils du Scorpion.

***

Nous sommes à Atlanta, dans un bel hôtel au cœur de la ville. Brooke et moi sommes en train de dîner. Je n'ai pas vu Maverick depuis le parc. Huit jours. Il s'entraîne avec Remy, et Brooke n'a pas beaucoup vu son homme non plus.

Nous nous sommes toutes les deux brossé les dents et avons mis nos pyjamas. Brooke dort dans un tee-shirt et un petit short, et je porte un pantalon doux en coton bleu clair, comme mes yeux, avec le haut assorti. Nous nous rejoignons dans le salon pour lire et discuter lorsque nous entendons des voix masculines graves, qui semblent enchaîner beaucoup de grossièretés, dehors.

La porte s'ouvre et les gars apparaissent : Pete, Riley, Coach, et deux grands combattants bruns, amochés et ensanglantés, avec leur tee-shirt collé contre leur torse. La bouche de Brooke s'ouvre, puis se referme, puis se rouvre tandis qu'elle regarde son mari.

– Vous vous êtes battus ?

– Ouais.

– Je croyais que vous vous entraîniez ?

J'ai les yeux rivés sur Maverick, le souffle court. Maverick dans ses vêtements de sport, en sueur et… *Maverick.*

– On a changé de programme.

Remy traverse la pièce à grandes enjambées et dit :

– Aide-moi à le remettre sur pied.

– Laisse-le se vider de son sang, ce sera plus simple, dit Coach.

Pete et Riley entrent dans la suite derrière lui.

– Remets-le sur pied pour que je puisse lui recasser la gueule, répète Remy.

Il lance à Maverick un regard lourd de sens et lui dit :

– La récré est finie pour toi.

Brooke me regarde et je me dirige vers Maverick.

– Il peut prendre ma douche.

Brooke hoche la tête. Je ne sais pas ce qui m'a poussée à parler, car maintenant Maverick me fixe. Et d'après la façon dont nous nous regardons, je suis sûre qu'ils savent tous que nous avons couché ensemble, et que j'y pense tous les jours.

– Viens avec moi, dis-je avec une voix étrange.

Il me suit dans ma chambre. Je ferme la porte, puis je vais ouvrir la douche et je demande :

– Qu'est-ce qu'il s'est passé ?

– Rien de grave.

– Remington Tate ne s'entraîne jamais avec personne. Maverick… ce n'est pas rien.

Il enlève son tee-shirt humide, et en traversant la pièce vers la salle de bains, il relève mon menton et me regarde avec un demi-sourire, et des yeux qui m'absorbent avec une sourde intensité.

– Ce n'est pas grave, affirme-t-il.

Il entre dans la salle de bains et la porte se referme avec un clic. Je soupire et ramasse son tee-shirt. Maverick est le seul mec que je connais qui n'est pas intimidé par le champion. Quelques minutes plus tard, je fais les cent pas quand Brooke entre dans ma chambre.

– Ils sont fous ? je demande à Brooke avec une grimace en lui montrant le sang sur le tee-shirt de Maverick.

– Fous, me confirme-t-elle. Tiens, voilà des vêtements propres. Ils seront peut-être un peu trop grands pour lui.

Maverick sort, torse nu, ses hanches couvertes d'une serviette blanche, et les yeux de Brooke s'écarquillent.

– En fait, peut-être que non.

Brooke le regarde attentivement.

– Ouais, pas tant que ça.

Elle pose les vêtements, s'avance, et pose son doigt sur le torse de Maverick.

– Mon mari s'est mis dans la tête de t'aider. Il ne fait que rarement confiance aux gens et ce n'est pas facile de gagner son respect.

Maverick ne dit rien.

– Je ne sais pas ce qu'il se passe, mais il pense que tu es un mec correct.

Maverick répond à Brooke calmement mais ne regarde que moi.

– Ouais, je suis un mec correct.

– Tant mieux.

Brooke fait une pause jusqu'à ce que Maverick me lâche pour poser son regard sur elle.

– Si mon mari t'a amené ici, avec sa famille, c'est qu'il te considère comme son ami, dit-elle.

Sa voix s'adoucit quand elle ajoute :

– Donc je suppose que je suis ravie de te rencontrer, Maverick.

Elle me tend des flacons d'huiles qu'elle avait coincés sous son bras.

– Huile de moutarde, arnica, fais ton choix, elles sont anti-inflammatoires, mets-lui ça. Racer, qu'est-ce que tu fais debout ?

Elle pose ses mains sur ses hanches et prend une pose de maman déçue quand nous le remarquons tous sur le pas de la porte.

– Je veux Weese ! dit-il sur un ton de défi en courant dans la chambre.

– Reese est occupée. On va te remettre au lit.

Elle soulève Racer dans ses bras avant qu'il puisse m'atteindre, et Racer dit :

– Mavewick, viens voi' mes trains !

– Plus tard, bonhomme, répond Maverick, en levant le bras pour taper son poing.

Brooke lance un regard curieux à Maverick, puis ferme la porte derrière elle.

– Il n'y a pas que lui qui veut Reese.

La voix orageuse qui parle court sur ma peau, et je trouve Maverick en train de me regarder avec un sourire chagrin sur le visage. Mes yeux s'agrandissent. Et mon cerveau visualise l'image de moi dans ses bras, avec ses lèvres sur les miennes, ses mains sur mon corps. Je fais énormément d'efforts pour ne pas laisser mes yeux se balader sur son torse, ses bras, toutes les parties de lui.

– Je te veux aussi.

Est-ce que j'ai dit cela ? Il a l'air prêt à me plaquer au sol. À m'attraper. Me tenir. Me baiser.

– Qu'est-ce qu'on va faire à ce sujet, alors ? demande-t-il.

– Je ne sais pas. Peut-être… je murmure avant de secouer la tête. Je ne sais pas. Mais je pense à toi.

– Je pense à toi aussi, Reese.

Je le regarde tandis que des chatouillis me parcourent, et nous sourions tous les deux. Comme si c'était suffisant pour le moment. Mais l'est-ce vraiment ? Je souffre quand je pense à lui. Je n'aime pas penser au fait que je ne peux pas être avec lui.

– Alors, vous vous entendez bien, avec Remy ? je demande.

Il serre la mâchoire et fronce les sourcils.

– On est concurrents, pas potes.

Il s'assoit sur le bord de mon lit et se penche en avant, avec ses coudes posés sur les genoux, la serviette s'ouvre alors et dévoile sa cuisse.

– Mais tu es là, dis-je. Remy t'a amené ici, et tu t'es laissé faire.

Il se tourne vers moi avec une nouvelle étincelle dans l'œil, puis lance un regard appuyé au lit sur lequel nous sommes, actuellement, tous les deux assis.

– Je suis là.

Dans. Ma. Chambre.

– Les gars disent que Riptide veut que son dernier combat vaille le coup, dis-je, en faisant comme si j'étais absorbée par les étiquettes des huiles de massage.

Il fronce les sourcils en réfléchissant, et je hausse les miens.

– Tu ne savais pas que c'est sa dernière saison ? je demande.

– Non.

Il plie et déplie ses doigts en faisant la grimace.

– Une raison de plus pour que je sois son adversaire à la finale cette année.

Je lève les yeux au ciel. J'adore le fait qu'il parle sans une once de vantardise, de façon très factuelle. Il y a un petit air renfrogné sur son visage, et j'entends presque son cerveau tourner dans le silence.

– Bon, choisis.

Je lui montre les deux huiles.

– Je n’ai pas besoin de ça.

– Bien sûr que si, je réplique.

– Non.

Il se lève, et reste dos à moi en enlevant sa serviette et la laissant tomber. Mes yeux s’écarquillent en apercevant son cul parfaitement musclé et ses longues jambes tandis qu’il saute dans un jean. Puis il prend le tee-shirt et glisse ses bras dedans, le passe au-dessus de sa tête, et son tatouage ondule sous ce mouvement. Le tee-shirt gris tombe pour recouvrir ses abdos alors qu’il se retourne. Et je lève les yeux vers les siens.

– Tu ne veux pas que je te touche, je chuchote, le cœur brisé. C’est pour ça que tu ne veux pas des huiles. C’est ça ?

– Je ne veux pas que tu me touches si je ne peux pas te toucher en retour.

Nous nous regardons, ses yeux me défient. J’inspire profondément, puis je balance :

– Si tu me donnes une minutes pour mettre ça sur tes épaules et ton torse, je te donne une minute aussi, tant que tu restes sage.

Il rit doucement.

– Sage, ce n’est même pas la moitié de ce que tu vas me faire ; tu vas toucher mon torse.

– Et ?

Il hausse les sourcils.

– Je te laisse même y aller en premier. Allez, laisse-moi te réparer, je continue.

Il hoche brusquement la tête.

– J’y vais en premier ?

Je serre les huiles dans mes poings alors que mon monde commence à tourner. Maverick s’approche. Oh mon Dieu. Je retiens mon souffle quand Maverick lève sa main dans mes cheveux. *Ce ne sont que des cheveux*, je me répète, mais sa façon de caresser une mèche entre le bout de ses doigts et de la regarder comme si c’était des fils d’or fait trembler mes genoux. Et je me rends compte que je les garde toujours en arrière, sauf en de rares occasions. Ou pour me coucher. Comme maintenant.

Il caresse les mèches, des racines aux pointes, en glissant ses deux doigts vers le bas, et je sens son toucher dans ma moelle osseuse. Ses yeux remontent, plongent dans les miens, un regard pénétrant, et il lève sa main pour caresser doucement mon visage. Alors qu’il effleure ma joue, son petit doigt suit le bord de mon oreille. Mon corps se transforme en lave.

Il prend mes joues délicatement entre ses mains, et ses pouces caressent sur mes pommettes et mes paupières. Du désir pur. C’est ce que je vois dans ses yeux. C’est ce que je ressens. Et je vois quelque chose de tendre et de chaud. Dans ces yeux platine. Pour moi ?

– Tu as le plus beau visage du monde, dit-il. Sur le plus beau des corps. Avec le plus beau des sourires. Et une voix à laquelle je pense quand tout est silencieux.

Il serre la mâchoire et se recule, puis enlève son tee-shirt et s'assoit au bord du lit, en respirant profondément. Quand Maverick murmure, comme il vient de le faire, sa voix orageuse crée une onde de choc comme s'il parlait depuis un endroit profond en moi. Putain. Je le soigne, et il me détruit.

Tremblante, je déplie mes doigts autour des deux flacons, que je semble avoir agrippés comme si ma vie en dépendait. J'essaie de rester concentrée en faisant couler un peu d'huile de moutarde dans ma main et pose mes doigts sur ses épaules.

Son tatouage m'observe. Le phénix est si près que je peux presque le respirer. Je le respire. Car le phénix, c'est lui. Et il sent le shampooing de ma salle de bains et le savon qui est sur ma peau, mais en plus chaud et plus terreux. Je passe le bout de mon doigt sur la tête du phénix. J'ai envie de l'embrasser. Et je l'embrasse.

Je me penche, et mes lèvres frôlent la tête de l'oiseau si amoureusement que je touche à peine sa peau. Il laisse sortir un souffle, se retourne, attrape ma tête comme s'il voulait me rapprocher pour m'embrasser, puis il me lâche et se lève en expirant.

– Tu joues avec moi.

– Non ! Non. Je suis désolée.

J'ai tellement honte que je tiens mon ventre et replie mes doigts, en luttant pour ne pas enfouir mon visage dans mes mains.

– Je ne sais pas pourquoi je me sens comme ça quand je suis avec toi.

Il plisse les yeux.

– Tu n'as pas la moindre idée de ce que tu me fais.

Le silence est partout. Il expire et revient s'asseoir, son large dos face à moi. Il plie ses mains sur ses genoux et se retourne pour me regarder, avec les épaules tendues. Je le regarde et bien que mon cerveau comprenne pourquoi, mon corps a du mal à capter qu'il ne soit pas plus près de moi.

Maverick, embrasse-moi. Dis-moi de ne pas avoir peur, et embrasse-moi. Mais j'ai peur. Et s'il m'embrasse, je dois le repousser car ce n'est pas possible.

Je souffle, je verse encore un peu d'huile et je me force à l'étaler dans tout son dos. Sa chair ondule et se tend sous mes doigts, et je le sens dans tous les pores de mon corps. J'observe encore le tatouage avec le phénix et le scorpion.

– Ton tatouage…

Je ne finis pas ma phrase, je passe toujours mes mains dans son dos.

– Je l'ai fait le jour de mes vingt-et-un ans.

Son cou est large ; il regarde la moquette maintenant, posé sur ses coudes pendant que je frotte l'huile.

– Quand j'ai arrêté d'attendre qu'il vienne me chercher. D'attendre qu'il dise qu'il avait merdé, qu'il choisisse ma mère et moi. Quand j'ai découvert comment les gens le voyaient, je me suis fait un nouveau moi. Pas avec lui, mais malgré lui.

Je m'élève, maintenant. Il est une partie de moi que je ne renie pas, mais il y a d'autres parties, en moi. De meilleures.

Il me regarde avec ses yeux à moitié fermés, et sa voix descend.

– Je ne suis pas lui, Reese.

Il regarde le mur, puis bouge pour arrêter ma main, et une petite brûlure électrique remonte mon bras quand il se tourne pour me regarder à nouveau.

– Tu trembles. Tu as peur de moi ?

Je secoue la tête de droite à gauche.

– J'ai peur de moi. Quand je suis avec toi.

Ses yeux brillent un peu, et son sourire apparaît.

– J'aime bien la façon dont tu es quand tu es avec moi.

– Parce que c'est la seule Reese que tu connais, normalement je suis plus calme et moins impulsive.

Ses yeux étincellent de plaisir après ma confession, et il se penche en avant comme pour prendre mes lèvres. Je pose une main sur son torse, et secoue la tête.

– Maverick… Tu me rends trop imprudente.

– Je sais, dit-il, puis il baisse la tête et pose ses lèvres dans mon cou.

Je mets mes mains sur ses épaules pour l'empêcher, mais lorsque ses doigts voyagent intimement dans mon dos et qu'il me tire plus près de lui, si tendrement, je gémis doucement et enfonce mes ongles dans sa peau.

Il remonte sa bouche sur ma gorge, d'abord pour me tester, et quand j'ouvre mes lèvres sans réfléchir, il commence à les dévorer. Son baiser envoie des tourbillons de chaleur en moi. C'est un baiser rapide. Un baiser volé. Très loin de ce que je veux. Bien moins profond que ce que je veux. Bien moins interminable que ce dont j'ai besoin. Mais cela me secoue tout de même au plus profond de moi.

Je suis malheureuse, vide et seule quand il se recule. Il me regarde dans les yeux pendant une longue minute.

– J'aime bien ton pyjama.

Mes oreilles se réchauffent. Son sourire commence à s'effacer. Il prend l'arrière de ma tête. Mon cœur fait encore un bond et tambourine comme un fou. *Il va m'embrasser. Et je vais le laisser faire.* Mes palpitations « maverickiennes » habituelles battent des records. Je pose mes mains sur ses épaules, et cette fois, je commence à le tirer un peu plus près.

Je me raidis quand j'entends frapper à la porte et je commence à reculer sur le lit. Mais Maverick se sert calmement de sa main pour me tirer là où il veut que je sois en baissant sa tête, et écrase ma bouche avec ses lèvres chaudes, affamées et fortes, alors que sa langue entre à l'intérieur, et vole mon âme en prenant ce dernier baiser volé…

Puis il se lève, fourre ses mains dans ses poches et se tient face à la porte. Il me cache alors qu'elle s'entrouvre.

Brooke jette un œil à l'intérieur.

– Le repas est servi.

Elle disparaît aussi vite qu'elle est arrivée.

Maverick traîne sa main à l'arrière de sa tête par nervosité, puis il me lance un regard sombre et frustré, comme s'il était désolé d'avoir été interrompu. Je ne devrais pas, mais je le suis aussi. Ma bouche. Ma bouche me chatouille.

Je garde une distance raisonnable entre nous, en le suivant vers le salon et la salle à manger. Brooke et moi avons déjà dîné, mais de toute évidence, les mecs sont affamés et je remarque qu'une place est prévue pour Maverick aussi. Il attend que je m'assoie, puis il se pose en face de Remy et ils mangent leur repas en silence.

– On dirait un vieux couple. Je n'en reviens pas de voir comme ils sont sérieux, dit Pete.

Riley me regarde et sourit.

– Ce n'est pas étonnant qu'ils s'aiment bien. Leur moyen de communication est de ne pas communiquer du tout.

Et pendant que les hommes profitent de leur dîner, je regarde tout le monde autour de la table, sauf Maverick. Même si je sens que lui ne regarde que moi.

CHAPITRE 25

Soigner Oz

MAVERICK

Après ma soirée avec les Tate, avec de la bonne nourriture et en bonne compagnie, je n'arrivais pas à dormir. Voir ce à quoi Reese est habituée. La façon dont vivent les grands combattants. Aujourd'hui, je vais faire des courses, et une fois que j'ai posé les sacs dans la petite kitchenette, je fonce vers le canapé avec un sac poubelle. Oz regarde la télé, des cadavres de bouteilles traînent partout, des paquets de chips ouverts dispersés sur la petite table devant lui.

Je passe mon bras sur la table et envoie tout valser dans le sac poubelle.

– Qu'est-ce que tu fais ?

Il baisse la bouteille de laquelle il s'apprêtait à prendre une gorgée. Je vais la lui prendre des mains et la jette aussi, en lui lançant un regard tranchant.

– C'est fini, Oz.

– Qu'est-ce qui est fini ?

– Ta petite victimisation. C'est fini. On veut être des pros ? On fait comme eux.

Je sors des bouteilles d'eau du sac de courses que j'ai rapporté.

– Tu te fous de moi.

Il rigole, marche jusqu'au minibar, et en sort une petite bouteille. Il prend une lampée rebelle et retourne s'affaler sur le canapé.

– Tu vas aller aux Alcooliques Anonymes.

– Je ne vais nulle part.

Il prend une autre gorgée. Je compose le numéro du personnel de l'hôtel et quelques minutes plus tard, ils viennent reprendre les clés du minibar.

– Petit trou du cul ! Tu n'es qu'un gamin ! Tu crois que tu peux venir ici... Juste parce que tu es pote avec Tate maintenant, tu ne te sens plus ?

– Je sais que je vaux mieux que ce que tu m'as donné pour l'instant. Et tu vaux mieux aussi. Merde, je mérite mieux. Ça va changer, Oz. On ne va pas rester les tocards pendant longtemps. On va manger comme des champions et agir comme eux.

– Tu ne tiendras pas trois minutes sur le ring avec Tate, à la finale. Personne ne tient.

– Je ne suis pas personne.

Je jette sa nouvelle bouteille dans le sac aussi.

– Va te laver, prends une douche, décuve. Tu vas aux AA, ou je t'y traîne. Ça a duré assez longtemps comme ça.

Nous arrivons en retard à la réunion. Des rangées de chaises occupées font face à une petite estrade, où un mec raconte son histoire au reste des personnes présentes. Je m'arrête pour prendre un livret intitulé « 12 ÉTAPES » et m'installe avec Oz au dernier rang.

Quand le mec descend de l'estrade, je dis :

– Vas-y, Oz. Suis son exemple et monte là-dessus, fais-toi une promesse.

Oz est déjà agité, sans alcool.

– Tu es un putain de connard, Maverick.

– Mais je suis tout ce que tu as. Tiens.

Je lui donne le livret, il le prend, les yeux remplis de colère. Et c'est à ce moment que j'entends une voix familière dans les haut-parleurs, et je relève la tête.

– Je m'appelle Reese Dumas et je suis sobre depuis un an.

Tout le monde hoche la tête par respect. Et je reste assis là, comme un idiot, à la regarder comme si je ne l'avais jamais vue de ma vie.

– Je suis timide de nature. Pas très bavarde et…

Elle arrête de parler en me voyant, ses yeux s'agrandissent à cause d'un mélange de surprise, d'inquiétude et de soulagement. Et je reste assis là, toujours idiot, prêt à boire le moindre mot qui sort de sa bouche alors que quelque chose, comme le scorpion dans mon dos, me pique le cœur.

– Je…

Elle a du mal à continuer, et arrache ses yeux de moi.

– … n'avais pas beaucoup d'amis. Mon père enseignait pour les formations militaires, donc on voyageait beaucoup. Une nouvelle école tous les quatre ans. Il était difficile de maintenir des relations ; pour moi, impossible, en fait.

Elle fait une pause et avale sa salive. Reese Dumas. Intouchable peu importe combien de fois je l'ai touchée. Un corps parfait qui fait que mes mains me démangent, à cause de mon besoin de les passer sur sa silhouette, une toute petite taille, des seins parfaits, un cul parfait. Je ne peux pas la lâcher des yeux, putain.

– Quand je suis arrivée dans ma dernière école, à quinze ans, j'avais l'impression d'être complètement seule sur Terre. J'étais trop timide pour aller vers les autres, même ceux qui étaient gentils avec moi. J'entendais parler des fêtes dans l'école, mais je passais mes soirées à la maison. Un réveillon du Jour de l'An, j'ai bu un verre de champagne et je me suis sentie un peu dans les vapes. J'ai fini par aller à ma première fête, et j'ai été invitée à la suivante. J'aimais me sentir libre comme ça, insouciante. Ça me donnait le courage de sortir. De me faire des amis. Je me suis saoulée le week-end suivant aussi. Je parlais plus, j'étais drôle, je voulais être acceptée, créer des liens. J'étais trop renfermée, toute seule. Avec l'alcool, je me faisais de nouveaux amis, on m'invitait à sortir. Je croyais que j'étais acceptée, mais quand j'étais sobre, je voyais bien que je n'étais qu'une distraction. Et quand je pensais que mes amis ne m'aimaient ni ne me connaissaient pas vraiment, ça me donnait envie de boire encore plus pour ne plus y penser.

Elle souffle.

– Mes parents ont compris ce qu'il se passait au bout d'environ deux ans. Ils s'en doutaient peut-être depuis un moment, mais je pense qu'ils se disaient que j'étais trop jeune. Au bout de deux ans, mon addiction était permanente, et ils ont cherché de l'aide pour moi. C'était difficile, au début. J'ai commencé à manger un peu plus, pour aider à calmer mon anxiété. J'ai pris du poids, que je commence enfin à perdre. J'ai…

Elle me regarde.

– … quelques amis, maintenant. Mais je suis ma propre amie, surtout. Je veux ce qu'il y a de mieux pour moi. Je veux que l'on me connaisse comme je suis, qui je choisis d'être. Je suis sobre depuis un an, et chaque jour qui passe est une victoire pour moi. Merci.

Elle hoche la tête, et avant de descendre de l'estrade, elle me regarde. Rien que moi. Ses yeux sont brillants et pleins d'espoir, et semblent un peu s'excuser. Elle baisse la tête et descend, puis va se rasseoir sur sa chaise. Trop loin de moi. Beaucoup trop loin de moi, à un monde d'intervalle, alors que je veux la presser entre mes bras et lui dire qu'elle est épatante. Tout ce temps, Reese se battait en silence.

Je suis assis là, toujours idiot, à fixer l'arrière de sa tête, abasourdi et plus que certain que je suis amoureux de cette fille. Je veux m'installer avec elle. Lui faire quelques bébés. Je veux la protéger de la bouteille, des mots, d'une foutue goutte de pluie, ou même de moi. Voilà à quel point je tiens à cette fille.

Je suppose que je n'ai pas un si gros blocage émotionnel que cela, finalement. Je suppose qu'il suffit d'une seconde pour comprendre ce qui est sous votre nez, qui vous frappe comme un coup de poing dans le ventre. Elle voulait trouver un ami en moi. Je serai son ami, mais je veux tellement plus que cela.

– Tu la vois, elle ? je chuchote à Oz.

Il fronce les sourcils et hoche la tête.

– C'est elle. C'est ma meuf.

CHAPITRE 26
Démasquée

REESE

La salle commence à se vider quand la séance se termine, et je me retrouve debout, immobile, alors que le mur de muscles souples face à moi commence à s'approcher. Je connais ce torse. Je l'ai touché. Je l'ai griffé durant mon orgasme. Je connais son propriétaire, et pour une raison qui m'échappe, je ne trouve toujours pas le courage de le regarder dans les yeux. Jusqu'à ce que Maverick s'arrête devant moi. Grand, avec ce torse large et imposant. Mon corps me supplie de me rapprocher de lui, ne serait-ce que pour lui emprunter sa force. J'inspire, et me force à lever les yeux.

Il se passe quelque chose quand nos regards se croisent. L'air change et tourbillonne entre nous. Tout s'évanouit et il n'y a plus que moi, brute et à nu, sans plus aucun vrai secret, et lui. Ce qu'il fait ensuite me surprend. Il enroule ses bras autour de moi et me fait un gros câlin, en me serrant contre lui jusqu'à ce que nous formions comme un gros arbre entremêlé, le genre de câlin que me fait ma mère ou mon père quand je suis « courageuse », et quand il embrasse mon front avec passion, je sens sa bouche chaude et mouillée sur ma peau. J'ai tant envie de l'embrasser que je souffre intérieurement.

– Tu es incroyable, susurre-t-il dans mon oreille.

Pourquoi je ne lui ai pas dit ? Pourquoi je ne le dis jamais à personne ? Les Tate ne le savent que parce que ma mère voulait être sûre que j'aille au moins à une réunion des AA dans chaque ville. Mais j'aurais préféré qu'ils ne sachent pas, ne serait-ce que parce que je ne voulais pas paraître faible aux yeux de personnes que je trouvais fortes et quasi parfaites. Mais ils ne m'ont pas jugée. Ils ne me regardent pas avec pitié. Ils m'ont accueillie dans leur équipe, leur maison, leur vie, et m'ont laissée me rapprocher de ce qu'ils ont de plus précieux : Racer.

– Je ne voulais pas… être vue comme une ancienne malade, pour toi. Je voulais être moi. La nouvelle moi améliorée sur laquelle je travaille.

– Tu *es* toi, dit-il férocement.

Sa façon de le dire déclenche une émotion, et j'avale ma salive.

– Je voulais être exceptionnelle par moi-même, sans bouteille et sans histoire, juste moi. Ce voyage… C'était pour ça.

Jusqu'à ce qu'il prenne toute la place.

– J'avais seize ans. Quand j'ai commencé, et après j'ai… complètement arrêté à dix-neuf ans. Je n'ai même pas le droit de boire officiellement et je me suis déjà promis de ne plus jamais le faire, dis-je avec un sourire triste. Je ne suis même pas tentée. Je veux trouver ce que ça m'apporte, peut-être, la sensation de me sentir libre… Mais je n'en veux pas.

Je jette un œil à la porte par laquelle Oz est sorti.

– Il ne voulait pas parler ?

– Pas encore.

– Il a besoin d'un parrain ?

– Peut-être.

– S'il suit les douze étapes, ce sera les premiers pas vers un nouveau lui.

Maverick ne me lâche pas des yeux. Son bras est ferme autour de ma taille. Et puis il glisse sa main sous mes cheveux, avec ses yeux sombre et calmement aimants.

– Je me consume quand je te regarde, dit-il, avec une voix pleine de révérence et un regard électrique sur moi. Tu viens de m'anéantir.

Je souffle et retiens l'émotion en clignant des yeux. Tout le monde ne voit pas cela en regardant une personne en convalescence. Ils voient quelqu'un qui pourrait rechuter. Qui pourrait redevenir faible. Qui est déjà tombé. Ils ne voient pas la force qu'il a fallu pour dépasser cela et s'en sortir, parfois ils ne voient pas l'humanité, et souvent ils ne comprennent pas que pour quelqu'un qui se relève, c'est dur d'être dans un monde où le reflet de soi dans les yeux des autres est si décevant.

– Tu dois rentrer ?

Je hoche la tête avec regret.

– J'ai dit que je venais juste à la réunion.

– Je vais te raccompagner.

Je souris, et baisse la tête.

– Je suis contente que tu aies amené Oz. Et je suis contente que tu saches.

Quelque chose dans le fait de révéler un secret à quelqu'un crée un lien et vous attache ensemble. Et quelque chose dans le fait que quelqu'un sache tout sur soi aide à prendre conscience de tout le travail qu'il reste encore avant de devenir un meilleur soi.

***

Nous sommes tous les trois à l'arrière du taxi : moi, Maverick, Oz. Je me sens à vif. Trop attirée par lui. Plus que jamais. Maverick est assis à côté de moi. En silence. Et je suis silencieuse aussi. Il me regarde dans l'ombre et quand nos yeux se croisent, il sourit. Il tend le bras et prend ma main. Elle est dure et sèche, et la mienne rentre parfaitement dedans. Mon esprit, mon cœur et mon âme semblent palpiter.

Je me demande comment ce serait de passer toute une nuit avec lui, pas seulement une heure, sans rien entre nous. Poser mes lèvres sur chaque centimètre de sa peau. Poser ma tête sur son torse. Et juste rester là, à parler. Ou pas. Ou à s'embrasser. Je pose ma tête sur son épaule. Il inspire lentement.

Il faut que je sois plus proche de lui, je ne peux pas contrôler cela. C'est aussi nécessaire que respirer, une pulsion vers lui, mon corps qui réagit violemment à ce dont il a besoin pour survivre. Nous ne pouvons pas décoller nos mains l'une de l'autre. Lorsque finalement j'enlève la mienne pour toucher sa cuisse, il fait de même et me caresse doucement de haut en bas. Nous ne sommes pas seuls. Donc nos mains ont sûrement intérêt à rester où elles sont. Il y a le chauffeur de taxi, et Oz. Mais je ne vois qu'UNE personne. Maverick à côté de moi. Son épaule est dure contre la mienne. Ses jambes sont écartées et l'une touche ma cuisse.

Je me presse plus près de lui et tourne la tête juste quand il saisit mon menton, se penche, et fait se rencontrer nos lèvres. Sa langue, mouillée, glisse dans ma bouche. Je passe impulsivement ma main sous son tee-shirt. Simplement car j'ai besoin de sentir son corps. Il est chaud comme une fournaise, sa peau est douce sous mes doigts. Je remonte ma main, pour attraper les battements de son cœur dans ma paume. Je frotte un petit peu tandis qu'il aspire ma langue goulûment, et déplace ses épaules comme pour me couvrir. J'ouvre la bouche plus grande et laisse sa langue guider la mienne.

Oz toussote. Maverick lance un regard vers lui et grogne d'exaspération.

– Allez, Oz, tu as été jeune aussi.

– Nan, répond Oz.

Maverick plonge la main dans sa poche et en sort son téléphone, puis ses écouteurs.

– Mets ça dans tes oreilles, écoute de la musique, et regarde ailleurs le temps qu'on arrive, dit-il à Oz.

Il ramène ses yeux sur moi alors qu'Oz grommelle et fait ce qu'on lui dit.

– Putain, comment tu fais marcher ça ? demande Oz.

Maverick se retourne vers lui, prend le téléphone, et lance la musique. Puis Oz met les écouteurs et regarde par la fenêtre en souriant.

Maverick me regarde à nouveau, et enroule ses doigts autour de mon crâne. J'ai les paupières lourdes. Ses yeux ne sont que deux petites fentes lorsqu'il baisse la tête et prend ma bouche. Je passe mes deux mains sous son tee-shirt et l'embrasse de toutes mes forces. Je caresse ses muscles du bout des doigts, et je réalise que cela m'a manqué de ne pas toucher son torse, même si je n'avais pu le faire qu'une seule fois auparavant… *Tu me transformes en nymphomane, Maverick*...

Et Maverick m'embrasse comme s'il avait tout le temps qu'il veut, et comme s'il n'allait jamais lâcher ma bouche. Je me sens tellement impulsive, je veux faire plus, je veux le sentir partout, le toucher partout, qu'il me touche partout… Sans réfléchir, je laisse mes doigts descendre sur le plat de son torse et de son ventre, mais Maverick saisit mon visage avec une main et me force à le regarder, glisse une main dans mes cheveux sur ma nuque.

– Regarde-moi.

Oh merde, il est tellement beau. Je ne me suis jamais sentie aussi nue devant lui qu'à cet instant.

– Comment tu fais ça ? me demande-t-il doucement. Comment tu fais pour que je m'accroche au moindre mot que tu prononces ? À chaque expression sur ton visage ?

Il me regarde attentivement et passe sa langue sur ma lèvre inférieure.

– À chaque regard que tu me lances, dit-il.

Il me tient plus près contre lui et bouge ses épaules pour que l'on ne puisse pas me voir, et doucement, tendrement, il m'embrasse encore, en passant sa main derrière ma tête dans la plus délicate des caresses.

Quand je glisse mes mains autour de son cou, j'enfonce presque mes ongles dans sa peau. Je le veux tellement que je ressens une vraie douleur physique. Ses lèvres continuent à me goûter, chaudes, exploratrices, et intimes aussi. Il les fait passer dans mon cou, et tire un peu sur mon tee-shirt pour embrasser le dessus de mon sein.

Il remonte ensuite jusqu'à mon oreille en m'embrassant, et quand je tourne la tête pour mordre le lobe de son oreille, il grogne dans la mienne, puis se recule simplement pour me sourire. Me sourire comme s'il était juste content de m'embrasser ce soir.

Je ne peux même pas lui rendre son sourire. Qu'est-ce qui ne va pas, chez moi ? Il a transformé mon corps en tempête de feu. Je le prends, et mes mains montent dans son dos, à l'endroit exact où je sais qu'est tatoué son phénix. Puis je prends l'arrière de sa tête et le tire vers moi. Nos baisers sont plus sauvages, mon contrôle de la situation est proche du néant. Nous sommes brûlants, fiévreux et il n'y a plus de paroles. Plus de jeu. Plus d'entraînement. Plus rien du tout à part la chaleur et la bouche de Maverick Cage. Qui colle parfaitement avec la mienne. Ses mains qui caressent mon dos de haut en bas, fébriles. Je veux qu'elles aillent ailleurs. Je veux ces grandes mains calleuses sur mes seins, entre mes jambes, sur ma peau nue. Et cette bouche, je la veux sur le moindre centimètre de mon corps. Mon corps est en feu pour Maverick.

J'ai tellement mal que j'ai envie de pleurer. Je veux tous ses secrets, tous ses rêves, et je veux être dans un de ces rêves ; je veux être un de ces secrets. Bientôt je serai dans ma chambre, toute seule. Seule et sans Maverick. Toutes les nuits, je me souviens de comment c'était dans son lit… Toutes ces nuits passées à essayer de trouver la meilleure chose à faire, la chose la plus raisonnable pour ma tête mais qui semble pourtant si mauvaise pour le reste de mon être.

Il arrête de m'embrasser et fixe mon visage. Les yeux de Maverick ont un scintillement nouveau et possessif. Il m'abrite toujours avec son corps, et me donne un autre baiser ferme et passionné sur les lèvres. Ma langue sort avec gourmandise, et il me sourit, avec des yeux qui brûlent de faim et de joie.

– C'est aussi dur de ne pas te toucher que de ne pas te regarder, murmure-t-il.

Touche-moi, regarde-moi... J'ai envie de le supplier, et j'ai tellement peu de contrôle sur moi-même que me taire me demande toute mon énergie. Alors je passe mes deux bras autour de son cou et inspire l'odeur de sa peau chaude. *Je te veux, Maverick Cage...* J'enfouis mes lèvres contre sa gorge, et quand je jette un œil par-dessus son épaule, je reconnais le paysage et me rends compte que nous ne sommes plus qu'à une rue de l'hôtel. Il grogne en forçant sa bouche à s'arrêter. Je pense au fait que nos baisers ont failli le faire passer de l'autre côté.

Quand serons-nous seuls tous les deux ? Quand serons-nous enfin à nouveau seuls tous les deux ?

– Maverick…

Il rit doucement et appuie sa tête contre la mienne, et son regard intime ne fait que confirmer qu'il sait que je voulais, irrationnellement, aller plus loin. Je sens mes oreilles rougir. Je lance un regard à Oz, et Dieu merci, il regarde par la fenêtre en somnolant avec la musique dans les oreilles. Maverick me regarde passer mes doigts dans mes cheveux. Je le regarde aussi. Ses yeux sont des flammes absolues et j'ai envie de déchirer ses vêtements afin de mémoriser chaque centimètre chaud et dur de lui.

Il me rend si insouciante, je ne connais pas cette fille. J'aime bien, mais cela me fait peur, aussi.

– Je veux passer toute une nuit avec toi. J'ai envie de savoir comment c'est de m'allonger sur ton torse. Et de parler de tout.

Merde. Je ne sais pas pourquoi j'ai dit cela, mais c'est sorti tout seul. Je me force à ne pas le retirer. À assumer. Nous nous fixons quand le taxi s'arrête en douceur devant l'hôtel. Maverick m'aide à sortir, puis se penche vers le chauffeur.

– Je la raccompagne, restez là.

– Je laisse tourner le compteur.

Maverick hoche la tête et ferme la portière derrière nous. Ses doigts appuient dans le bas de mon dos quand il m'accompagne dans le hall, presse le bouton de l'ascenseur, et attend avec moi. Lorsqu'il arrive avec un *ding* et qu'un couple en sort, il m'y suit. Nous sommes tout seuls, jusqu'à la suite-terrasse. Il prend ma main sans rien dire, pose son pouce contre ma paume, et me regarde avec une satisfaction masculine incandescente.

– Je devrais avoir honte. Je ne suis jamais aussi irresponsable, je lui avoue.

– Tant mieux. Mais je veux que tu sois irresponsable avec moi.

Je rigole et baisse la tête, désormais j'ai réellement honte. Les lumières au-dessus de nous semblent plus vives que d'habitude, après l'obscurité du taxi, et je suis incroyablement mortifiée.

– Tu sais qui je suis. Et je sais qui tu es, Reese. Et ça n'a rien à voir avec ce que tu viens de dire, ni avec qui sont nos pères.

Il me tire si près que je sens ce que nos tripotages dans la voiture lui ont fait, et ses lèvres couvrent à nouveau les miennes, maintenant plus douces, douloureusement douces. Une onde de plaisir ricoche dans mon dos lorsqu'il me déplace et que nous finissons plaqués contre le mur. Je suis coincée entre la paroi de l'ascenseur et des tonnes de Maverick. Nous sommes si affamés l'un de l'autre que nous n'arrivons pas à décoller nos bouches.

– Tu me rends saoule, Maverick, dis-je avec un air inquiet alors que nous nous embrassons.

– Je suppose…

Il fronce les sourcils.

– …que c'est une chose négative ?

J'examine son visage.

– Je ne sais pas.

– Tu me donnes envie d'y aller à fond, Reese. De tout faire.

Nous nous embrassons chaudement encore un peu.

– Tu fais ressortir une autre personne en moi, je confesse, en serrant son torse sous mes mains et en essayant de reprendre mon souffle. Je voulais être elle. Mais je ne connais pas cette nouvelle Reese. C'est une inconnue pour moi.

Il recule avec ce sourire lent et adorable.

– Moi, je la vois parfaitement.

Quand l'ascenseur s'arrête, il me suit jusqu'aux grandes portes de la suite avec ses trois chambres. Alors que je sors mes clés, il dit :

– Eh. Essaie de savoir dans quel hôtel vous serez la prochaine fois.

– Pourquoi ?

– Je veux réserver le même.

Je le regarde fixement. Il hoche la tête sérieusement.

– Je veux savoir comment c'est de t'avoir allongée sur mon torse. Que tu passes toute la nuit avec moi. À parler.

Il sourit en répétant ce que je lui ai dit. J'inspire. Pour deux personnes qui ne parlent pas beaucoup, c'est énorme. Vouloir passer une nuit ensemble. Et parler.

– Eh, dit-il doucement en relevant mon regard vers le sien. Je veux t'avoir au lit avec moi.

Je ris.

– Je n'ai jamais passé une nuit entière avec une femme, jamais de ma vie.

J'arrête de rire. Oh mon Dieu. Émotionnellement, il est vierge aussi. Que sommes-nous en train de faire ? Son expression s'intensifie, il prend ma main et embrasse les jointures de mes doigts. Mon poing, ce qui est chez lui son gagne-pain, sûrement une des parties de son corps les plus précieuses.

– J'ai bien aimé ce qu'il vient de se passer à l'arrière du taxi, Reese.

– Moi aussi.

– Alors ne le regrette pas, chuchote-t-il dans mon oreille.

Il se dirige vers l'ascenseur.

– Maverick.

Je l'arrête. J'ai envie de l'embrasser pour lui porter chance. J'ai envie de l'embrasser pour moi.

– J'aurais aimé pouvoir être là au prochain combat, dis-je à la place.

Il s'arrête devant l'ascenseur, sexy et délectable, et rit doucement en passant sa main dans ses cheveux.

– Je suis content que tu ne viennes pas.

– Pourquoi ?

Il secoue la tête tristement.

– J'ai besoin d'avoir toute ma tête face à mes adversaires.

Il me lance un regard plein de sous-entendus, comme si je lui mettais la tête à l'envers.

– Riptide est invaincu, Maverick. Il est… imbattable. Je ne veux pas que vous soyez blessés, ni l'un ni l'autre.

Il revient et me dit gentiment :

– L'un de nous deux le sera.

Il relève mon menton.

– Ne t'inquiète pas pour moi. Je sais encaisser les coups. C'est quand je suis par terre que j'apprends le mieux, parce que je déteste y être.

Il retourne dans l'ascenseur, et je m'adosse à la porte tandis qu'il disparaît à l'intérieur. J'ouvre la porte de la chambre, mange des céréales pour le dîner, et vais me coucher dans mon lit. Je reste allongée, encore essoufflée, et je serre fort les yeux pour revivre ce qu'il est arrivé avec lui à l'arrière du taxi. Je n'ai jamais eu aussi peur.

Reese, est-ce que c'est vraiment toi ? Es-tu prête à être audacieuse et courageuse ?

CHAPITRE 27
Elle

MAVERICK

Lorsque nous arrivons à l'hôtel, je prends une douche, me laisse tomber sur le lit, agité. Je repense au taxi. Je revois ses baisers. Je rejoue ses mots. Je répète ce qu'elle a dit sur elle. *Tu me rends saoule, Maverick...*

Je n'aurais pas dû la raccompagner à son hôtel. J'aurais dû l'emmener ici avec moi. Pour qu'elle s'allonge sur mon torse. Comme elle le voulait. Et pour parler toute la nuit, avec des mots ou avec le silence. Et je l'embrasserais, pendant des heures, sa langue sortirait pour jouer avec la mienne, et j'aurais ses seins dans mes mains. Elle gémirait dans ma bouche. Et je ferais traîner ces gémissements, car lorsque je suis avec elle, je suis ivre, dingue et incontrôlable.

J'imagine Reese dans le lit, toute belle et douce, qui enroule doucement ses bras autour de moi tandis que je m'étale sur elle. Elle qui dit mon nom d'une façon qui me fait savoir qu'elle a envie de moi, qu'elle a besoin de moi autant que moi d'elle. *Maverick.* Je ne peux pas parler, je grogne contre sa bouche, puis je serre son cul dans mes mains en goûtant son téton. Je la retourne et embrasse aussi les collines de ses fesses. Je glisse mes doigts entre ses jambes, elle est toute mouillée et juteuse. Je la mémorise. Il me faudra une éternité, mais je suis motivé et je veux mémoriser chaque centimètre et chaque pore de sa peau avec mes yeux, mes doigts et ma langue. Son souffle est haché et elle se retourne, m'attrape contre elle et me prend en elle. Elle est chaude. Humide. Je n'en aurai jamais assez. Elle m'accepte en elle. Elle m'accueille en elle. Elle passe ses mains partout dans mon dos, sur mon tatouage. Et elle sait ce qu'il signifie. Elle est la seule à le savoir. Il ne parle pas de mon père, il parle de moi.

Et je sais qui elle est. Je sais qu'elle est forte et douce, je sais qu'elle se bat pour équilibrer ce dont les autres ont besoin, et ce dont elle a besoin. Je sais qu'elle est en train de se trouver, et je sais que je suis le veinard qui a le privilège d'assister à cela.

CHAPITRE 28
Plus fort

MAVERICK

Un… deux… trois… Cinquante-sept… cinquante-huit… cinquante-neuf… Cent… cent un… cent deux… Je fais des abdos. Je m'entraîne dans une chambre d'hôtel vide qu'Oz et moi avons récupérée pour la journée. Je pense à la finale, six semaines à l'avance. Et à elle. Toujours à elle.

Je sais que la défaite peut monter à la tête. Je sais que la défaite peut gâcher la vie d'un combattant. Je sais aussi qu'on ne gagne jamais si l'on ne croit pas qu'on le mérite. Car quand son corps est sur le point d'abandonner, et qu'on est sur ses dernières forces, on ne se pousse pas à bout si une seule fraction de soi croit que l'on ne peut pas tout défoncer.

C'est peut-être mon rebelle intérieur. J'ai toujours cru que je pouvais ; surtout car je croyais que personne d'autre ne le pouvait. Je crois que je peux. Donc je vais le faire. Et elle est à moi. Je la revendique mienne. Lentement et tranquillement. Nous allons faire les choses comme ça. Mais sur le ring, je ne vais pas y aller tranquillement. Je suis de plus en plus fort, de plus en plus rapide.

J'ai la pêche quand je pense à Reese, à l'arrière du taxi, ma main entre ses jambes. Dans ma tête, plus je suis bon, plus je mérite que Reese sorte officiellement avec moi.

– Oz, il faut que tu regardes Tate quand on se bat. Que tu me dises si tu vois une ouverture.

– Maverick, c'est moi qui te dis quoi faire, pas l'inverse. Va jusqu'aux demi-finales, déjà.

J'arrête les abdos et me relève, je me mets à sauter à la corde.

– Toujours énervé que je t'ai emmené aux AA ?

Il me lance un regard noir, sort une bouteille d'eau, et boit à grandes gorgées. Je jette la corde sur le côté et vais lui mettre une claque dans le dos.

– Eh. Tu peux le faire.

Je lui jette les bandages pour qu'il puisse s'occuper de mes mains.

– Oz, je ne peux pas être partout sur le ring. Il faut que tu me dises si tu vois une faiblesse parce qu'il n'y a pas de doute que son coach lui indique les miennes.

– Ce n'est pas son coach, c'est TOI. Tous ces entraînements avec lui ? Le mec t'étudie comme une encyclopédie, dit-il sur un ton morne avec une grimace.

– Tant mieux, je murmure, en le laissant bander mes mains. Je connaîtrai mes propres faiblesses avant la finale quand il s'attaquera à moi. Je l'étudie aussi.

– Arrive déjà jusqu'en finale. Twister n'arrête pas de faire parler de lui, il remonte au classement. Il y a une rumeur disant qu'il abuse, qu'il est rempli de stéroïdes jusqu'aux couilles.

– Il n'y a rien d'autre que du vide dans ses couilles.

Bordel, je me sens insulté qu'il croie que je vais perdre contre Twister. Je l'ai déjà battu une fois. Je lui lance un regard mauvais.

– Je peux me le faire.

Oz avale encore de l'eau. Je plisse les yeux.

– Tu es déshydraté ?

– Quoi ?

Mes yeux s'écarquillent quand il referme sa bouteille comme si c'était de l'eau bénite et la glisse à l'intérieur de sa veste. Je tends le bras et remue les doigts.

– Donne-moi cette bouteille.

– Non.

– Oz.

Il me donne une autre bouteille d'eau qui sort de la petite glacière. Je l'attrape, la pose, et fais un pas en avant.

– Tu as mis de la vodka dans ta bouteille d'eau, Oz ? je demande calmement.

Il se lève et bombe le torse en levant les yeux vers moi, pour essayer de m'impressionner.

– Laisse tomber, Cage.

– Donne-moi ta bouteille, Oz.

– Je t'ai dit que c'était de l'eau, grogne-t-il.

– Est-ce que tu bois ? je demande.

Il me jette un regard noir, part en tapant des pieds, et claque la porte. Je grince des dents et regarde mes mains nues, je replie les doigts dans mon poing. Puis je lui cours après avant qu'il monte dans un ascenseur.

– Oz, attends. On peut en discuter.

L'ascenseur arrive, et il entre avec un air de défi.

– Il n'y a rien à dire. Si tu es tout le temps sur mon dos, je m'en vais.

– Oz.

– Tu me lâches, je ne vais pas passer mon temps ici pour qu'on me fasse la leçon. J'ai déjà assez donné avec Wendy.

– Je ne suis pas Wendy, d'accord ? Respire et on va trouver une solution. Descends de l'ascenseur, Oz, je gronde.

Il a l'œil mauvais mais il descend.

– Je respire. Mais calme-toi.

Il retourne dans la pièce à toute allure et dit :

– Sac de frappe.

Je le suis à l'intérieur, bouillant de frustration, et je lève les mains en signe d'impuissance.

– Je ne sais pas comment t'aider, Oz.

– Je peux m'occuper de moi-même. Inquiète-toi pour toi. Sac de frappe.

Je serre les molaires. Puis je vais frapper le sac, à mains nues. J'ai le son parfait. Et je continue. Et encore, et encore. Je fais tout sortir. Je me prépare pour le combat.

***

La foule rugit dehors, puis il y a un silence et le présentateur parle.

– Pour la première fois à Chicago, mesdames et messieurs, nous vous présentons l'homme qui fait des vagues… l'homme qui fait murmurer… l'homme que vous craignez tous… le premier bleu à arriver aussi loin dans un championnat de l'Underground… Nous vous présentons Maverick « le Vengeur » Cage !

Je me tourne vers Oz.

– Si on gagne ce soir, promets-moi que tu ressaieras demain.

Il fait un sourire en coin.

– Je promettrai demain.

Puis il reprend son sérieux et ouvre la porte, derrière laquelle le public entame un mélange d'insultes et de huées.

– On y va, fils. Un match à la fois.

J'acquiesce et sors de la pièce, en direction du ring.

CHAPITRE 29
Cours avec moi

REESE

Il a gagné. J'ai entendu l'équipe le dire. Les combattants sont séparés en deux soirs distincts en fonction de leur numéro au classement, maintenant que nous approchons des demi-finales. Les nombres pairs combattent un soir, les nombres impairs le lendemain. Maverick ne s'est pas battu contre Remy à Chicago. Mais il a battu tous les autres gars qui se trouvaient sur son chemin.

Nous sommes à Chicago en ce moment, et il est monté au classement. Du 148e rang au départ, sans combat à son actif, au 39e après seulement cinq soirées de combat, il est maintenant 7e. Tout le monde parle de Cage qui met ses adversaires « en cage » contre les cordes, puis les met K.-O. avec ce qu'ils appellent le « direct Maverick » à cause de ses longs bras et de leur grande portée.

La question que tout le monde se pose est de savoir s'il a ce qu'il faut pour garder sa place au classement et arriver en demi-finales, et gagner contre les combattants expérimentés qu'il va devoir affronter. Mais la question principale est : a-t-il ce qu'il faut pour battre Riptide ?

– Je te le dis, oui. Il faut que tu arrêtes de t'entraîner avec lui, dit Coach ce soir-là après le combat.

– Plus tu lui dis de ne pas le faire, plus il voudra continuer, répond Pete à Lupe car Remy reste muet.

– Pourquoi, Rem ? demande Coach.

– Parce qu'il semble inarrêtable, et je suis tenté de voir s'il va s'arrêter... ou pas. J'espère que non.

Il lève le poing et regarde ses doigts abîmés qui me rappelent ceux de Maverick.

– Alors tu aides Scorpion à laisser un héritage plutôt que de protéger le tien ?

– Il est moins le fils de ce connard qu'il ne le pense, a répondu Remy. Tout ce qu'il a de son père, c'est ce scorpion dans son dos. Scorpion n'a jamais été si bon aussi tôt. Ni même jamais. Et il n'a jamais été aussi clean.

– Je ne suis toujours pas d'accord pour que tu joues les mentors, gronde Lupe.

– Tu n'as pas besoin d'être d'accord, Coach.

– Putain, Riptide, écoute-moi ! Ce gamin, c'est du poison ! C'est un Scorpion en devenir.

– Coach…

La voix de Remy se fait menaçante. Lupe se tait et Remy lui lance simplement un regard qui veut dire de laisser tomber.

– J'aime bien Cage. Il y a un feu qui brûle dans son âme, dit Riley.

– Dire qu'il avait le feu sur le ring ce soir, c'est un euphémisme, ajoute Pete.

Coach Lupe secoue la tête.

– Un talent comme ça, indompté, peut mal tourner pour beaucoup de raisons. Comme avec son père. Un déclencheur, et c'est parti, il sera le pire cauchemar que tu aies rencontré sur un ring. Que quiconque ait jamais rencontré, avertit Coach.

J'en ai tellement marre d'espionner les gars pour avoir des nouvelles de l'Underground que je vais dans la chambre de Brooke, où elle est allongée sur son lit, en train de vérifier les horaires des vols.

– Brooke, est-ce qu'il y a un site où on peut voir les combats sur Internet ?

Elle s'assoit, prend le bloc-notes et le stylo de l'hôtel sur la table de nuit.

– Oh oui, bien sûr. Parfois, pas toujours, ça dépend de la ville. Tiens, je te donne quelques sites.

Elle déchire une page et griffonne six ou sept liens.

– Essaie ceux-là, me dit-elle en me tendant la page.

Je me dirige vers ma chambre et fais une recherche sur mon téléphone, pour voir si le dernier match est en ligne. Je trouve une image du dos large et musclé de Maverick avec son phénix tatoué, et il y a des centaines de commentaires en-dessous, du genre *Ce mec me fait super peur mais je ne me lasse pas de le regarder !* Je cherche encore le combat quand il m'envoie un texto. Pour la toute première fois.

Salut Reese
Où est-ce que tu t'entraînes demain ?

Et laissez-moi vous dire que ces papillons insaisissables, ceux dont j'avais entendu les filles parler mais que je n'avais jamais rencontrés avant Maverick, sont bien là. Je ne peux pas les dompter quand je pense à lui. Quand j'entends son nom. Ils font désormais partie de chaque pensée qui le concerne. Quand je me souviens de lui dans ma chambre, de moi qui me penche pour embrasser le bec de son phénix. Et j'en veux plus. Tellement plus.

J'essaie en vain de les domestiquer, je lui envoie le nom de la salle où j'ai l'intention d'aller, et il me répond :

Je te chercherai.

Je passe toute la nuit à regarder les matchs, en grimaçant quand il prend quelques coups. Mais la plupart du temps, je grimace pour les autres. Maverick est une force intimidante, qui envahit l'Underground lentement mais sûrement.

***

Je fixe les portes de la salle de gym pendant que je pousse à fond sur le vélo.

Le temps est venteux à Chicago, mais Brooke me dit d'en profiter car Miami, notre prochaine destination, promet d'être brûlante. Je crame déjà dans la salle très fréquentée. Je suis devenue accro à l'exercice, aux endorphines, à la réaction de mon corps aux stimuli. La sueur perle sur mon front. Mon corps est chaud et mes muscles brûlent. Je ne me suis jamais sentie aussi forte. Mes muscles deviennent vraiment fermes et beaux. Même respirer est plus facile maintenant : mes poumons sont devenus plus efficaces ces dernières semaines. Même chose pour mon cœur. Il lui en faut plus pour s'agiter, beaucoup plus.

Je continue à forcer, en respirant bien, j'inspire, j'expire, j'inspire... Mon cœur prend un coup d'accélérateur quand Maverick « le Vengeur » Cage entre à l'intérieur. La salle se tait. Plus les gens entendent parler de lui, plus ils ont peur. J'ai peur de lui aussi, mais d'une toute autre façon. J'ai peur du pouvoir qu'il a. Pas dans ses poings, mais sur moi.

J'arrête de pédaler, les roues continuent de tourner dans leur élan, et j'ai l'impression que le monde entier tourne aussi, autour de moi. *Mes poumons, mon cœur, voilà votre exercice préféré... qui approche sans un bruit comme une panthère...* Et ses lèvres forment le sourire masculin le plus sexy qui ait jamais existé sur cette planète.

– Regarde-moi ça, dit-il de sa voix grave et orageuse en me désignant.

Oh mon Dieu. Je ne dois pas être sexy en ce moment, en tout cas pas autant que l'est Maverick. Il vient de se doucher, son corps souple, musclé et bronzé est habillé d'un pantalon de survêtement et d'un tee-shirt propre, avec une petite coupure sexy au coin des lèvres. Je m'inquiète pour la coupure. Et je suis étrangement attirée par elle, car elle est sur cette merveilleuse bouche souriante.

– Tu t'es blessé hier soir ? je demande.

Il secoue la tête de droite à gauche comme si cette coupure n'était rien. Il remarque que je suis essoufflée. Il prend ma bouteille d'eau quand j'essaie de l'attraper et l'ouvre pour moi. Il me regarde prendre une longue gorgée. Je la vide complètement, puis je reprends mon souffle, en souriant.

– Désolée.

Il fait un pas vers moi et s'assoit à califourchon sur la roue du vélo, puis plie ses bras sur le guidon en me regardant droit dans les yeux. Son tee-shirt est étiré par ses muscles. Sa voix est basse et à peine audible derrière la musique d'ambiance de la salle.

– Eh… tu voudrais aller courir avec moi, tard ce soir ?

Je lève mon doigt et touche distraitement la coupure sur sa lèvre. Puis je me rends compte de ce que je fais et retire mon doigt.

– Quoi ?

Ses yeux pétillent joyeusement. Donc… il aime bien que je le touche ?

– Viens courir avec moi, Reese.

J'hésite. Mais quelque part entre le moment où je l'ai rencontré et celui où je lui ai donné ma virginité, j'en suis venue à ressentir des choses pour lui que je n'ai jamais ressenties pour personne d'autre de toute ma vie. C'est aussi mon ami, et il me manque.

– J'adorerais.

– Je viendrai te chercher à ton hôtel. 22 h ?

Il s'approche un peu, et je lance des regards insistants vers les gens dans la salle, qui croient nous observer discrètement. C'est le Vengeur. Les gens parlent de lui sans arrêt. Il leur jette un regard en silence, puis ses yeux reviennent vers moi.

– Est-ce que quelqu'un t'embête ?

– Non.

Il hoche la tête et se dirige vers les distributeurs, me rapporte une nouvelle bouteille d'eau, la pose, puis nous nous regardons. Il a les yeux rivés sur mon visage comme s'il lui avait manqué. Et je garde les yeux rivés sur le sien, car cela m'a manqué de ne pas le voir.

Je me retrouve à regarder son dos qui s'en va, son tee-shirt noir qui dit ironiquement JE NE SAIS PAS CE QUE JE FAIS en lettre blanches.

J'expire, consciente que beaucoup de regards sont tournés vers moi. Je sors mes écouteurs, lance « Geronimo » de Sheppard, et je pédale comme si je voulais épuiser l'excitation que Maverick a laissée en moi.

***

Il est 22 h 02 quand je descends de l'ascenseur, habillée de la tête aux pieds en vêtements de sport, avec un double nœud aux lacets de mes baskets, et je passe des lumières aveuglantes du hall à la fraîcheur de la rue. Je vois sa silhouette avec sa capuche, qui attend adossée contre un mur dans l'allée de l'hôtel.

Je commence à marcher vers lui puis je me mets à trottiner, et il m'imite tranquillement. Sans rien dire. Je le suis vers le parc. Le chemin est entouré de lumières jaunes, mais plus nous nous enfonçons dans le parc, plus il fait sombre. Je sens une odeur d'herbe fraîchement coupée. Et d'air frais. Et de mec. Le mec qui me rend heureuse. Et qui me fait trembler. Et me languir. Et mourir d'envie.

– Le parc est différent, la nuit. Presque mystique, dis-je après que nous ayons couru un quart d'heure.

Le bruit de nos pieds qui tapent doucement sur le bitume s'allège car il ralentit sa course, et je ralentis aussi. Nous finissons par nous arrêter pour nous regarder. Ou plutôt, Maverick semble vouloir me regarder. Je rigole.

– Je suis bête.

Mais quand il relève mon visage sous le clair de lune, je ne ris plus. Ce n'est pas bête. C'est sérieux. Lui. Et moi. Je lui ai donné ma virginité. Il est le Vengeur. Et je le veux. Je ne sais pas si le plus courageux serait de l'arrêter maintenant ou d'aller jusqu'au bout. Je sais seulement ce qui me fait du bien en ce moment. Je me glisse dans l'ombre, m'éloigne de lui en faisant un pas de côté. Il me suit. Nous nous allongeons dans l'herbe sans rien dire, sur le dos, et nous regardons en l'air.

– Ça me rend triste quand je regarde le ciel et que je ne vois pas d'étoiles. C'est tous les bruits et les lumières de la ville qui nous empêchent de voir ce qui est juste là, lui dis-je.

Il prend ma main.

– Je ne veux pas que ça nous arrive.

Je tourne la tête.

– Tout le bruit, précise-t-il en m'observant. Qui t'empêche de me voir. Et moi de te voir.

Nous nous embrassons. Avidement.

Je me relève un peu, il s'appuie sur un coude et se penche, en prenant l'arrière de ma tête pour me tirer vers le haut et m'embrasser. Fermement, sans hésitation, comme si nos bouches étaient faites l'une pour l'autre. Nous faisons une pause pour respirer, je soulève sa main dans la mienne et passe mes doigts sur ses jointures abîmées.

– Est-ce que Tate sait que tu es avec moi ?

Il passe le dos de son doigt le long de mon visage en me posant la question. Son toucher est atrocement tendre, très différent du besoin violent et passionné que je vois dans ses yeux.

– Non, mais je crois qu'ils se doutent de quelque chose.

Ses sourcils se froncent pensivement, et un muscle commence à se serrer à l'arrière de sa mâchoire.

– Tate ne te laisserait pas passer du temps avec moi ?

– Je ne sais pas, Maverick, mais ils ne sont pas du genre à juger. Et Remy a l'air d'aimer s'entraîner avec toi.

– On se respecte professionnellement, dit-il.

Une fois de plus, je regarde les blessures sur ses mains. Je lève les sourcils.

– Et tu ne l'aimes pas du tout ?

– La question n'est pas de savoir si je l'aime bien ou pas. Il est sur mon chemin.

Il retombe sur son dos et se sert de son bras pour me tirer contre son flanc, et respirer mes cheveux pendant une longue et délicieuse seconde où je respire aussi discrètement l'odeur de la lessive de son tee-shirt.

– Vous êtes proches ? Toi et les Tate ? me demande-t-il.

– On l'est devenus récemment.

J'hésite une seconde. J'ai envie de lui poser une question sur son père. Je lève les yeux vers lui.

– Et ton père et toi ?

Une ombre passe sur son visage.

– Pas encore.

– Et toi et moi ? Est-ce qu'on est proches ?

Il me regarde avec frustration.

– Je n'arrête pas de penser à ce que ça m'a fait d'être en toi. Je te veux encore. Tout le temps. Je suis frustré qu'on ne puisse pas passer de temps ensemble à la vue de tous.

– C’est pour ça que tu m’as proposé de courir la nuit ?

– Tu me dirais oui, de jour ?

Il me regarde, son visage est dans l’ombre.

– Non, mais parce que Racer est réveillé, pas parce que je ne veux pas qu’on me voie avec toi.

– Ça soulèverait des questions. Tu es avec les Tate.

– Qu’est-ce qu’il s’est passé entre Remy et ton père ? Tu le sais ?

– Ils sont opposés depuis des années. Apparemment, mon père faisait n’importe quoi pour arrêter Tate. Il avait l’obsession de le battre.

Il passe une main sur son visage, ses sourcils sont froncés.

– J’ai besoin de croire qu’il est plus intéressant que ce que j’ai entendu de lui. Il faut que je le croie. Pour moi.

Cela me touche tellement que je ne trouve pas les mots. Il regarde le ciel, perdu dans ses pensées.

– Il a eu un accident, récemment. Il conduisait une voiture volée. Tombé d’une falaise…

Il secoue la tête, avec les lèvres serrées comme s’il avait du mal à l’accepter.

– Il était tellement plein de drogue que ça lui sortait par les narines. Il n’avait rien sur lui, pas de pièce d’identité, rien à part une photo de Tate avec une cible dessinée sur sa tête.

Il expire rapidement par le nez, puis son expression s’adoucit. Sa voix aussi.

– Et toi, Reese ? Parle-moi de toi.

– Tu as entendu mon histoire.

Je me rassois et passe mes bras autour de mes jambes repliées. Il s'assoit et prend la même position, en me regardant de côté.

– Ouais, j'ai entendu.

Je pose mon menton sur mon genou et le regarde.

– Je voulais que tu saches.

– Je suis content de savoir.

– Ma virginité, dis-je avec un faible sourire en détournant timidement les yeux avant de le regarder en coin. C'était tout ce qu'il me restait, tout ce que je n'avais pas donné à l'alcool. C'était une chose que personne ne pouvait me prendre tant que je ne l'avais pas décidé.

Sa mâchoire se crispe visiblement, tout son visage se tend. Il soutient mon regard, tend le bras et passe doucement ses doigts contre ma joue.

– Je voulais que ce soit moi.

Oh putain. Ce mec. Ce. Mec.

– Je voulais que ce soit toi aussi. Tu allumes toutes mes lumières, Maverick.

Son sourire passe rapidement. C'est précisément ce qu'il fait, il me réchauffe dans toutes les zones d'ombres de mon cœur, de mon esprit et de mon corps, dans tous les nuages de mon âme. Comment est-ce qu'il fait cela ? Même Racer adore *Mavewick* !

– Racer va être jaloux que j'aie pu te voir et pas lui, je lance gaiement.

Il rit.

– Ce petit bonhomme ? C'est lui qui passe le plus de temps avec toi. Je suis jaloux de lui tous les jours.

– Ahh ! Mais il n'a pas mes baisers.

Mes yeux s'agrandissent lorsque je me rends compte de ce que j'ai dit, mais ceux de Maverick commencent à brûler si vivement que finalement je ne le regrette pas du tout. Il pose une main sur l'herbe entre nous deux, se penche en avant, et je commence à m'allonger lentement sur le dos. Mon cœur bat fort. La nuit nous enveloppe. Et il est si près, je ne vois plus que ses yeux.

Je le veux en moi. Nous deux, en privé. Je veux encore cela, tellement fort. *Non.* Je veux plus que cela. Je veux pouvoir voir toutes les petites épaisseurs de sa personnalité, toutes ses ambitions, ses pensées, ses souvenirs… Et je veux, je veux plus que tout, qu'il me voie. Qu'il me voie en entier.

Allongée là avec mes hormones en pagaille, je me dis que je ne vais rien faire de sexy tant que lui n'aura rien fait, et il expire. Il se déplace, ses mains se ferment un peu tandis qu'il me regarde pendant un long moment. Je le regarde encore plus longtemps. Je regarde le Vengeur. Ses yeux. Sur ma peau, ils sont comme du sexe chaud à en agripper les draps. J'effleure ses lèvres avec les miennes. Il grogne.

– Reese.

J'ouvre mes jambes pour qu'il se cale contre la partie de moi qui le désire le plus et je penche la tête en glissant mes doigts dans ses cheveux. Nous nous embrassons pendant longtemps, très longtemps, et je sens combien il a envie de moi dans chaque baiser, dans la tension qui émane de son corps. Il se retient, et je sais qu'il le fait pour moi, ce qui me rend encore plus fébrile.

– J'ai l'impression d'être au sommet d'une montagne, avec toi, je chuchote, alors qu'il embrasse mon cou.

– On n'a qu'à ne jamais redescendre.

Il me regarde, et remonte mes bras au-dessus de ma tête.

– Je veux te faire sentir comme si tu étais en apesanteur, et je vais faire tout ce que je peux pour que tu y arrives.

La détermination anime ses yeux et il me sourit.

– Je veux te montrer la façon dont je te vois. Tout chez toi me rend fou. Tu es irrésistible sur tous les plans, Reese. Ta façon de parler, de bouger, ton goût.

Il colle son visage contre le mien, goûte rapidement mes lèvres, puis il me fait encore fondre avec ses yeux de métal.

– Tu es incroyable, Reese.

Il enroule ses bras autour de mon buste et me soulève pour m'embrasser. Et nos bouches fusionnent à nouveau, et je me sens bien. Incroyablement bien.

***

Nous rentrons deux heures plus tard. Je réajuste mes vêtements et il remonte la fermeture de son sweat à capuche tandis que nous nous dirigeons vers l'hôtel. Il prend ma main sur la route, et nous marchons au lieu de courir. Pour prolonger le moment avant de devoir nous quitter.

– Je me bats demain, Reese, dit-il quand nous atteignons le bout de l'allée de l'hôtel.

– Je sais.

– Mon baiser, demande-t-il.

Je prends sa main et l'ouvre, puis je croise son regard de braise argenté en embrassant la paume de sa main. Il replie ses doigts, et fait un grand sourire.

– Reese. Dis-moi comment aider Oz, dit-il doucement.

J'écarquille les yeux, et je commence à avoir mal au cœur pour lui et Oz.

– Est-ce qu'il veut aller mieux ? je demande.

– Je ne sais pas.

Il secoue la tête, passe sa main dans ses cheveux, et son expression se remplit de frustration.

– Est-ce que tu veux que je lui parle ?

– Non, dit-il avec un air soudain protecteur, et un éclair de détermination traverse son visage. Tu en as fini avec ça. Mais je ferai tout ce que je peux pour l'aider.

– Tu ne pourras pas le faire s'il ne s'aide pas lui-même. Il faut qu'Oz croie qu'il sera mieux sans l'alcool. Il faut qu'il croie qu'il peut s'en sortir.

Il hoche la tête, m'adresse un sourire qui veut dire merci, et s'en va.

– Maverick.

Il se retourne.

– Le combat est demain soir, c'est ça ?

Il acquiesce. Je marche jusqu'à lui, me mets sur la pointe des pieds, et l'embrasse rapidement sur les lèvres.

– L'autre baiser était pour rire. Celui-là, c'est pour te porter chance.

Il attrape alors mes hanches et me tire vers lui pour m'embrasser un peu plus fort. Profond, possessif, et mouillé. Et il dit :

– Je suis amoureux de toi, Reese.

Et il s'en va, en remontant sa capuche sur sa tête.

CHAPITRE 30
Non envoyé

REESE

Miles : Bon, on a nos billets d'avion
pour la demi-finale à boston.
Gabe, Avery et moi.

Moi : C'est super.

Miles : C'est tout ? Humm.
Je vais devoir te tirer quelques mots
de plus quand on sera là.
Tu as pu nous avoir des places
pour le combat ?

Moi : Pete vous a placé
tous les trois au deuxième rang.

Miles : C'est qui, Pete ?

Moi : L'assistant de Remy.

Miles : Cool. J'ai hâte.
Attends, tu ne viens pas avec nous
au combat ?

Moi : Non. Mais on se verra à Boston.

Message non envoyé à Maverick Cage, 3 h 02 :

Je suis amoureuse de toi aussi.

CHAPITRE 31
Plus vite

MAVERICK

Je deviens plus rapide. J'arrive mieux à prévoir les mouvements de mes adversaires. J'ai pu à nouveau me battre contre Tate sur le ring de l'Underground, et j'ai tenu deux fois plus de rounds. Il m'a mis K.-O. mais ne m'a quasi pas blessé, cette fois. Il a visé le corps et m'a eu à l'usure.

Nous nous entraînons aussi. C'est un putain d'animal, mais je suis déterminé à le mettre par terre. Je reçois un appel de son équipe pendant notre séjour à Miami.

– Maverick, c'est Riley. Ça te dit de t'entraîner avec Rem cet après-midi ?

– Ça me va. Il faut que je relâche la pression.

Je jette un œil au fauteuil où Oz ronfle encore. Je le surveille depuis trois jours, j'essaie de l'empêcher de boire. Il trouve toujours un moyen de le faire dans mon dos : dans la salle de bains, quand il dit qu'il fait une sieste ou qu'il prépare à manger. Je fourre mes gants dans mon sac, change de tee-shirt, et me dirige vers la salle.

Tate aime s'entraîner seul. Cela empêche ses adversaires de pouvoir trop l'observer et cela lui permet de mieux se concentrer. La plupart des combattants ne donnent pas l'occasion à leurs concurrents de voir une seule seconde de leur entraînement. Mais s'entraîner avec un bon adversaire permet de s'améliorer, et Tate et moi le savons. Un jour, je ne m'entraînerai pas seulement avec mes meilleurs adversaires. Je m'entraînerai tout seul au milieu d'une salle de sport immense. Rien que moi, les sacs, le ring, mon coach, et les quelques *sparring partners* qu'il m'enverra.

Tate s'échauffe avec la corde.

– Vengeur, dit-il en laissant tomber la corde par terre.

– Tate.

Pete ramasse la corde et l'accroche au mur.

– Où est Oz ? demande Tate en fronçant les sourcils.

Je pose mon sac de sport sur un banc et fais un signe de tête à Riley pour qu'il me bande les mains.

– Il commence à préparer ton enterrement. Je me suis dit que ton équipe aurait besoin d'aide, puisque tu les occupes tellement.

Il me lance un regard acéré tandis que son coach rit discrètement et lui bande les mains.

– Ton coach est ta deuxième paire d'yeux, me dit Tate avec un regard appuyé, comme si je devais être plus malin que ça. C'est un sport d'équipe. Ton coach, c'est ton équipe. Tes yeux en plus. Si ton coach ne t'aide pas, alors tu es tout seul sur le ring. Tu veux être tout seul ?

Je plie les doigts, pour tester le bandage, et fais un autre signe de tête à Riley avant de ramener mon regard sur Tate.

– Pour autant que je sache, nous ne sommes que deux sur le ring.

– Faux. Il y a toi d'un côté, et il y a moi et Lupe de l'autre, dit-il en donnant une claque dans le dos de son coach. On est deux contre un.

– Oz va bien, je marmonne tandis que nous glissons tous les deux les mains dans nos gants.

Nous nous préparons, et nous lançons. Je vois bien qu'il aime s'entraîner avec moi. Nous ne nous entraînons pas, nous nous battons. Pas de casque, c'est un match. Encore et encore. L'adrénaline explose quand nous sommes tous les deux sur le ring. Nous avons tous les deux l'esprit de compétition, la force, et l'intelligence. On danse, on évite, on contre, on frappe. On esquive, on tape, on loupe, on cogne, et ce jour-là nous finissons aussi sanguinolents et transpirants que d'habitude.

Nous prenons une pause déjeuner et son coach dépose quelques boissons protéinées sur le côté de la petite table. Je prends quelque chose à manger dans le distributeur et me pose sur le siège en face de lui, à cheval sur la chaise.

– C'est ton repas ? demande-t-il en faisant un geste vers mes barres de céréales et mon Coca.

Je regarde ma nourriture. Des glucides. De l'énergie. C'est tout ce que je vois. Il y voit autre chose.

– Écoute. Ce n'est pas grave de casser ton corps, mais il faut le reconstruire, et pas aussi vite qu'il le peut ; plus vite. Ne mange pas de saloperies.

Il les prend et les jette dans la poubelle la plus proche, et m'ouvre une bouteille de Muscle Milk.

– Je peux me battre quand même. Mon corps n'a pas besoin de ta nourriture de riche pour fonctionner.

Il fait glisser la boisson vers moi sur la table.

– Tous les autres ne sont que des combattants. Ne sois pas qu'un combattant, sois un athlète avant tout. Ton corps doit être en parfait état de marche, tu m'entends ? Si ton corps n'est pas en pleine forme, avec des ingrédients de premier choix pour l'énergie, pas de combat.

– Je dirai ça à mon chef cuisinier.

Je lève mon Muscle Milk comme pour trinquer et l'engloutit. Cela le fait rire, puis il me regarde pendant un moment.

– Prends de la glutamine. Et mange des protéines comme tu respires.

Nous retournons vers le ring et recommençons à nous entraîner. Nous parlons puissance, tactique, vitesse, précision. Je ne vois aucune faiblesse chez lui. Même après toutes nos séances. Jusqu'à ce que sa femme entre dans la salle.

Il arrête de lancer ses poings et la regarde. Merde, il lui fait même un grand sourire. Je prends de l'élan et écrase sa mâchoire. Puis je ris. Il interrompt mon rire à coup de poing. Je nettoie le sang sur le côté de ma lèvre, puis je secoue la tête alors que Tate marche jusqu'aux cordes pour parler à sa femme. Et c'est à ce moment que je vois Reese à travers la vitre de la salle. Le verre est teinté. Je la vois, mais elle ne peut pas me voir. Je m'avance et m'appuie sur les cordes, ravi.

Elle marche avec Racer dans les bras, et elle pose son doigt sur sa fossette pour rire. Elle sourit. Elle est heureuse. Elle est pleine de vie. Elle est jeune. Et elle est à moi. Je la regarde faire les cent pas derrière la vitre, elle acquiesce à ce que dit Racer. Je tiens la corde avec mon gant, je m'accroche car mon cœur bat à un tout nouveau rythme. Le rythme Reese, qui fait partir mon sang dans tous les sens sauf vers ma tête. Je suis affamé d'elle ; plus rien d'autre ne me rassasie. La nourriture, la victoire, le combat. Mes yeux dévorent la courbe de ses hanches. La courbe de son cul. La courbe de ses seins. La courbe de sa lèvre inférieure. La courbe de ses cils.

Je veux l'inviter à dîner. Je veux savoir si elle se léchera les doigts, si elle léchera les miens quand je lui donnerai quelque chose à manger. Je veux savoir ce qu'elle commandera, une salade, un steak frites, ou des pâtes. Je veux savoir ce qu'elle boira. Je veux savoir si elle s'étire le matin. Si elle se réveille avec les cheveux emmêlés. Je veux qu'ils le soient et que ce soit à cause de moi. Brooke la rejoint dehors et elles commencent à partir. Mon ventre se serre à cause du besoin de lui courir après et de lui demander de me donner un baiser. Pas pour me porter chance. Mais parce que cela me fait planer.

Mais au lieu de cela, je suis sur ce ring… J'expire en regardant Reese s'en aller, mon corps est aussi tendu qu'un arc. Cette petite femme me fait saliver, douce, gentille, forte, féminine, et je suis carrément fou d'elle. Je veux savoir où elle va. Je veux savoir quand elle sera à nouveau dans mes bras. Je veux savoir pourquoi elle m'a laissé lui faire l'amour, cette nuit-là. Pourquoi elle m'a laissé la toucher dans le parc. Je veux savoir à quel point je la rends ivre. Et si le gars de chez elle lui a déjà fait ressentir ce qu'elle ressent avec moi.

– Putain, tu as fini de mater ma femme ?

La remarque vient de derrière moi. Je me retourne et vois le regard assassin de Tate. Je hausse les sourcils.

– Je commençais à croire que tu n'avais aucune faiblesse.

– Oh, je suis humain.

Il les regarde partir.

– Chaque fois que je me bats, je suis tenté de regarder ma femme. De voir si elle me regarde.

– Et elle te regarde ?

– Chaque fois, dit-il avec un grand sourire.

– Pourquoi tu regardes ?

– Je ne peux pas maîtriser la pulsion.

– Je vais me servir de ça contre toi, tu sais ?

– Tant mieux. Ça m'apprendra à arrêter de la regarder. Au moins pendant les combats.

En parlant de combats, je m'éloigne des cordes et tape mes deux gants l'un contre l'autre.

– Il faut que je le reconnaisse, Maverick, tu es le meilleur *sparring partner* que j'aie jamais eu.

Nous nous dirigeons vers le centre, et il plisse les yeux.

– Tu me rappelles quelqu'un.

– Mon père ?

Le combattant le plus détesté de l'Histoire. Il lève ses sourcils, secoue la tête, et dit :

– Moi.

Je souffle. Je suis… soulagé. Puis je fronce les sourcils.

– Je ne veux pas être comme toi. Je veux être meilleur que toi.

– Tente le coup. Tous les jours, moi aussi je veux être meilleur que moi.

Et nous y allons. Nous recommençons à danser, éviter, contrer, frapper. À discuter de puissance, de tactique, de vitesse, de précision. On esquive, on tape, on loupe, on frappe, on transpire et on saigne comme à chaque fois. Sauf que cette fois, je ne suis pas dedans. À tel point que je ne tiens pas trois rounds avant de saigner de la bouche et de cette même blessure sur mon œil qui n'arrête pas de se rouvrir.

– Où as-tu la tête ? lâche-t-il, énervé.

Je n'ai jamais été aussi mauvais avant. Je regarde vers la fenêtre comme je n'ai pas arrêté de le faire pour voir si elle repassait.

– Ah, je vois. Tu l'aimes bien ?

– Tu ne vas pas me dire de ne pas la toucher ?

Je ferme mon œil pendant qu'on me rafistole la blessure temporairement. Quand je me retourne, avec un regard noir et préparé à me battre pour elle, il a les sourcils levés, et il me dit :

– Je ne suis pas son père. Ni le tien.

Nous tapons.

– Ne lui cours pas après si tu ne penses pas la mériter.

Il me frappe encore et je bloque, puis j'envoie un direct. Il se recule et saute autour de moi. Je fais pareil.

– Mérite-la d'abord. Ensuite, va la chercher.

– J'essaie.

– Tous les jours, j'essaie de mériter ma femme. Reese est sa cousine. Elle fait partie des miens. Tu t'occupes d'elle, sinon je vais devoir m'occuper de toi, et tu n'auras plus rien à venger.

Il lance un crochet et je l'esquive. Je vois une ouverture, et je la saisis. Je tabasse son flanc, trois fois, vite, puis je recule.

– Compris.

Nous sautillons à nouveau.

– C'est toi qui lui as donné cette pièce d'un centime ? Celle qu'elle regarde tout le temps ? demande-t-il, amusé.

Je lui lance un regard acéré.

– Va te faire foutre. C'est tout ce que j'avais.

Il hoche la tête, avec un nouveau respect visible dans ses yeux.

– Continue à te battre comme tu le fais et bientôt, tu pourras lui offrir le monde entier.

Je grince des dents car je suis déterminé et me contente de hocher la tête, car si je gagne, j'aurai le respect de tous. Je prouverai que je suis meilleur que mon père. Tate ne pensera pas que je ne la mérite pas, personne ne pensera cela. Je ne dis pas à Tate que de bien des façons, Reese est déjà à moi. Que j'essaie encore de la mériter et que je mourrai en essayant encore de la mériter. Mais elle est déjà mienne. Je le sais, et pour qu'elle le sache aussi, j'ai juste besoin de temps.

Nous nous battons pendant encore trois minutes, puis nous allons reprendre notre souffle dans nos coins respectifs.

– Qui est le plus dur à battre ? Dans les demi-finales ? je lui demande.

Il se penche en avant sur sa chaise.

– Toi-même. C'est toujours toi-même. Tu ne peux pas gagner si tu ne penses pas le mériter. À part ça ? continue-t-il en réfléchissant à la question. Taz est super rapide. Toro est une boulette de viande. Tu te prends son poing sur le visage et tu es foutu pour la soirée. Je danse toujours autour de ce con jusqu'à ce qu'il ait le tournis, puis je vise la tête. C'est sa partie la moins charnue, poursuit-il en haussant les épaules. Tu peux viser le corps aussi, mais ça demande plus de coups et si tu te fatigues avant lui…

Je hoche la tête, réfléchis, puis je commence à lui poser des questions sur tous les autres. Twister, Spidermann, Hot Shot et Libertine. Et pour la première fois, j'écoute volontiers ce que Tate a à dire.

CHAPITRE 32

Viens avec moi

REESE

– Il s'entraînait avec Maverick, dit Brooke nonchalamment tandis que nous retournons, trois rues plus loin, vers le parc d'attractions gonflables pour enfants.

Mon cœur fait un double saut périlleux, une pirouette et d'autres choses dont je ne connais même pas le nom. J'arrête presque de marcher. Mais je ne dis que :

– Oh.

J'ai l'air tellement décontractée. *Mais vraiment. C'est tout ce que tu peux dire, Reese ?* Parce que je voudrais en dire tellement plus. En demander tellement plus.

– Mavewick, c'est mon copain, dit Racer en bombant son petit torse.

– Comment tu connais Maverick ? Tu ne l'as vu que deux fois, dit Brooke à Racer en riant et décoiffant ses cheveux.

– Hin hin, fait Racer en secouant la tête de droite à gauche.

– On l'avait déjà croisé au parc, dis-je hâtivement. *S'il te plaît, s'il te plaît, Racer, ne parle pas de Maverick qui embrasse Reese sur la joue dans le parc. S'il te plaît, ne parle pas de Reese qui dort dans ses bras pendant qu'il te surveille... Je serai ton esclave raconteuse d'histoires pour TOUJOURS ! Et je te pousserai vite dans la poussette peu importe à quel point mon cul rebondit et MÊME si Maverick me regarde.*

Heureusement, Racer est trop intéressé par notre destination pour dire quoi que ce soit d'autre.

– Au parc ? C'est vrai ? lui demande Brooke.

Puis elle me regarde et je sens une chaleur traître monter jusqu'à mes oreilles, qui sont, par chance, cachées par mes cheveux aujourd'hui.

– Il est absolument magnifique, dit-elle avec un soupir féminin.

Et je crois que le petit grognement douloureux que je viens d'entendre venait de moi.

– Oh oui, je sais…

Ses sourcils remontent haut sur son front, alarmée. Et elle ajoute avec précaution :

– Il est dangereux, aussi. On ne sait pas grand-chose sur lui. Sur ses intentions.

– Je sais, mais…

J'essaie de trouver les mots.

– Parfois, on sait simplement. Pour des gens. Tu ne crois pas ?

– C'est vrai.

Elle hoche la tête et serre les lèvres en réfléchissant.

– Parfois je voudrais que Remington finisse sa saison en paix. Pourquoi est-ce qu'il veut…

Elle secoue la tête, tire encore plus les lèvres, et soupire.

– Lupe dit qu'il contribue à l'héritage du Scorpion. Mais la vérité, Reese, c'est que Remington croit en Maverick, dit-elle en baissant la voix. Remy veut faire en sorte que son héritage à lui, ce soit Maverick.

Je brûle de l'intérieur. Je brûle d'espoir pour Maverick. Pour moi. Pour nous. J'ai envie de dire à Brooke que je n'ai jamais ressenti cela avant. Je veux lui dire que j'ai l'impression d'être incandescente de lumière quand je suis avec lui. Que je ne me sens pas timide. Ou jugée. Que je me sens vivante, explosive, libre, acceptée et comprise. Tellement femme, tellement bien, et tellement belle simplement grâce à la façon dont Maverick Cage me regarde.

Je crois que c'est de l'amour. On dit que l'amour est de la chimie, dans le cerveau, une histoire d'hormones. Appelez cela comme vous voudrez. Je suis vibrante et obsédée, je ne dors pas, je n'ai pas d'appétit, je ne désire rien d'autre qu'être avec lui, lui parler, penser à lui. Je suis, pour la première fois de ma vie, vraiment amoureuse. Pas un amour calme, comme avec Miles, de qui il était logique d'essayer d'être amoureuse. Cet amour n'a aucune logique. Il est compliqué, déroutant, effrayant mais il est fort et je le sens constamment. Je sais que c'est précipité, dangereux et que c'est peut-être perdu d'avance, mais je sais aussi que c'est vrai.

J'ai envie de lui dire tout cela, mais j'ai peur qu'elle ne comprenne pas. Ça. Moi. Nous. J'ai peur que personne ne comprenne à part Maverick. Je reste silencieuse alors que nous arrivons dans la salle de jeux gonflables. Et je finis par demander :

– Ils vont s'entraîner combien de temps ?

– Toute la journée, c'est sûr.

Elle s'arrête pour nous prendre des tickets à l'intérieur.

– Mais Remington m'a promis d'aller courir avec moi assez tôt aujourd'hui. Il devrait être rentré d'ici 19 h. Mais la salle est réservée pour toute la journée. Tu veux l'utiliser ?

Elle mène Racer à l'intérieur, en me regardant par-dessus son épaule.

– Je peux prendre Racer avec nous dans la poussette.

– Tu es sûre ?

– Je suis sûre. Profites-en.

Alors je le fais.

***

Il est 19 h 11 quand j'arrive. Les lumières sont très faibles, et il n'y a pas de musique d'ambiance.

Je suis accueillie par les sons rythmiques de la poire que l'on frappe à toute vitesse, à l'autre bout de la salle. Une seconde je me demande si Remy a décidé de rester, mais quand je regarde au-delà des poids et du ring, dans le coin au fond, ce n'est pas Remy qui attaque la poire de vitesse. Il est brun et grand aussi, musclé comme personne, mais l'homme devant la poire est Maverick.

Il est torse nu, il ne porte rien d'autre que son bas de survêtement un peu tombant. Son tatouage est vivant, et bouge ses glorieuses ailes quand il frappe. Ses biceps se contractent. Ses épaules se tendent. Ses abdos se serrent.

Est-ce que je te fais mal ... ? Des images de lui me chevauchant passent dans ma tête. Des images de ses mains partout sur moi. Mon téton qui disparaît dans sa bouche. Moi, remplie. Prise. Irréfléchie. Libre.

Je regarde Maverick sans rien dire pendant un moment. Émerveillée. Toute cette puissance masculine, parfaitement contrôlée dans la mesure de ses coups de poing. Chaque coup atterrit à l'endroit où il le veut, une frappe précise, experte, un bras après l'autre.

Je n'ai pas beaucoup d'occasions de l'oberserver ; car quand je le fais, je suis généralement frappée par le fait que Maverick me regarde aussi. Mais à ce moment-là, il est concentré sur la poire de vitesse, ce même gars que j'ai rencontré il y a quelques semaines avec sa capuche, qui s'est glissé derrière moi pour entrer dans la salle de gym. Ses muscles ont un peu grossi. Il a l'air plus bronzé, peut-être qu'il court dehors. Il est noueux. Plus mâle. Plus adulte. Plus dangereux qu'aucun autre combattant que j'aie vu, car personne n'a autant de choses à prouver que lui à ses détracteurs.

Je m'appuie contre le mur et observe l'expression concentrée sur son visage, de profil. Si intense, si calme. Durant chaque seconde où je le regarde, je ressens cette sensation de désir mêlé à de la joie serrer douloureusement ma poitrine.

Il arrête de frapper. Il souffle. Et fronce lentement les sourcils, comme s'il était en profonde réflexion. Est-ce qu'il a senti que j'étais là ? Il commence à se retourner. Il a senti. Car son regard glisse sans s'arrêter jusqu'à me clouer sur place. Ses yeux s'embrasent à l'instant où ils se connectent avec les miens. Et je me consume de l'intérieur.

– J'allais rentrer à l'hôtel, je voulais juste passer dire bonjour, dis-je nerveusement.

Même ma voix est douce quand je lui parle. Tout en moi devient indolent. J'attends une seconde, son magnifique sourire commence à s'étirer.

– Alors, bonjour, je termine en levant la main maladroitement.

Il retire ses gants avec l'autre bras, sans jamais me lâcher des yeux, et je baisse doucement ma main. Il commence à s'approcher.

– Bonjour, dit-il.

Il marche avec cette allure et ce regard dans ses yeux qui veulent dire, sans s'excuser, sans hésitation ni remords : *Je me souviens de toi dans mes bras hier soir, Reese.* Je prends un grand souffle à cause de ce souvenir, il faut que je penche la tête en arrière pour croiser son regard, et quand je le fais, il me lance toujours ce sourire nucléaire. Je pensais que je voulais que l'on m'aime. Mais maintenant je comprends que je ne veux pas seulement être aimée. Je veux être aimée par une seule personne. Cette personne.

Il n'a pas l'air stressé ni anxieux, du tout. Il a l'air satisfait, comme un homme né pour suer, taper, et foutre des coups de pied au cul à d'autres hommes. Comme un gars qui sait qu'il aura la fille à la fin ; ou comme un gars qui sait qu'il l'a déjà. Même si elle ne lui a pas encore dit « je t'aime ». Même si elle est avec les Tate. Et que Miles est toujours là, quelque part.

– Quand est-ce que tu pars pour Boston ? me demande-t-il en prenant mon menton, tout naturellement, et m'embrassant sur les lèvres, tout naturellement.

J'avale ma salive.

– Demain.

Mes genoux. Mes pauvres orteils qui chatouillent.

– Tu viendrais avec moi ? demande-t-il.

– Comment ça ?

– Venir avec moi à Boston, Reese. Pour les demi-finales.

– Genre… Voyager avec toi ?

Il hoche la tête. Mes yeux s'écarquillent.

– Je… OUI.

– Envoie-moi tes infos de voyage par texto quand tu rentres à l'hôtel. Je nous prendrai des billets pour le vol de midi.

Moi et lui, ensemble. Je ne sais même pas comment je vais faire pour y arriver. Mais je sais que je vais y arriver. Brooke est toujours si compréhensive, et Racer reste toujours avec son père quand ils prennent l'avion. Je ne peux même pas imaginer que les Tate refusent.

Il caresse l'arrière de ma tête, puis serre mes cheveux dans son poing en me tirant plus près de quelques centimètres.

– Je vais t'inviter à dîner, dans un endroit sympa. Et je te ramènerai à ton hôtel après.

Je me retrouve à acquiescer.

– D'accord.

– Je t'enverrai la confirmation.

– Je vais t'envoyer les infos.

Je devrais sûrement garder mes distances, pourtant je me penche en avant et il s'avance, me soulève dans ses bras pour que ma bouche soit au même niveau que la sienne. Et il m'embrasse, un baiser qui fait encore plier mes orteils et entortille ma culotte. Il me repose et touche mes fesses.

– Vas-y, alors. N'oublie pas le texto.

– Je m'en occupe.

Je me dirige vers les portes. Et je jette un dernier regard vers lui par-dessus mon épaule. Maverick se tient au même endroit, et quand je le surprends à regarder mon cul d'un air possessif, cela me fait aimer l'Himalaya comme jamais auparavant.

En arrivant à l'hôtel, j'attends dans le salon que les Tate rentrent de leur course. J'entends Racer parler dehors et j'ouvre grand la porte.

– Salut, vous, dis-je avec un large sourire.

– Reese.

Racer est sur les épaules de son père, et j'aide Brooke à replier la poussette.

– Eh, ça vous dérangerait si j'allais à Boston toute seule ? Je rejoins un ami, lui dis-je.

Elle porte la poussette pour aller la poser contre le mur.

– Quand est-ce que tu arrives ?

– À l'hôtel ? Vers dix heures du soir. On ira peut-être dîner aussi.

– Pas de problème pour nous. Parles-en à ta mère et c'est bon.

– Non, décrète Racer dans la cuisine où Remy et lui prennent à manger.

– Racer, enfin, laisse Reese voir son ami, dit Brooke, puis elle me sourit et me lance un regard interrogateur. Un petit ami ?

– Je… Non. Juste un copain.

Elle m'adresse un sourire entendu.

– Le gars de chez toi ?

– Wee vient avec moi dans l'avion de Wemy, proteste encore Racer.

– Papa, corrige Brooke.

Elle grogne et me lance un regard qui veut dire « qu'est-ce qu'on va faire de ce gamin ? ».

– Il nous entend tous l'appeler Remy et il a décidé de l'appeler comme ça aussi. Je vais devoir me mettre à appeler mon propre mari « Papa » pour voir si ça rentre.

Je rigole.

– Hein, Papa ? lance-t-elle et Remy lève la tête.

– Exactement, dit-il en sortant un bidon de lait pour servir un petit verre à Racer et un grand pour lui.

Je souris quand Brooke les rejoint, puis je sors mon penny et me dirige vers ma chambre, en embrassant ma pièce porte-bonheur comme une débile avant de sortir mon téléphone et d'envoyer les infos à Maverick.

CHAPITRE 33
Première classe

MAVERICK

Je suis une pile électrique, aujourd'hui. Je n'ai pas pu dormir. J'ai passé toute la nuit à faire nos réservations, puis à choisir le restaurant parfait à Boston pour inviter Reese.

Je lui ai envoyé un texto avec le numéro de confirmation et les horaires du vol, et elle a répondu :

À demain à l'aéroport.

Ma queue est en feu aujourd'hui. Tout mon corps est en feu. Je tremble d'impatience de la tenir enfin, de la regarder, de la faire mienne à nouveau. Je relis le texto pendant que j'attends à l'aéroport et je me demande si elle a été retenue aux contrôles de sécurité.

– Tu te masturbes tous les jours, Mav ? demande Oz à ma droite.

– Ouais.

Je bande. Et alors ? C'est l'effet qu'elle me fait.

– Fais-le plus souvent.

Je serre les poings et souffle, j'essaie de faire retomber tout ça. Nous sommes au terminal d'embarquement, Oz et moi. Je veux être seul avec Reese, mais je garde un œil sur lui aussi. Lui et son « eau ». Je sais très bien que ce n'est pas de l'eau. Mais il a un peu diminué au moins, maintenant que je le surveille de près. Je veux qu'il aille bien. Je veux qu'il ait envie d'aller bien.

– Tu seras incapable de ne pas la toucher. Il faut faire la cour à une femme avec ta tête, pas avec ta bite.

– Je sors le grand jeu, Oz. Vraiment. Je vous emmène dîner tous les deux. Un bon resto.

– D'ailleurs…

Il tapote la bouteille d'eau qu'il a mystérieusement ramenée des toilettes pour hommes il y a un moment, comme pour vérifier qu'elle est encore dans la poche de sa veste.

– Est-ce que Tate sait qu'elle vient avec toi ?

Je reste muet. Tate est un sujet délicat, maintenant. Oz déteste le fait que je m'entraîne avec lui. Il peut passer des heures à m'expliquer combien c'est une mauvaise idée de fraterniser avec l'ennemi, bla, bla, bla…

– Ouais, tu as raison, se répond-il à lui-même. Tate peut aller se faire foutre. Par sa bombe de femme, dit Oz.

– Oz… dis-je en lui lançant un regard de mise en garde. On respecte Tate. Et sa femme. D'accord ?

– Moi ? demande Oz.

– Allez, Oz, on est des professionnels.

Il fronce les sourcils.

– Tate va te casser la gueule quand il saura que la cousine de sa femme te fait bander.

– Putain, Tate sait déjà, OK ? Et il ne m'en empêche pas.

Je frotte mes mains sur mon jean et je jette un œil à l'horloge. Les haut-parleurs se font entendre pour la deuxième fois : « Embarquement pour le vol numéro… » La file avance à vue d'œil. J'ai envie de lui envoyer un message. Je suis trop fier pour le faire. Je sais qu'Oz me regarde l'air de dire « je te l'avais bien dit ».

Je me lève et fais les cent pas, puis je m'adosse à un pilier, les mains dans les poches de mon jean en regardant tous les passants qui se dirigent vers nous. J'attends encore un peu. Je lui envoie un texto.

Tout va bien ?

Je l'appelle. J'ai son répondeur.

– Reese ? Est-ce que tout va bien ? Rappelle-moi.

Je vérifie mes messages, rien. Je vérifie aussi mon billet et regarde par la fenêtre. Oz me regarde, le dernier à embarquer. Je fais non de la tête. Il soupire et monte à bord. Je regarde l'appareil s'éloigner, s'approcher de la ligne, et décoller.

L'avion disparaît à l'horizon. J'attends deux heures de plus. Je passe ma main dans mes cheveux, encore et encore. Puis trois heures. Quatre heures plus tard, je vais au guichet pour échanger mon billet. Voler en première classe tout seul ne fait pas partie de mon programme.

CHAPITRE 34
Racer

REESE

J'ai tellement pleuré que maintenant, j'ai le hoquet, recroquevillée sur une chaise bleue de la salle d'attente de l'hôpital. Je hoquette puis, doucement, toute seule, je pleure à nouveau. Il y a quelques autres personnes dans la salle d'attente. Toutes bien plus présentables que moi, qui lisent des magazines et font comme si elles ne m'entendaient pas.

J'attends ici depuis une heure, peut-être deux, je ne sais pas. Tout ce que je sais, c'est que c'est un jour sans fin pour moi. Que je revis les mêmes dix minutes en boucle dans ma tête.

Racer.

Nous jouons avec les trains pendant que Brooke finit de préparer les affaires et avant qu'elle prenne le relais pour que je puisse aller à l'aéroport. Encore des trains. Moi, qui m'impatiente, qui regarde l'heure, le penny dans ma poche. Racer qui s'énerve car un des trains n'arrête pas de dérailler. Moi... qui répare les rails. Racer... très calme derrière moi. Trop calme derrière moi. *Qui ne respire pas*, derrière moi.

– Eh.

J'entends la voix de Remy et je me redresse d'un coup, j'essuie mes larmes et je pose mes pieds par terre. Il s'approche.

– Il va bien, dit-il d'une voix grave et posée.

Il regarde la pièce de monnaie dans ma main, la pièce que je fixe comme une âme égarée fixe la porte qui la ramènera chez elle. Je remets le penny dans la poche de mon jean, toujours hantée par l'image du train à trois roues à côté de Racer, qui s'étouffait avec la quatrième. Ma main tremble quand je lâche la pièce, et je me remets à pleurer.

– Je suis tellement désolée, Remy.

Je lutte pour tenter de ne pas pleurer, mais ces stupides larmes coulent quand même. Quand j'ai crié à l'aide, Remy a retourné Racer mais la roue semblait coincée. Les urgences étaient à trois rues de là, et je crois que je n'ai pas respiré tant que nous n'étions pas arrivés.

– Il va bien. D'accord ?

Il tapote mon épaule comme un père et retourne voir Racer et Brooke.

Ils sortent vite tous les trois, et lorsque Racer me voit, il se retourne et enfouit son visage dans le cou de son père. Comme si j'étais un Judas. Comme si je l'avais déçu. Car c'est ce que j'ai fait. Je peux à peine regarder Brooke dans les yeux.

– Brooke, je suis désolée.

Elle hoche la tête, son visage est rougi par toutes les larmes qu'elle a pleurées aussi. J'essuie les miennes et les suis dehors, où Pete arrête le SUV devant les portes. Quand ils l'installent dans la voiture, je remarque que Racer n'est plus violet, mais son visage est tout rouge, comme celui de Brooke et probablement le mien. J'ai envie de le serrer contre moi, mais il s'enroule toujours contre le torse de son père et évite mon regard. Je pense au torse de Maverick pour je ne sais quelle raison, et à un moment pareil, je serais prête à donner mon penny, celui qu'il m'a offert et que je ne veux jamais lâcher, pour avoir ce torse contre lequel me blottir aussi.

– Je suis désolée que tu aies raté ton vol, dit Brooke doucement après un petit moment.

Je hoche la tête en silence.

– Appelle Miles et rejoins-le plus tard, dit-elle.

Je comprends à cet instant que Brooke croit que j'allais voyager avec Miles.

– Je ne crois pas… je commence en secouant la tête. Je ne sais pas.

Je ne sais pas, pour Miles et moi. Et pour Maverick et moi ? Je déçois les Tate, qui ont toujours été géniaux avec moi, toujours. Je leur mens depuis tout ce temps, je me cache car j'ai trop peur que quelqu'un m'enlève Maverick. Soudain, tout semble gris, soudain je me sens désespérée, indigne, et naïve d'avoir cru qu'il pouvait y avoir une chose géniale et inattendue pour moi.

– Il a pris le vol pour Boston ? demande-t-elle :

– Je… Je ne sais pas. J'ai laissé mon téléphone à l'hôtel quand on a couru à l'hôpital.

Je regarde mon téléphone – Pete et Riley sont allés chercher nos affaires à l'hôtel – et j'ai besoin de le voir face à face pour lui dire ce que je ressens. Je vois ses textos et mon cœur se serre. Je lui écris :

Je suis désolée de ne pas avoir pu venir.

– S'il n'a pas pris son vol, ajoute Brooke, je vous prendrai des billets d'avion tous les deux. Tu peux l'inviter pour la finale à New York.

– Non, dis-je avec une voix rauque. Ce n'est pas la peine. Merci.

– Reese, je sais que tu as eu peur. J'ai eu peur aussi, j'ai pété les plombs. Je criais, mais ce n'était pas contre toi. C'est bon.

– Merci. Je crois que j'ai crié aussi.

J'ai envie de crier en ce moment-même. À l'intérieur, je hurle.

Maverick n'a pas répondu à mon message quand nous arrivons à l'aéroport, montons dans l'énorme jet privé, et nous envolons pour Boston. Je m'assois à ma place habituelle, au fond de l'avion avec la famille, tandis que l'équipe est assise à l'avant. Sauf que Racer ne veut pas venir sur mes genoux cette fois. Je me sens vide et je regarde par la fenêtre. Tout ce que je veux, c'est le torse de Maverick pour y poser ma tête. Je ne veux pas d'alcool, et je ne veux pas d'autre billet d'avion. Je ne veux rien d'autre que son torse, là, tout de suite. Je veux être assise dans un avion juste à côté de lui. Je veux lui dire *Je suis amoureuse de toi aussi* car, un instant on s'amuse, et la suivante, la vie nous malmène et menace de tout nous prendre.

Je vois que l'équipe Tate s'inquiète de l'effet de cet incident sur moi. Je sens leur regard, et je parie qu'ils ont peur que j'aille m'enfiler une bouteille de Johnnie Walker ou de n'importe quoi d'autre que je trouverais. Mais je ne le ferai pas. Je vais respirer, respirer, et encore respirer, jusqu'à pouvoir le faire naturellement. J'ai du mal à croire que je sois bonne à quoi que ce soit maintenant, mais j'existe toujours. Je songeais à devenir enseignante, car j'adore passer du temps avec Racer. Maintenant, je me demande si je suis capable de surveiller un seul enfant, alors ne parlons pas de toute une classe. Mais je veux en être capable, je le veux vraiment. Je veux croire que j'en suis capable.

Je lance un regard vers Remy et j'ai envie de lui dire que Maverick n'est pas Scorpion. Maverick est motivé, honnête et unique ; c'est un mec qui peut à la fois dire merci avec des mots, et avec un petit penny qui n'a pas de prix, simplement car on lui a donné un coup de main. Mais comme toujours, je ne parle pas car je crois que l'on ne m'écoutera pas.

Je reste muette pendant tout le vol. À la moitié du trajet, Remy me donne un petit coup de pied dans la cheville pour attirer mon attention. Je lève la tête, et il me tend son iPod. Je lui adresse un sourire tremblotant et lance la musique en lecture aléatoire, en fermant les yeux quand la première chanson commence. Je souffle et écoute quelques morceaux, certains que j'entends pour la première fois, d'autres que je connais déjà. Mais quand *Fight Song* de Rachel Platten commence, je suis brusquement de retour avec Maverick. Et Maverick est avec moi.

Il est simplement… avec moi. Et je ne suis plus seule.

***

Nous arrivons à l'hôtel et nous nous installons dans nos chambres. Je suis décidée à me racheter auprès des Tate. De Racer. De Maverick. Et de moi-même. Racer ne s'approche pas de moi, mais quand je frappe à sa porte et que je lui demande s'il veut jouer, il vient et fait un câlin à ma jambe. Mon cœur tremble, je me mets à genoux et le serre dans mes bras.

– Je suis désolée. Je t'aime, Racer. Je t'aime beaucoup, beaucoup, tu n'imagines même pas. Tu es comme mon train préféré au monde.

Je le serre plus fort, il en a vite assez et se tortille. Il me fait un sourire malicieux et baisse les yeux vers mon centime. Il est intrigué par l'objet et avance la main pour l'attraper. J'hésite mais je le laisse le prendre. Je le regarde l'examiner.

– C'est une pièce d'un centime, pour me porter chance, j'explique calmement. Mais on ne la mange pas, on la tient juste dans sa main. Et… on fait un vœu.

– D'accord, dit-il.

Il le tient pendant un moment et ferme fort les yeux, comme pour faire un vœu, puis l'emporte vers sa boîte de trains qu'il sort pour jouer. Je garde un œil sur la pièce qu'il pose par terre avant d'essayer de construire ses rails.

– Quel joli tableau.

Je jette un œil vers la porte, et Brooke nous fait un grand sourire.

– Reese, tu n'as pas du tout eu le temps de t'amuser, dit-elle en s'agenouillant. Sors avec les gars, Riley et Pete vont en ville.

Je secoue la tête.

– Oh, non, je m'amuse bien avec Racer.

– Allez, sors avec les autres ce soir. Il y a une autre fête de circuit. Diane reste ici et elle m'a proposé de surveiller le petit.

Elle sourit pour me convaincre et s'installe pour jouer avec Racer, et à contrecœur, je m'accroupis.

– Je vous rejoindrai là-bas.

Elle hoche la tête. Je récupère rapidement mon penny, le remets dans ma poche, et je suis soulagée de voir Pete avec son agenda géant à la couverture en cuir, dans la cuisine.

– Pete, je peux te poser une question ? dis-je.

– Balance.

Il vérifie quelque chose dans l'agenda, le programme des combats, je crois.

– En général, tu sais… dans quel hôtel sont tous les combattants. Non ?

Il hoche la tête distraitement.

– Est-ce que je peux voir la liste ?

Il plisse les yeux et me scrute avec une inquiétude fraternelle, puis à contrecœur, il tourne les pages et me montre la liste, et je cherche le nom de Maverick. Je repousse l'agenda vers lui.

– Merci.

– Reese, je n'ai pas besoin de te le dire, m'avertit-il.

Je sais que c'est mal, que cela ne mènera à rien, qu'il est le Vengeur et que je suis dedans jusqu'au cou, mais j'ai besoin de le voir. J'ai besoin de lui parler. J'ai besoin de lui expliquer pourquoi je n'ai pas pu venir et j'ai besoin de lui dire ce que j'ai décidé de faire. Je ne peux que prier pour qu'il m'écoute. Et pour trouver les mots justes.

– Je dois m'occuper de quelque chose.

CHAPITRE 35
Boston

MAVERICK

Dans mon vol vers Boston, je fais une recherche Google sur lui. Mon père. Toutes les rumeurs. Tous les articles. Drogue. Dopage. Maltraitance avec ses coachs. Procès. Des filles disant qu'il les a violées. Que lui et ses voyous les ont agressées. J'éteins mon téléphone et le laisse tomber dans mon sac.

Voilà qui est ton père, Maverick. Celui que tu veux rendre fier.

Ma mère m'a dit qu'il avait été un homme bon. Il voulait faire des choses biens. Mais il s'est mis au combat. Il n'aimait pas perdre, il est devenu aigri, obsessionnel, et plutôt que de gagner les choses correctement, il a choisi de les obtenir n'importe comment.

C'est pourquoi je suis un poison pour tout le monde. C'est pourquoi Reese devrait garder ses distances. C'est pourquoi elle le fait. J'ai du poison dans le sang. Mais grandir sans lui m'a donné plus que ce qu'un père aurait pu me donner en me chouchoutant et me gâtant.

Je SUIS le fils de Scorpion. Je SUIS le Vengeur. Je SUIS un combattant. Je SUIS après Reese. Je l'ai dans la peau, plus que mon père. Que Tate. Que n'importe qui. Je l'ai dans la peau, dans mes veines, dans mes poumons, dans mon cœur, et dans mon cerveau.

J'achèterai une centaine de billets s'il le faut. Un jour, elle voyagera en première classe avec moi. Elle dînera avec moi. Elle dormira dans un beau lit d'hôtel, avec des draps soyeux et des oreillers en nuage avec moi. Un jour elle sera amoureuse de moi.

***

Je retrouve Oz qui m'attend dans le terminal. J'ai encaissé un de mes chèques à six chiffres, donc j'ai réservé dans un bel hôtel. Oz est soufflé quand nous entrons à l'intérieur. Deux chambres, un salon immense, un bar, et une vue sur le port.

– C'est super. Maintenant, où est la fille ?

Je laisse tomber sa valise dans la chambre.

– Va te changer. On va à la fête du circuit.

– Depuis quand ? Je ne crois pas, non.

– Moi je crois que si, Oz.

– Je n'aime pas les mondanités.

– N'en fais pas, alors. Reste assis dans un coin, je m'en fous.

– Pourquoi je ferais ça ?

– Parce qu'il y a une chance que Reese y soit.

Il me regarde comme si j'étais devenu fou. Et oui, je suis fou. Je suis perturbé par elle et je ne le nie pas. Je suis accro à Reese et je ne suis pas prêt à décrocher, en ce qui me concerne. Je suis prêt à me noyer en elle.

– Si elle voulait de toi, elle serait venue, dit Oz. J'ai mangé un putain de sundae dans l'avion. Tu as loupé quelque chose.

– Va t'habiller, je grince.

Puis j'attends, les bras croisés, en regardant par la fenêtre. Je sais ce qu'elle ressent pour moi. Je sais qu'elle me veut. Je sais que ce n'est pas facile, mais ce qui vaut le coup n'est jamais facile. Oz sort vêtu d'un boxer et d'un tee-shirt blanc.

– Ça ne me dérange pas de rester là pendant que tu y vas. Amuse-toi bien.

Je secoue la tête en le regardant, puis je passe sous la douche. Dans deux jours, les demi-finales commencent. Deux soirs. Combats multiples. Il faut que je finisse deuxième ou je suis foutu. Il faut que je m'entraîne plus dur que jamais. Que je dépasse mes capacités de concentration.

Mais ce soir, Reese me hante.

CHAPITRE 36
Mon premier grand choix

REESE

Il est dans notre hôtel. Dans le même hôtel. Cela a facilité l'obtention du numéro de sa chambre, car l'équipe de l'hôtel connaît les Tate. Mais cela m'a rendue encore plus nerveuse tandis que je montais au 17e étage dans l'ascenseur, tête baissée. *Ding.* Je sors, ma nervosité et mon appréhension atteignent des records quand je commence à regarder les numéros des chambres. Dans le couloir, je vérifie le numéro et je frappe à la porte. Oz ouvre, avec de petits yeux. J'expire.

– Est-ce que Maverick est là ?

Il se concentre sur moi.

– Tu es un peu en retard, non, mademoiselle ?

Putain, je ne peux pas me battre avec Oz maintenant.

– Donc il n'est pas là ?

– Non.

Merde.

– Bon, est-ce que tu sais où je peux le trouver ? Il s'entraîne ?

– Écoute, petite, je ne suis pas du genre à me mêler des affaires des autres, mais c'est mon champion à moi, et je ne permettrai pas qu'on se foute de lui. Alors tu devrais peut-être le laisser se concentrer sur sa mission…

– Oz.

J'entends une voix énervée derrière lui. Sa voix à lui. Si proche et si douloureusement réelle que je tremble alors que mon cœur se retourne dans ma poitrine. Oz soupire et ouvre la porte, et voilà mon Maverick. Mon rebelle.

Il porte un jean et une chemise noire, et il est beau à en crever, et j'ai bien envie de mourir une dizaine de fois ce soir. Je reste dehors, et je regarde vers lui. La suite est immense, et voir Maverick au milieu de tant de luxe lui donne des airs de prince des bas-fonds.

– Je te cherchais, dis-je comme une nulle.

– Et je t'ai attendue.

Sa voix profonde et résonnante semble plus grave et plus orageuse que jamais ; mon ventre se contracte en réaction. J'attends qu'il dise autre chose, qu'il me dise combien je suis naze.

– Je suis désolée, Maverick.

Il s'approche et pose une main sur l'encadrement de la porte. Il se penche en avant et baisse la voix.

– Est-ce qu'ils t'ont empêchée de venir avec moi ?

Il m'inspecte et je l'inspecte en retour, ne sachant pas quoi faire pour qu'il me laisse entrer.

– Non.

– Tu es là pour me dire qu'on fait une erreur.

Il examine mon expression avec un regard plus brut.

– Non.

Nous ne nous lâchons pas des yeux. Je m'apprête à lui demander, le supplier « Je peux rentrer ? » quand il prend ma main dans la sienne et commence à reculer pour nous faire entrer. En faisant cela, il me regarde avec des yeux nus, assoiffés, perçants, mes genoux sont en caoutchouc tandis que je le suis, prête à lui dire…

Maverick s'arrête pour regarder Oz. Un regard qui veut dire qu'il veut être seul. Avec moi. Et Oz file dans une des chambres, puis en sort, habillé et chaussé.

– Tu n'es pas obligé de partir, dit Maverick. Donne-nous juste un peu d'intimité.

– Nan, nan, vous en avez besoin tous les deux, dit Oz.

Puis il ajoute qu'il a quelque chose à faire. Il s'en va, en regardant Maverick. Il tient à lui. Et Maverick tient à Oz. Mon cœur lâche sous la lourdeur que je ressens.

Je me rends compte que Maverick me regarde désormais, dans l'attente. Sa main tient toujours la mienne. Légèrement, presque comme s'il s'attendait à ce que je la retire. Puis son autre main monte jusqu'à ma joue, il prend mon visage et passe son pouce sous mon œil.

– Tu as pleuré.

Rien que cela, sa tendresse, si inattendue pour un mec aussi dur, fait à nouveau piquer mes yeux.

– Comment tu le sais ? je murmure.

– Je le sais, c'est tout.

Il sèche le coin de mon œil, avec un air triste.

– Ça va ? demande-t-il.

– Maintenant, oui, je réponds.

Je regarde son torse, son visage, et j'avale ma salive.

– Tu es très beau en noir. Tu sors ?

Ses lèvres se tirent un peu, et ses yeux sont toujours pleins de questions, et de tendresse. Tellement de tendresse que je me sens noyée dedans. Il secoue la tête de droite à gauche.

– Maintenant, non.

J'aime qu'il soit silencieux, chacun de ses regards signifie quelque chose. Nous nous taisons tous les deux. Et je crois qu'il sait pourquoi je suis là. Ou pas ?

Il m'examine trop précisément. Presque torturé. Et je comprends qu'il ne sait peut-être pas. Je prends sa main, l'ouvre, et pose le penny dedans. Ses yeux se lèvent vers moi, pleins de questions.

– Je veux que tu me fasses l'amour.

Il inspire brusquement et referme ses doigts autour du centime, et sa voix est plus dure.

– C'est tout ?

– Non.

Ma voix est basse et très douce, mais enflammée à la fois.

– Je veux que tu m'aimes très fort. Parce que je suis sûre que je n'ai jamais aimé quelqu'un aussi fort que je t'aime, Maverick.

Tous ses muscles se tendent lorsque je dis cela, ses épaules, sa mâchoire, ses bras, ses jambes, et je vois un éclair passer dans ses yeux comme s'il arrivait à peine à se retenir. Il a connu le refus, et j'ai presque l'impression que la réciprocité est quelque chose de nouveau pour lui. Comme s'il ne savait pas quoi en faire.

– Je sais qu'on a encore beaucoup de choses à apprendre l'un sur l'autre. Mais je sais aussi qu'il n'y aura jamais d'autre Maverick dans ma vie, je continue. Je suis venue ici pour me trouver. Et je crois que j'ai réussi. Et je t'ai aussi trouvé… toi.

– Et je t'ai trouvée, répond-il de sa voix rauque, soudain plus près de moi, en me dévorant des yeux.

– Donc…

Je m'éclaircis la voix et poursuis.

– Je veux être avec toi. Pour aussi longtemps qu'on peut. Une heure, une semaine, ou juste cet été. Je ressens des choses pour toi que je ne comprends pas, et je veux comprendre. Tu n'es pas ton père, et je ne suis pas ma famille. Et pour je ne sais quelle raison, Maverick, je crois que tu es assez silencieux pour pouvoir m'écouter. Et avec toi, je n'ai pas besoin de me demander ce que tu veux dire. Parce que tu dis ce que tu penses.

– Putain, j'ai envie de toi, Reese, gronde-t-il, impatient.

– Prends-moi, alors. Tout de suite. Et demain.

– Les deux. Et après.

Il me prend par la taille et me soulève, et je passe mes bras autour de son cou. Je vois sa mâchoire se serrer alors qu'il me regarde, m'observe. Me mémorise. Ses yeux descendent sur mes seins. Ses mains se déplacent plus bas, sur mon cul. Et il lève les yeux vers les miens.

– Tu es inestimable. En or. Non, pas de l'or, tu es une foutue mine d'or pour moi. Tu sais ça ?

Putain, ces yeux. Tellement tempétueux à cet instant.

– Maverick, Racer a avalé une petite roue de train et il s'est étouffé avec, j'explique. Il ne respirait plus, il était violet…

– Il va bien ?

Sa voix est dure et angoissée, ses mains se resserrent brusquement sur mes hanches. Et je sais que c'est parce que c'est important pour lui.

– Oui. Ça va. J'ai juste…

Il me repose.

– J'étais distraite. Je pensais à… notre voyage ensemble. Et la seconde suivante, je l'ai vu s'étouffer. Je ne savais même pas que c'était la petite roue jusqu'à ce que je voie que le train avec lequel il jouait n'avait plus que trois roues. Remy l'a mis la tête en bas et a essayé de la sortir, mais ça avait l'air coincé… On l'a emmené à l'hôpital en urgence.

J'essuie mes larmes.

– C'est pour ça que je n'ai pas pu venir à l'aéroport. Je voulais venir. J'ai fini à l'hôpital, mais je m'accrochais à ce penny et je pensais à toi. Donc je suis venue ici.

Ses yeux s'embrument dans un mélange de tendresse et de tristesse.

– Reese, ce que tu me demandes de faire… Je n'ai pas besoin que tu me rendes le centime. C'était tout ce que j'avais à te donner. Mais maintenant, j'ai plus. Et j'en aurai encore plus.

– Mais je veux que tu gardes la pièce pendant un moment. Pour te porter chance.

Il la met dans la poche de son jean, lève la main et pose ses doigts sur mes cheveux, les passe entre les mèches en se servant de sa main libre pour me tirer doucement dans ses bras.

Je suis toute raide, j'attends ses lèvres, j'attends que sa peau touche la mienne. Mais il passe ses doigts dans mes cheveux comme s'ils étaient magnifiques. Comme s'ils étaient faits de mèches de miel, de rayons de soleil ou de diamants jaunes. Quand je relève la tête, je le sens placer ses lèvres sur le haut de mon nez, cinq fois. Sur mes… cinq taches de rousseur ?

Je relève encore plus la tête, et Maverick cède enfin à la tentation et goûte ma bouche. Je le goûte aussi, doux, affamé. J'agrippe sa chemise dans mes poings. Une chemise que j'ai tellement envie d'enlever. Les choses que fait cet homme sont sans précédent, et n'auront aucun prédécesseur, c'est impossible.

Je me soulève avec mes poings, enroule mes jambes autour de ses hanches, et ses muscles bougent sous moi lorsqu'il commence à nous emmener vers la chambre. Mes doigts passent sur le tatouage dans son dos, par-dessus sa chemise. Il arrête de marcher. Ferme les yeux. Il me tient plus serrée, plus près.

– Reese, murmure-t-il dans mon oreille.

Il penche ma tête en arrière et serre les dents, son regard est intense.

– Quoi ? dis-je en haletant et me collant plus près.

J'ai une douce douleur dans la poitrine, dans mon sexe, dans tout mon corps.

– Quand tu fais ça… commence-t-il, sombre et sexy.

Je fais à nouveau courir mes doigts sur son tatouage, il me pousse alors contre le mur le plus proche, et écrase ma bouche avec un baiser qui fait plier mes orteils. Je serre mes jambes plus fort autour de ses hanches tandis qu'il se frotte contre moi. Je touche son visage.

– Tu es la première grande décision que je prends toute seule. La première bonne décision.

Il déborde de désir quand il regarde chaudement mon sourire, puis il fronce les sourcils.

– Comment tu sais que je suis une bonne décision ? demande-t-il, d'une voix éraillée.

– Parce que je te connais.

Son expression est frappée d'une émotion sombre.

– Passe la nuit ici, dit-il en frottant son nez dans mon cou.

Je hoche la tête.

– Mais il faut que je sois rentrée au moment où Racer se réveillera.

– D'accord, concède-t-il en passant sa main sur mon bras nu, en me savourant. Ça nous fait assez long, non ?

– Je dirais que c'est long, oui, je glousse.

Mon Dieu. Maverick bande tellement dur contre moi. Ses yeux dansent, rieurs.

– Petite coquine.

– Je pense que cinq heures du matin, ça irait ?

Il prend tendrement mon visage entre ses mains et m'embrasse encore.

– Tu veux t'allonger avec moi maintenant ?

– Ma tête sur ton torse ? Comme ça ?

Il me soulève du mur avec ses deux bras.

– Juste comme ça.

Je flotte et tout est flou pendant qu'il me porte jusqu'à la chambre, ferme la porte avec son pied, et me dépose sur le lit beaucoup trop grand. Il défait les boutons de sa chemise que j'entends atterrir en douceur sur la moquette. Je me recule et le regarde ramper sur le lit, telle une panthère, s'allonger près de moi et me tirer contre son flanc.

Je jure que Maverick porte son cœur dans ses yeux quand il me regarde et me tient contre son torse. Je pose ma joue sur son pectoral nu.

– Oh, dis-je.

Il fronce les sourcils vers moi.

– Oh quoi ? Pas confortable ?

– Si, très.

Tellement chaud. Je sens son after-shave, son savon et son déodorant et surtout, sa peau. Je glisse mon bras autour de sa taille et me décale un peu plus près, il resserre son bras autour de mes épaules et fixe le plafond, expirant doucement, comme s'il était enfin détendu.

La sensation de ses bras autour de moi me fait trembloter. Et je le sens se tendre à mon contact. Il sent mes cheveux, son corps se raidit tandis que mes doigts se promènent distraitement sur les creux de ses abdos. Je l'entends presque se dire « doucement, Maverick »…

Mais sa main est déjà en mouvement. Ses doigts, longs, bronzés, glissent sous mon tee-shirt et recouvrent mon sein par-dessus mon soutien-gorge. Il serre un petit peu, passe son pouce sur mon téton. Il est déjà dur. J'ai un hoquet de surprise lorsqu'il me caresse. Je tombe sur le dos quand il se penche sur moi, en glissant son autre main sous mon tee-shirt pour enrober mon autre sein tout en m'embrassant, lentement et doucement. Les bruits que je fais le font grogner.

– Tu aimes ça, Reese ? Putain, ce que j'aime avoir mes mains sur toi.

Il tire mon tee-shirt par-dessus ma tête et passe son bras derrière moi pour défaire mon soutien-gorge. Il se penche pour mémoriser la forme de mes seins, leur poids, leur goût, mes tétons, la texture. Il les suce délicatement, murmure :

– Je te veux mouillée. Je veux que tu sois mouillée quand je vais plonger mes doigts là.

Il passe sa main entre mes jambes. Je me cambre sous une impulsion, en manque de son toucher.

– Je suis déjà mouillée, dis-je dans un souffle.

Il déboutonne, ouvre mon jean et glisse ses doigts dedans, dans ma culotte, puis il gémit en glissant ses doigts entre mes lèvres. Et je suis trempée. Ma culotte est trempée, mes lèvres sont trempées, trempées pour lui, et il dit :

– Je pourrais te boire, Reese, et ne plus jamais avoir soif.

J'effleure sa queue avec ma main et il grogne.

– Ça fait mal ?

– La meilleure des douleurs, celle que tu me donnes.

Il sort sa langue pour la passer à nouveau contre mon téton et je laisse mes doigts errer sur ses épaules, ses bras en flexion, et son dos parfait.

– J'adore te toucher, Maverick, je murmure en me cambrant à nouveau.

Ce n'est que ma deuxième fois, et je suis curieuse. Je suis attentive à la manière dont sa respiration change. La façon dont mon corps se ramollit, s'affaiblit et se mouille pour lui. La sensation de mes tétons qui deviennent fous contre le mur plat de son torse. La façon dont mes hanches semblent se soulever, sans raison et de leur propre chef. Elles en redemandent.

Je suis déjà en train de planer et je continue à monter tandis qu'il fait entrer ses doigts en moi. J'enfonce mon nez dans son cou, et Maverick me serre plus près de lui. J'halète, et il respire plus fort que d'habitude. Je mords sa gorge en explorant et je passe mes doigts sur son tatouage, en le retraçant dans ma tête.

– Reese, dit-il d'une voix éraillée. Quand tu fais ça…

– Quoi ?

Il me regarde avec des yeux lourds et brumeux de désir. De désir pour moi. Et je crois… Peut-être. D'amour.

– Tu es la seule personne au monde qui comprend ce tatouage, dit-il d'une voix épaisse, puis il écrase ma bouche et m'embrasse, profondément vorace.

Nous attendions tous les deux cela et nous sommes si électriques que nous pouvons à peine parler. Maverick tire sur mon jean pour l'enlever, se débarrasse du moindre bout de tissu sur mon corps. Puis il ôte ses vêtements parfaitement sexy et il est tellement… Foutrement. Parfait. Nu. Chaud. Et dans un lit. Avec moi.

Je n'ai même pas le temps de me soucier de mon apparence. Ni le temps de me sentir un peu trop voluptueuse. Je suis un peu plus ferme et plus fine maintenant, mais avec encore des formes. Mais la façon dont les yeux d'argent de Maverick me baisent du regard lorsqu'il vient s'allonger sur moi me dit que cet homme, cet homme-là, pense que je suis superbe, parfaite et femme. La preuve en est que, même si je n'ai jamais vu d'autre érection de ma vie, je suis sûre qu'il ne pourrait pas en exister de plus grosse, dure et avide que celle de Maverick.

Il se déplace au-dessus de moi pour que nos corps soient le plus possible en contact. Pour que je sente sa queue entre mes jambes, et j'aime tellement ce contact maximum. Trop. Je frissonne, serre ses cheveux dans mon poing et respire rapidement, anxieusement.

– Oh bordel, Maverick. J'ai trop voulu ça.

– Je le veux toujours trop, Reese, dit-il en se relevant un peu.

Je le regarde, et je sais qu'il me voit le regarder ; son torse, ses bras, ses abdos, son érection. Tout comme il me regarde. Ma poitrine, mon abdomen, mes hanches… ma chatte. Nous sommes impatients.

Je commence à le tirer contre mon corps et il est ivre de moi, je le sens dans la force de son baiser, dans ses bras quand il attrape mes hanches et me tire sur le lit vers son érection. Il me regarde en s'enfonçant. J'inspire, mes joues sont chaudes, mes cheveux s'emmêlent derrière ma tête que je lance d'un côté, puis de l'autre. Le plaisir de cet homme à l'intérieur de moi est absolu. Il est tout ce que je veux.

Il prend mes genoux et remonte mes jambes autour de ses hanches, s'enfonçant plus profondément. Si profondément que ma vision se trouble, et ses yeux s'assombrissent, quasi engloutis par ses pupilles. Je lève la tête et embrasse la cicatrice au-dessus de son œil, où je l'avais recousu. Il pousse un râle, inconscient, et pose son front contre le mien. Il glisse une main entre nous, et touche mon clitoris avec son pouce.

– Tu lâches prise pour moi ? murmure-t-il.

Il s'enfouit plus profondément encore, empoigne mes hanches et me tient pour que je n'aie d'autre choix que de le prendre, de plus en plus profond, aussi loin qu'il veut aller. Aussi loin que je le veux.

Les mains sur les os de mes hanches, il bouge en moi, et je bouge avec lui. Comme une danse. Nous allons de plus en plus vite. Et je ne veux jamais arrêter. Je ne veux jamais arrêter de bouger, de regarder, de goûter, de me faire baiser par Maverick Cage dans le lit de Maverick Cage.

J'ai toujours voulu être aimée, et je crois qu'il m'aime car je suis prête à être aimée, et il est prêt aussi, nous le sommes. Le sexe est chaud entre nous mais nous faisons l'amour, lui et moi, et je veux lui dire. Je veux dire *je t'aime* car qui sait ce qu'il adviendra demain, si j'aurai une chance de le dire à nouveau, si je le verrai après la fin de la saison ;

qui sait ce qu'il va se passer, et je comprends maintenant que je dois le dire.

Je jouis et j'ai envie d'amener mon cœur, lui aussi, vers un sommet émotionnel, mais je ne peux que hoqueter, voir mille couleurs, des étoiles et le visage magnifique de Maverick devant moi. Et je l'entends.

– C'est ça, Reese, dit-il, en embrassant mes lèvres jusqu'à ce que ma poitrine soit prête à exploser avec le reste de mon corps. Tu es avec moi, maintenant.

***

Il est tard. Trois heures du matin, ou peut-être quatre. Et je suis la fille sexy dans le lit de Maverick Cage. Une fille sexy et chanceuse. Je regarde ses muscles avec délectation tandis qu'il bouge et se déplace au-dessus de moi. La tension de sa mâchoire quand il bouge en moi.

Les changements caméléonesques de ses yeux quand nous commençons à faire l'amour… et quand nous terminons. Je suis accro et ivre de toutes les façons dont ses lèvres savent bouger, donner du plaisir, torturer et récompenser. Il m'a baisée, il m'a fait l'amour, et il… eh bien, il m'a fait un cunni.

– Combien, dis-moi ?

J'essaie maintenant de l'amadouer, tout en me demandant quelle est la prochaine chose qu'il va me faire. Je lui ai dit que j'étais vierge, et maintenant je veux savoir combien de filles il a connu à part moi.

– Non.

Il ne regarde pas mon visage, il est trop absorbé par mon corps.

– Elles ne comptent pas. Personne ne compte avant toi.

Je suis en sueur, et je savoure l'ouragan d'intensité qu'il a apporté avec lui dans le lit. La vue de sa queue, pleine et raide pour moi, me fait haleter. On a du mal à croire que quelqu'un de si puissant puisse retenir toute cette énergie sous contrôle, mais Maverick le fait si bien que c'est exaltant d'être au centre de l'attention d'une telle force et d'en recevoir une dose contrôlée, délicieuse, calculée. Il ne me donne que ce qu'il estime que je peux encaisser.

– Mav, j'ai envie de t'embrasser ici, dis-je en passant ma main sur son érection.

– Quand j'en aurai fini avec toi, peut-être.

Son pouce fait le tour de mon nombril, puis il y passe le bout de sa langue.

– Seul un de nous deux peut perdre le contrôle dans ce lit, et tu le fais tellement mieux que moi. Tu aimes ça ?

Ses cils remontent pendant qu'il parle d'une voix voilée et me regarde, en plongeant encore sa langue dans mon nombril. Il descend sa bouche plus bas, vers mon sexe, et je me tends en préparation de ce qui va arriver. J'essaie de me relever quand il écarte mes cuisses, mais il me pousse pour me rallonger, en caressant mes seins, puis il ouvre grand mes cuisses. Mon sexe trempé est sous ses yeux. Il me regarde, passe un doigt sur les lèvres, pour vérifier que je suis mouillée et prête.

– Maverick, je proteste faiblement, incroyablement gênée.

Je ne peux pas m'empêcher de me sentir vulnérable quand nous couchons ensemble et que je me sens si brute et en manque.

– Tu es aussi belle ici que partout ailleurs.

Il remonte et sa bouche glisse sur la mienne, puis il m'embrasse entre les jambes à nouveau, délicatement, et pousse sa langue mouillée vers l'intérieur, ressort. Je suis surchargée de Maverick, de son odeur, de la sensation de son baiser là où je suis la plus chaude et la plus mouillée.

J'halète fort pendant qu'il bouge ses lèvres sur mon sexe, sur mon ventre plat, entre mes seins. Lorsqu'il m'embrasse à nouveau sur la bouche, je suis prête. J'ai été faite pour le recevoir, et son corps a été fait pour prendre le mien. Nous collons parfaitement et je suis vide sans lui. Je suis un tas de nerfs géant tremblotant, frissonnant de besoin. Quand je le supplie, il se redresse sur ses genoux, s'appuie sur un bras pour ne pas m'écraser.

Il a l'air extraordinaire. Une créature absolument mystique. Il est tellement beau, son corps est au mieux de sa forme, son visage est dur, tiré par le désir et ses yeux scintillent de toutes ces nuances métalliques et argentées que je pourrais regarder durant des heures. Je les regarde, en ce moment.

J'adore la manière dont mon corps se tend d'appréhension. Mon ventre est ferme, et mes cuisses aussi quand je referme mes jambes autour de ses hanches. Il pose sa main sur ma hanche, et me tient tandis que sa queue épaisse et palpitante me remplit entièrement. La sensation est si délicieuse que mes cuisses s'ouvrent plus largement pour lui faire comprendre qu'il est plus que bienvenu ici. Il est nécessaire.

Je miaule doucement de plaisir, il grogne et reste là, à l'intérieur de moi, comme il l'a fait la toute première fois. Il me laisse m'habituer à lui.

– Reese… Donne-toi à moi, Reese, dit-il tendrement.

Il écrase sa bouche contre la mienne, glisse un bras vers le haut, et tient mon poignet dans une main tandis qu'il sort et s'enfonce. Il fait claquer la tête de lit. Je grogne. Son corps ondule contre le mien. Ses muscles se contractent puissamment à chaque mouvement. Je suis coincée sous lui, je me noie sous son pouvoir. Tout ce temps passé avec lui me fait tenir à lui.

Je ne veux pas tenir autant à lui… J'ai peur de tenir autant à lui… À la fin de l'été, je dois partir. Retourner à l'école. Et Maverick mourrait s'il ne se battait pas. J'ai l'impression que la lumière de ma lampe va vaciller et s'éteindre quand je retournerai là où j'habite. Et peut-être, à qui je suis… Non, je ne suis plus elle. Pas après ce voyage, pas après cet été. Pas après cet homme.

Il bouge ses bras, et avec nos mains enlacées au-dessus de ma tête, il continue à foncer en moi, sa technique est délicieuse et fluide, mais forte. Ses yeux dans les miens, il m'excite avec ses lèvres, et il se retire pour continuer à me regarder tout en m'emmenant vers les sommets du plaisir, avant d'encore effleurer mes lèvres avec les siennes.

– Putain, t'avoir comme ça tous les soirs… Douce, mouillée et ouverte pour moi, Reese…

Son rythme s'accélère, il frappe plus fort, nos mains sont serrées ; je gémis, je me cambre et ondule, je le sens en moi, chaque mouvement, chaque plongée me rend folle. Mes terminaisons nerveuses font des étincelles. Plus affamée que jamais. Besoin de lui plus que jamais. De plus en plus proche de l'orgasme, son grognement dur court sur ma peau. Puis nous nous raidissons tous les deux. Le plaisir s'éternise. Il lâche un grondement et plaque ses lèvres sur les miennes alors que nous jouissons tous les deux.

***

Je suis dans ses bras, et il faut que je parte. Je suis vibrante. Mon corps et moi sommes satisfaits.

– Pourquoi tu n'as pas utilisé ton penny plus tôt ?

Il me fait un petit sourire et hausse les sourcils tout en passant ses pouces sur le haut de mon nez, l'un après l'autre.

– Tu aurais pu me demander n'importe quoi. Je te l'avais dit, non ?

– Je ne sais pas. Je ne pouvais pas le lâcher. Je t'avais avec moi.

Je le vois dans la paume de sa main et essaie de le récupérer, mais il referme sa main.

– Nan nan, dit-il en secouant la tête. Il faut le mériter.

– Allez. Sois un gentleman.

– Mérite-le.

Je rigole, lui donne une petite tape sur l'épaule, et ses yeux se mettent à danser ; je vois qu'il aime bien mes petites claques de provocation et que cela ne lui fait pas mal du tout. Il redevient sérieux la seconde d'après.

– Je suis désolé pour Racer. Tu l'aimes, ce petit gars, dit-il alors, en posant la pièce.

– Beaucoup. Il a été en colère contre moi pendant un moment, il ne voulait pas me voir. Je me sentais comme une merde. Tellement rejetée.

Il m'embrasse.

– Tu ne peux pas gagner à tous les coups.

Je prends sa tête et l'embrasse.

– Il faut que j'y aille.

Il jette un coup d'œil à l'horloge.

– Ouais, moi aussi, il faut que j'aille m'entraîner.

Il se retourne sur le dos et souffle, heureux. Je fais la même chose.

– Les gens amoureux s'imitent, tu sais ? J'ai lu ça quelque part. L'un touche ses cheveux et l'autre le fait inconsciemment.

– Quand tu touches tes cheveux, ça me donne envie de toucher tes cheveux aussi, pas les miens.

Je ris et le câline un peu.

– Tu es drôle.

– Non.

Il a l'air grognon, maintenant.

– Tu as un sens de l'humour.

– Je suis juste content en ce moment, c'est tout.

– Vraiment ? je demande en haussant les sourcils.

Il hausse les siens aussi avec insistance.

– Vraiment.

– Tu vois ! Tu viens de hausser les sourcils comme moi.

Il râle et secoue la tête.

– Arrête, Reese. Je ne suis pas un mec du genre à faire des trucs de couple. Je n'aime pas les déguisements et encore moins les déguisements assortis, je ne veux rien faire de ce que font les autres personnes.

– Pas de problème. Il suffit que tu me veuilles, moi.

Il me donne une claque sur les fesses alors que je sors du lit et il les serre sous sa main, il me tire vers lui et m'embrasse.

– Tu es incontrôlable, ma petite. Il faut que quelqu'un garde un œil sur toi 24 heures sur 24. Je me porte volontaire.

Je l'embrasse encore en sortant du lit, puis je donne une fausse claque sur son torse.

– J'y vais, maintenant, je le préviens.

Il se rassoit aussi et caresse mes cheveux.

– Je vais courir avec Tate aujourd'hui. Je vais lui dire pour nous deux. Je veux que tout soit révélé au grand jour.

Des papillons se réveillent vigoureusement dans mon ventre.

– OK.

Il lève les yeux et me lance un regard appuyé.

– Je veux t'inviter à dîner demain, après la demi-finale.

– Hummm…

Merde. Je tords le côté de ma bouche en me demandant comment formuler cela.

– Maverick, je voulais te parler de ça. Tu vois… Miles est là demain, et mes autres amis aussi. Je suis censée les retrouver après que Brooke soit revenue du combat.

Ses sourcils se lèvent, puis il plisse les yeux.

– Tu veux que je patiente pendant que tu vas batifoler avec Miles ?

Je lui mets une petite claque sur la cuisse.

– Oui, parce que ce n'est qu'un ami. Il n'a toujours été qu'un ami. Je pensais… je commence en secouant la tête. Je ne savais pas comment c'était, en vrai.

Il plisse encore plus les yeux. Le regard possessif que j'y vois m'électrise un peu. Non, beaucoup. Maverick n'a pas seulement un regard possessif, sa voix l'est aussi.

– Tu vas sortir avec eux après le combat, mais tu ne viens pas me voir combattre ? Reese ? dit-il en fronçant les sourcils avec sa main à nouveau sur mon sein, comme pour me rappeler qui me fait gémir.

Je me laisse tomber sur le lit, tire sur le drap pour lui cacher mes seins malicieusement.

– Tu as dit que tu ne voulais pas que j'y aille parce que je t'embrouillerais la tête.

Il redescend le drap pour me regarder, puis il passe son pouce sur le bout de mes seins.

– Je t'ai dit ça avant. Avant de te vouloir aussi fort à mes côtés.

Mes yeux se ferment.

– Quoi ? Pas de claque ? me provoque-t-il.

Je tape sur son épaule, puis laisse ma main là, avec un air possessif aussi. Je serre son bras ferme, j'y vais fort mais il bouge à peine.

– Je vais voir mes amis demain et je trouverai un moyen d'assister à ton prochain match. Promis.

Je me lève et attends sa réponse. Il hoche lentement la tête, avec un regard un peu menaçant.

– Rappelle-toi simplement que…

Il prend mon cul dans sa main en se levant et il mordille le haut de mon oreille.

– Ce cul est à moi.

CHAPITRE 37
Demi-finale

MAVERICK

Je suis prêt. Je tape du pied inlassablement sur le sol en ciment de l'entrepôt à Boston. C'est le deuxième soir des demi-finales, ici. Tate s'est battu hier, et il a gagné. Toujours invaincu, toujours classé premier. Je suis actuellement troisième.

Je m'entraîne comme un animal et je mange comme un homme des cavernes, je me sens primitif en ce moment. Prêt à prendre ma place à l'Underground ce soir. Oz dit que la salle est pleine. Il m'a dit une dizaine de fois que je devais mettre tous les combattants à terre jusqu'au dernier. Certains plus grands, certains plus rapides, tous sont plus expérimentés que moi, mais pas un seul n'est aussi déterminé.

La plupart des combattants font cela pour l'argent. Ouais. Des cargaisons de billets, cela ne me dérange pas, mais c'est le moindre de mes moteurs. Je regarde Oz finir d'attacher un de mes gants et je pense à ma course d'hier avec Tate. Nous n'avons pas dit un seul mot pendant onze kilomètres. Ma conversation avec lui a commencé et s'est terminée quand nous sommes arrivés et que nous avons englouti nos boissons énergétiques.

– Reese et moi, on sort ensemble. Et c'est sérieux.

– Tant mieux. J'étais sérieux aussi, pour ce que je t'ai dit.

– Tant mieux.

– Tu l'aimes ?

– Je l'adore.

– Alors il n'y a rien d'autre à dire, à part ne la trompe pas, ne lui fais pas de mal, et ne lui fais pas regretter de t'avoir choisi.

Et je ne le ferai pas. Pas question. Même si ce soir, je frémis d'agacement à cause du fait que ma copine va faire le tour de la ville avec *Miles*. Je veux qu'elle soit ici, avec moi. Ou dans un endroit sûr. N'importe où, mais pas avec *Miles*.

– Ce connard ne vaut rien contre toi.

– Hmm ?

– Toro, affirme Oz.

Je sais que j'ai un regard mauvais, mais je suis trop énervé pour faire quoi que ce soit d'autre.

– Je croyais que tu parlais de Miles.

– Oh putain, Maverick, tu crois que Miles t'arrive à la cheville ? dit Oz en fronçant les sourcils, protecteur. Personne ne t'arrive à la cheville !

– Oz.

Je ris enfin, puis je me passe la main dans les cheveux.

– Je n'ai jamais ressenti ça avant. Tu comprends ? Je n'aime pas ne pas savoir ce que je vais affronter. Comment il est. Ce qu'elle a aimé chez lui.

– Donne-moi cette foutue main, je n'ai pas fini.

Il prend mon poignet et commence à passer une bande noire autour de ma main. Je le regarde attentivement, des perles de sueur apparaissent sur son front. Oz me touche. Je sais que chaque heure qu'il passe sans sa flasque lui coûte.

– On finit par s'habituer à toi, tu sais ? dis-je.

– Ah ouais ?

J'acquiesce.

– Ouais.

– Est-ce que ta copine me déteste ? Je ne veux pas que vous pensiez tous les deux que j'ai été un connard avec elle l'autre jour. J'étais énervé. Et j'avais une bonne raison. Mon champion s'est fait poser un lapin à l'aéroport après avoir fait l'effort de réserver en première classe…

– Elle avait une bonne raison et elle ne te déteste pas. Reese a proposé d'être ta marraine, Oz. Elle est anti-Wendy, comme toi et moi. Elle est des nôtres.

Oz expire comme si je venais de lui enlever le poids d'une ville des épaules. Je teste ma main avant de glisser mes doigts dans le gant de boxe noir qu'il me tend.

– Tu n'as pas bu aujourd'hui. Hein ?

– Pas depuis quelques heures, avoue-t-il en ouvrant l'autre gant pour moi. Mais ça me manque, fils. Je vais devoir prendre ma dose bientôt.

– Dès que tu es tenté, dis-le moi et on trouvera quelque chose de plus drôle à faire.

– Ouais. Va casser quelques nez pour moi.

Il fait un signe de main vers la porte et recule pour me laisser de la place. Je me lève et étire mon cou ; le public fait de plus en plus de bruit.

Le présentateur appelle mon adversaire tandis que je passe mes bras dans le peignoir noir qu'Oz tient. Je referme le tissu avec la ceinture, puis je détends mes épaules, je garde un œil sur la porte. Mes muscles chauffent déjà. L'adrénaline est pompée dans mes veines. Ma testostérone est à son maximum et je ne dois pas cela qu'au match important de ce soir, mais également à Miles.

– Toro ! Toro ! Toro ! scande la foule dehors.

Je sautille sur place, détends mes poignets, mes bras. Je suis impatient. Je suis programmé pour me battre au moment où j'enfile mes gants. Je suis prêt. *Allez, enfoiré, appelle-moi maintenant...*

– Et maintenant, mesdames et messieurs. Il est déchaîné ! Il est déterminé ! Il a des yeux d'acier qui vous taillent en pièces, et des poings à la portée inégalée. Maverick. « Le Vengeur » Caaaaage !

Je m'élance vers l'allée avec Oz, les lumières sont braquées sur moi, la foule s'agite nerveusement et j'entends même des sursauts. Oz se met dans mon coin, et je monte sur le ring. Je suis sacrément prêt à me battre. Mes yeux atterrissent sur Toro tandis qu'Oz retire mon peignoir, et soudain j'entends le silence, comme à chaque fois, lorsque mon tatouage est dévoilé. Personne ne voit vraiment le phénix. Ils ne voient que le scorpion. Je fais exprès de ne pas me débarrasser de ce scorpion.

Je suis qui je suis. Je viens d'où je viens. Cela ne veut pas dire que je suis une merde. Tout au fond, j'entends quelques cris féminins :

– ALLEZ MAVERICK !

– Tiens, regarde-moi ça ! Je les aime bien, elles ! s'exclame joyeusement Oz.

Il plisse les yeux sous la lumière et lève la main pour s'en protéger, pour essayer de situer mes deux fans pendant que je me dirige vers le milieu et me concentre sur le gars en face de moi. Joel « Toro » Waltzinger. La taille et le poids d'un bœuf, ainsi que la respiration. La sueur brille partout sur son corps, comme si le mec s'était déjà fatigué en escaladant le ring. Merde, j'espère qu'il est prêt à se faire éclater les tripes.

Ding. Nous sommes nez à nez, tapons nos gants, et il tente quelques directs. Je bloque et me baisse, facile. Il lance à nouveau ses bras, et en me baissant, je frappe. Je vise d'abord son corps, pom, poum, poouuum. Il grogne. Je souris et rôde autour de lui.

– Pas trop mal pour un petit nouveau, hein ? dis-je pour essayer de le provoquer.

Il lance encore son poing, je le bloque et tiens son bras en l'air avec le mien, me laissant une ouverture sur le côté. Et je frappe encore, j'écrase ses côtes.

Il a le souffle coupé. Et c'est à ce moment que je jette mon crochet vers le haut, droit vers la tête. D'abord le crochet gauche. Puis le droit. Puis je balance mon bras et éclate sa tête, son nez craque sous mes doigts. Il tombe par terre.

Le suivant est Hot Shot. Ma garde est encore levée, mes jambes écartées, et je tiens mon équilibre. Tout ce que j'ai appris de Tate. Nous nous mettons nez à nez. J'envoie un double coup de poing, je frappe, je le sonne. Je me protège, puis j'attaque. Protection, attaque. Je reste loin des cordes, recule, puis j'avance jusqu'à l'avoir en cage. Et je le roue de coups. Ventre. Côtes. Ventre. Tempe. Mâchoire. Il est par terre.

L'adrénaline me remplit. Je suis assoiffé de sang. Je prends le ring ce soir, peu importe qui ils mettront devant moi. Avec Taz, nous dansons beaucoup. Saut, évitement, bond sur le côté. Il est rapide mais je le suis tout autant, et je suis plus fort. Je prends quelques coups. Ils m'effleurent à peine, alors que les miens le frappent, font craquer les os sous mes doigts et le mettent finalement à genoux. Il essaie de se relever mais ses jambes tremblotent, et il tombe.

Je mets Libertine K.-O. en moins de deux minutes après qu'il soit entré.

Spidermann évite les cordes. Il a étudié ma technique ? Je la joue autrement. Je le laisse me mettre quelques coups sur le corps, le laisse m'amener jusqu'aux cordes pour mieux nous retourner ; je le coince et je le finis.

Twister est le dernier. Oh, je vais m'amuser avec lui. Flirter avec Reese ? Casser son nez ne m'a pas suffi, la dernière fois. Alors je fais durer le plaisir. Je lève mon poing et l'écrase sur son nez ; au cas où il ait oublié qui l'avait éclaté la dernière fois. Il hurle, et quand ses mains remontent instinctivement vers la source de sa douleur, je vise directement son foie. Il s'étouffe et me mets du sang partout sur le torse en essayant de s'appuyer sur moi pour reprendre l'équilibre. Je le repousse (je ne suis pas son poteau) puis je le laisse récupérer avant de me préparer à frapper encore.

– Pauvre connard, siffle-t-il en chargeant.

J'éclate mon crochet dans sa bouche, puis tiens sa tête sous mon bras replié et le frappe trois fois avec mon poing. Puis je le laisse tomber à plat par terre. Une vague d'exclamations choquées parcourt le public. Je regarde dans l'arène qui se tait, en serrant la mâchoire, plissant les yeux, et puis je lève les bras et laisse mes poings frapper dans le vide, pour dire *Voilà qui je suis !*

– Absolument impitoyable ! Pas de pitié de la part de Maverick Cage, AUCUNE FOUTUE PITIÉ CE SOIR ! Mesdames et messieurs, je vous présente… Maverick « le Vengeur » Cage !

Je reprends mon souffle quand on lève mon bras, puis je saute du ring, où Oz m'attend pour redescendre l'allée avec moi jusqu'au vestiaire.

– Tu viens de passer en finale, Mav. TU ES EN PUTAIN DE FINALE !

– Ouais.

J'enlève mes gants dans le vestiaire et je lui fais un grand sourire émerveillé, incrédule, et planant comme on n'imagine même pas.

– Viens là, petit con.

Il me serre dans ses bras et nous rions tous les deux.

– Aide-moi à enlever ça. Je veux le dire à Reese.

Oz se débrouille pour enlever une main et je me sers de mes dents pour enlever les bandes sur l'autre aussi vite que possible. Soudain, je brûle de lui dire. Je ne peux pas attendre une seconde de plus pour lui dire. Je ne veux qu'une seule chose, à cet instant. Une chose qui rendra cela réel. Dire à Reese qu'elle me regardera combattre pour la finale.

CHAPITRE 38

Miles

REESE

Je sors de la douche quand Miles m'envoie par texto l'adresse de la boîte où ils m'attendent. Je réponds à son message :

Je vous rejoins là-bas.

Je me change rapidement, je dis à Brooke que je m'en vais, que Racer est endormi, et je sors en lui assurant que je ferai attention et que je serai rentrée avant que Racer se réveille.

La boîte est peine à craquer, de corps qui dansent et de musique qui vibre. À l'intérieur, je repère Miles, Avery, et Gabe. Je me dirige vers eux. Avery est collée au flanc de Gabe. Ils sont ensemble par intermittence depuis des lustres. Miles a mis ses lentilles de contact, ses cheveux sont coiffés en arrière, il porte un polo et un pantalon beige. Gabe porte un jean et un polo pastel. Avery, un haut à sequins.

– Tiens, tiens, tiens ! dit Gabe quand je m'installe à la seule place libre de la banquette, à côté de Miles. Notre petite femme du monde est là.

– Merci, Gabe.

– Tu ne me dis pas bonjour, Reesey ? demande Miles, qui attend.

– Salut, Miles, dis-je.

Avant, je sautais sur la moindre occasion de lui faire la bise, mais sa joue est trop rasée, trop blanche, et j'hésite. Je me penche et pose brièvement mes lèvres sur sa joue. Miles se penche en avant en fronçant les sourcils.

– Tu as l'air différente.

Il m'observe.

– Elle est radieuse ! Tu a l'air tellement… en forme ! dit Avery avec un air mécontent.

– Je vois ça, dit Miles, qui me détaille des yeux comme s'il m'évaluait.

J'aurais tué pour ce regard avant. Mais c'est tellement tiède en comparaison des regards incandescents que j'ai reçus ces derniers temps. Je suis impressionnée de voir à quel point cela ne m'atteint pas. Je suis impressionnée de voir comme la distance met les choses en perspective.

Ils ont tous les trois l'air différents, à mes yeux. Miles est assis là, en bon sorcier de l'informatique qu'il est. BCBG, confiant et un poil trop suffisant. Gabe est extraverti et sans prise de tête, mais la moitié de ce qu'il dit est idiot. Et Avery… Je n'ai jamais vraiment bien connu Avery. Elle est tout le temps avec Gabe et Gabe est toujours avec Miles, et Miles, pour une raison qui m'échappe, aimait traîner avec moi.

Je me demande pourquoi j'ai aussi aimé traîner avec lui. Me serais-je sentie si seule que j'aurais préféré être avec eux que n'avoir personne ? Possible. Je ne suis pas vraie avec eux, et je suppose qu'eux non plus ne le sont pas avec moi. Maintenant, je me rends compte qu'ils ont toujours paru très circonspects et méfiants avec moi. Comme s'ils pensaient que j'allais replonger d'une seconde à l'autre.

Ils commandent à boire.

– Elle prendra de l'eau, dit Miles en me désignant.

Je souris. Avant, j'étais reconnaissante qu'il fasse attention à moi. Maintenant, cela m'agace qu'il ressente le besoin de prendre la décision pour moi, qu'il commande de l'eau à ma place.

– Je vais prendre une eau pétillante avec du citron vert, dis-je. Merci.

– Raconte tout, Reese. C'est comment de voyager dans tout le pays et de faire partie du show ? demande Avery.

– Je passe plus de temps avec Racer qu'avec n'importe qui d'autre, et il est très passionnant. Visites aux urgences comprises.

– Oh mon Dieu, ma pauvre. Mais pourquoi travailler pendant l'été ? demande Avery, en resserrant le bras de Gabe autour de ses épaules. Tu aurais dû venir voir le combat avec nous, dit-elle.

Ils étaient tous franchement agréables à regarder, c'était fou !

– Reese est insensible à tout ça, elle préfère le cerveau à la barbaque, hein, Reese ? dit Miles.

– J'aime les deux, en fait, dis-je.

Miles hausse les sourcils. Et je hausse les miens.

– Riptide est un délice. Le Vengeur est carrément à tomber ! Il fait peur, en revanche, poursuit Avery.

– Mec, je me pisserais dessus si je me retrouvais en face de lui, dit Gabe en riant.

– À propos…

Miles étire ses bras sur la banquette derrière moi.

– Alors, le face-à-face avec Riptide ? Tu crois que c'est possible ? demande-t-il.

– Ça serait incroyablement cool, confirme Gabe.

Je me décale en avant. Je n'aime pas avoir le bras de Miles derrière moi. C'est nouveau pour moi, et cela le fait s'avancer un peu vers moi. Nos verres arrivent, et je tends la main vers mon eau pétillante lorsque la serveuse dépose une pièce d'un penny sur le coin de ma serviette.

Je cligne des yeux, la regarde, et mon estomac se met à tourner. Je lève la tête et cherche dans la foule avec hâte. Je ne remarque pas que Miles, Avery et Gabe regardent derrière mon épaule, sous le choc. Je ne remarque pas que mon corps se met à crépiter, que mon rythme cardiaque s'accélère. Je passe en revue la boîte bondée pour apercevoir des cheveux bruns, des yeux de métal magnifiques, et mon Maverick rebelle.

Avec en fond sonore cette chanson très érotique et douloureusement délicieuse, *Madness* de Muse, je sursaute en voyant un éclair de cheveux bruns dans mon champ de vision. Des lèvres contre mon oreille susurrent « Danse avec moi… ». Il prend ma main sans attendre ma réponse.

Nous sommes au milieu de la piste de danse. Nous sommes là debout entre les robes pailletées, les corps qui s'agitent, le bruit. Sur la banquette, mes amis ont la mâchoire qui pend. Avery baise Maverick des yeux et je ne veux pas qu'elle le regarde. Je veux que personne ne le regarde. Il est à moi.

Il me regarde, la mâchoire un peu crispée par la frustration, les yeux débordant de désir. Je le regarde dans son jean usé et le tee-shirt doux qu'il porte. Il a l'air de sortir de la douche et il vient de se raser. Il y a une touche de violet clair sur le haut de sa pommette, et cela ne fait qu'accentuer sa « sexytude ».

Je ne peux pas respirer, me concentrer ni réfléchir quand Maverick glisse son bras autour de ma taille. Je me sens saoule. Je suis une flaque entre ses bras. Ses lèvres forment un début de sourire car je ne peux pas bouger, et il prend mes poignets pour les passer derrière son cou.

– Tu ne danses pas, Reese ? me provoque-t-il d'une voix éraillée. Tu mets une main ici…

Il la pose à l'arrière de son cou.

– L'autre là…

Il pose la seconde dans sa nuque aussi.

– Tu me laisses te tirer contre moi.

Il le fait. Jusqu'à ce que nos corps soient alignés, que je le sente et que je me sente vivante. Et il murmure dans mon oreille :

– Et tu bouges avec moi.

Ses mains s'ouvrent sur mes hanches et s'étalent vers l'extérieur, pour englober mon cul. *Ce cul est à moi*... Je lève la tête, et il a un air coquin. Un sourire coquin. Je suis ivre rien qu'en le voyant. Son regard descend sur ma bouche, et il m'embrasse. Je me rapproche brusquement, puis il chuchote dans mon oreille :

– C'est ça, Reese, danse avec moi.

Il glisse ses mains le long de mes bras nus, sur mes épaules, sur mes formes alors que nous commençons à danser. Il vient de se battre. Il vient de gagner sa place en finale, je le sais car je m'accrochais aux nouvelles de l'équipe comme une junkie. La testostérone court dans le corps de Maverick, c'est le pic habituel du combattant ; je prends sa mâchoire, presse mes lèvres contre les siennes, puis je le prends rapidement dans mes bras et continue à bouger avec lui en murmurant :

– Tu vas en finale.

Il me répond en chuchotant à travers la musique :

– Eh oui. Et je veux que tu y sois avec moi.

Nous bougeons toujours, mais il se recule de quelques centimètres et observe mon visage. Le sien est brut. Ses yeux sont affamés. Il y a quelque chose dans ses yeux, en plus du désir. Quelque chose de primaire. Et je crois que Maverick me veut pour

Noël. Et pour Thanksgiving. Et Pâques. Et je crois qu'il me veut tout de suite. Sur la piste de danse. J'enroule mes bras autour de ses épaules, des muscles saillants qui étirent son tee-shirt.

– Miles était mon parrain aux AA, dis-je, collée à son oreille pour qu'il puisse m'entendre par-dessus *Rollercoaster* de Bleachers. Les AA préfèrent éviter qu'un homme et une femme hétéros se parrainent, mais je pensais qu'il voulait sincèrement m'aider. Il n'arrêtait pas de me dire qu'il m'avait sauvée. Et je pensais que j'étais amoureuse de lui parce qu'il m'avait donné une chance de me trouver. Mais un homme, un vrai, m'aurait dit la vérité. Que je m'étais sauvée moi-même.

– Ça me donne juste envie de lui arracher ses testicules et de les lui faire manger, à ce salaud.

Il me tire un peu plus près, me regarde avec frustration, de plus en plus brut tandis que la musique résonne et bat autour de nous. Les corps bougent, mais il y a un feu vivant entre ces murs quand Maverick tire mon corps contre le sien.

Il lève la tête et parcourt du regard le balcon du deuxième étage de la boîte, puis il arrête de danser. Entrelaçant mes doigts dans les siens, il me fait monter les escaliers et avance dans le couloir avec un air décidé, en jetant un œil dans les salles privées derrière des rideaux. Il en remarque une ouverte avec un rideau en velours bleu et il l'ouvre pour moi, me tire à l'intérieur, et j'attends. L'impatience, la nervosité, le besoin et l'amour tourbillonnent autour de moi pendant que je garde mes yeux fixés sur son dos alors qu'il ferme le rideau de la petite pièce privée, avec sa banquette matelassée.

– Eh.

Il vient vers moi et prend une de mes hanches dans sa main, et me pousse contre le mur, les yeux plantés dans les miens.

– Je n'aime pas la façon dont il te regarde. Je n'aime pas qu'il te regarde tout court.

– Je n'avais pas remarqué qu'il me regardait, j'ai juste senti que tu étais proche…

Il me coupe :

– Pas assez proche.

Ses lèvres prennent les miennes. Une langue entre dans ma bouche, ses mains prennent mon cul, le serrent, me soulèvent et me pressent contre son érection.

– Il te regarde comme si tu étais à lui. Et tu n'es pas à lui. Tu n'es *pas* à lui, Reese.

Il aspire ma langue, dominant sans retenue tandis que ses doigts descendent sur les boutons à l'avant de ma robe noire discrète.

– Tu as mis ça pour lui ?

Il touche le bas de la robe, le soulève un peu avant de le laisser retomber.

– Non, je l'ai mise pour moi, réponds-je, mais je mens. Parce qu'elle douce, confortable et qu'elle ne prenait pas trop de place dans ma valise.

Il grince des dents comme s'il voulait que je dise que je portais cette robe pour lui, mon Maverick rebelle, et j'admets à bout de souffle :

– Je l'ai achetée aujourd'hui en pensant à toi.

– Putain, je voulais que tu dises ça.

Il pose son front contre le mien et passe ses mains sur les côtés de ma robe.

– Tu as raison, elle est douce, mais ta peau l'est encore plus et j'ai envie de l'enlever.

Il plonge la tête plus bas et mord le dessus de mon soutien-gorge. Il le tire brusquement vers le bas avec ses dents, et me découvre. Puis sa bouche est sur mon téton, il le prend. Le suce et l'aspire, le lèche et me goûte. Je vois de petites étoiles. Je tends la main pour empoigner son tee-shirt, le toucher.

Son corps est encore électrique après le combat, et il veut toujours se battre contre Miles, je le sais. Il grince des dents par frustration en me soulevant et tous ses muscles sont autour de moi. J'inspire contre sa gorge et passe ma bouche sur toutes les parties de lui que je peux embrasser, goûter, mordre.

– Tu es jaloux ? je murmure.

Il me regarde avec un froncement de sourcils sombre.

– Évidemment que je suis jaloux, tu voulais un avenir avec Miles.

Mais maintenant j'en veux un avec toi, ai-je envie de dire. *Maintenant, je ne veux que toi.* Je suis tellement excitée que je ne peux pas parler.

– Plus…

Je commence à mordre ma lèvre.

– … maintenant, je parviens à dire.

Je mords sa mâchoire, son menton avec appétit. Je sens son souffle, saccadé car il est excité. Je mords sa lèvre, il me mordille aussi et suce ma lèvre inférieure, puis il plonge ses doigts dans ma culotte.

– Oh ! dis-je.

Il se sert de ses dents et de sa langue pour ouvrir mon soutien-gorge par l'avant.

– Il n'y a que moi, maintenant, Reese.

– Oui.

Oh putain mon Dieu. Ses dents. Ses doigts. De la chaleur pure émane de ses yeux. Il grince des dents, sauvage quand il me regarde. Je remonte mes mains sur ses épaules tout en fluidité, et j'enfonce mes ongles. Je griffe ses fesses, puis je glisse mes mains dans les poches arrière de son jean et enfonce mes ongles dans son cul pour le tirer plus près. Il se frotte contre moi, en me doigtant et tenant un de mes bras contre le mur. Il entrelace ses doigts avec les miens, serre ma main et me donne un baiser à m'en faire perdre la tête.

Je voulais le voir se battre. Je voulais être de son côté. Je voulais le voir ce soir, et le voilà. Non seulement, il me laisse le regarder dans ce moment rempli de testostérone, quelques instants après le combat, mais il me regarde, lui. En me tenant ici. Coincée. Sans défense. Amoureuse. Désireuse. Doigtée et embrassée, irréfléchie et palpitante pour mon jaloux Maverick.

Je commence à frissonner et à déblatérer sans cohérence. Il dit :

– Tiens mon cou et ne me lâche pas.

Il sort ses doigts, retire ma culotte, et quand je m'accroche à son cou pour lui grimper dessus comme une folle, il baisse son pantalon, donne un coup de rein et me prend. Nous grognons alors qu'il se met à bouger, à frapper en moi. Tellement fort, comme s'il avait besoin de moi pour vivre. Il attrape mes gémissements avec sa bouche. Il empoigne mes fesses tandis qu'il s'enfonce en moi. C'est un besoin pur et cru, il a besoin d'être en moi et j'en ai besoin aussi. Ici. Frustré. Désespéré. Plus vite. Plus profond. Nos bouches fusionnent et bougent de manière incontrôlable jusqu'à ce que mon corps convulse, il jouit et me tient plus serrée contre lui.

– Tu passes la nuit avec moi.

Il referme mon soutien-gorge, puis remonte les yeux.

– Toute la nuit ?

– Je vais voir ce que je peux faire, dis-je négligemment.

Il fronce les sourcils, mais ses lèvres remontent quand il prend ma main et me fait sortir. Je n'arrive pas à respirer ni à me concentrer ni à réfléchir alors que nous revenons à la table.

Un nouveau morceau commence pile au moment où nous nous asseyons sur la banquette. Il s'installe à côté de moi, et tous mes amis deviennent muets lorsqu'il les regarde. Non, il ne les regarde pas tous. Il a les yeux rivés sur Miles. Je lutte pour trouver un moyen de le présenter.

– Les gars… dis-je.

Je mets ma main sur sa cuisse tandis qu'il étire son bras derrière moi et pose sa main dans ma nuque :

– Miles, Avery, Gabe, je vous présente… Maverick.

– Je crois que je viens de me chier dessus, dit Gabe.

Miles pince les lèvres, mécontent. Avery est sur le point d'exploser d'excitation.

– Vous… Vous deux… Vous vous connaissez, Reese ? lance-t-elle avec de grands yeux.

Maverick attend que je parle. Je ne sais pas comment leur expliquer. Comment expliquer mon vengeur à qui que ce soit ?

– Eh, Reese, je peux te parler ?

Maverick ne fait que fixer Miles du regard. D'autant plus après qu'il ait dit cela. Son orgasme l'a dompté… un peu. Mais il émet toujours des éclairs et regarde Miles comme s'il était le prochain qui allait mordre la poussière, et vite.

– Il y a un problème ? je demande à Miles.

Il a l'air torturé.

– Je voulais te parler… toute seule. De…

Il regarde Maverick, puis moi.

– Je pense à toi… commence-t-il.

– Eh, mec.

Maverick se penche en avant, son visage plus dur et violent que jamais.

– Elle est avec moi.

Il prend ma nuque et me tire sous son bras, et le garde autour de moi en regardant Miles sans un mot après cela.

Miles s'esclaffe.

– Avec un mec comme toi ? Pour combien de temps ? Hein ?

Maverick lui jette un sourire arrogant. Et il reste simple, comme à son habitude.

– Pour toujours.

***

Nous sommes dans la boîte depuis une demi-heure, et Maverick et moi nous échangeons des regards chauds et des contacts rapides, lorsque ses yeux s'arrêtent sur deux gars qui viennent vers nous. L'un semble être amérindien, beau avec une peau couleur olive, et des dreads attachés par une queue de cheval dans son dos. L'autre a des cheveux très courts, une grosse boucle d'oreille en diamant, mille bagues sur ses doigts et bracelets sur ses bras. Ils portent tous les deux un tee-shirt qui dit ON EST LÀ POUR LE COMBAT.

– Putain, mec, on a eu du retard avec nos vols. On a entendu que tu avais tout déchirer, dit celui avec tous les bijoux, tandis que Maverick se lève pour lui taper dans le dos.

Celui avec les dreads se penche pour avaler une olive du verre de Gabe.

– Eh, les gars, je crève de faim, dit-il.

Puis il se redresse vers Maverick :

– Petit con, tu es un trou du cul, tu le sais ? Tu as tout défoncé ce soir et tu ne nous as pas attendus ?

Maverick prend ma main pour m'inciter à me lever, et me regarde avec fierté.

– Reese, je te présente des copains de chez moi, Ward et Seneca.

Ward est celui avec les bijoux.

– Ah, la fille qui marche sur l'eau, dit-il sur un ton amusé.

Je souris lorsqu'il me fait un baisemain avec une galanterie feinte.

– Je sais nager, aussi.

Seneca prend mon autre main et embrasse le dos de ma main.

– Enfin, on rencontre le porte-bonheur.

Il regarde Maverick.

– Ce visage peut guérir le cancer, mec, dit-il.

Puis il se tourne vers mes amis, qui ont l'air aussi passionnés, choqués et incrédules que s'ils étaient devant un thriller.

– Vous permettez ? demande Seneca en désignant la table et la nourriture posée dessus.

Avery lâche le bras de Gabe et se décale.

– Je vous en prie, ronronne-t-elle, en levant la petite assiette d'olives pour que Seneca les dévore.

– Tu as l'air un peu pâle, bonhomme. Je peux te commander un verre ? demande Ward à Miles.

Maverick a un sourire suffisant lorsqu'il se rassoit, et comme nous sommes tous serrés, il me tire sur ses genoux. Ses amis ont clairement tous les deux un cœur de rebelle, comme Maverick. Et semble bien différent de mes amis. Mais nous finissons par tous passer un bon moment, même Miles, vite dépassé par le fait qu'il fait la fête avec le Vengeur et ses potes.

– Eh, me dit Ward en faisant une grimace vers Maverick pendant que Seneca lui parle des vagues de rumeurs que provoquent ses combats chez eux. Cet enfoiré est parti sans un mot. Sans dire au revoir. Obsédé par l'idée de faire ses preuves. Ne le laisse pas oublier qu'il n'est pas tout seul, hein ? Il manque à sa mère. À nous, aussi. Il n'est pas seul, merde.

– Je sais, dis-je.

– Tu es avec les Tate, non ?

– Mais je suis avec Maverick aussi.

Il fait toujours la grimace.

– Mais de quel côté tu es, pour la finale ?

Il hausse les sourcils, puis porte une bière à ses lèvres.

– Tu ne peux pas être des deux.

Je hoche la tête et jette un regard morose à mon eau minérale, avec son petit citron vert au-dessus. Et je me rappelle que la force et la détermination dont je vais avoir besoin ne pourront venir que de moi et rien que de moi.

CHAPITRE 39

Intime

REESE

L'amour est une drôle de chose. Je ne sais même pas si on peut appeler cela une « chose », en réalité. C'est une force. Une énergie. Un sentiment. Un moment. Un regard, un baiser, un sourire. Tout cela en même temps.

Il arrive sournoisement, on ne le voit jamais venir. Et quand il frappe enfin, ce n'est jamais seulement un petit coup. C'est comme si un rhinocéros avait foncé dans votre poitrine. Ou que vous vous étiez fait renverser par une voiture. Cela vous coupe le souffle. Cela vous plaque contre le mur. Cela fait redémarrer votre cœur. On perd l'appétit. On n'arrive pas à dormir. Certains disent même que l'amour est une maladie.

Sérieusement, on est malade d'un autre être humain. On lui appartient. Il contrôle nos sentiments avec un regard. Il change la façon que l'on a de se voir, ce que l'on ressent pour soi-même. On a l'impression que le monde a bougé, mais tout est resté pareil, sauf soi. Je dis que c'est drôle car cela semble tordre et plier toute notion de réalité.

On peut survivre avec rien. La seule chose qui vous tient est ce sentiment, cette énergie, cette force. On peut passer des jours sans bien dormir. On n'a pas faim à part la faim de cette autre personne qui semble occuper la moindre de vos pensées. Le temps ralentit quand elle n'est pas là. Les secondes sont comme des heures, les minutes, des jours. Et lorsqu'on est ensemble, le temps avance à la vitesse de la lumière. C'est un grand flou, et quand c'est terminé, on ne se souvient pas de la moitié de ce que l'on a fait mais on se souvient de ce sentiment, de ce bonheur. Et tout est fini en un éclair. Et on en revient à compter les longues minutes, éternelles, avant de pouvoir le voir à nouveau.

Maverick me manque.

Nous venons d'arriver à New York. Ward et Seneca sont retournés à Pensacola. Ils ont des trucs à faire, mais « on laisse notre Mav avec toi, Porte-Bonheur et Marcheuse sur l'eau, alors ne nous déçois pas ». Dans la boîte, ils m'ont parlé du Maverick qui n'a peur de rien, qui avait cassé absolument tous les os de son corps avant ses seize ans. Ils m'ont parlé du Maverick borné, qui faisait tout ce qu'on lui interdisait. Ils m'ont parlé de la mère de Maverick, qui est enseignante – exactement ce que je souhaite faire, j'en suis sûre – et qui a usé d'une main de velours pour élever un rebelle comme Maverick.

– Elle nous préparait des super repas, juste pour qu'on soit tous ensemble et qu'elle puisse garder un œil sur nos bêtises, a ajouté Ward. Je n'arrive pas à croire qu'il ne t'ait pas parlé de tout ça. Seneca et moi sommes contents d'avoir été témoins de ses méfaits, sinon ses actes rebelles auraient été oubliés.

Maverick les a raccompagnés à l'aéroport puis s'est directement replongé dans l'entraînement, car les deux l'avait accaparé pendant 48 heures. Pendant 48 heures, je ne l'ai pas vu.

Son visage me manque, son sourire, sa voix. Ses mains. J'ai l'impression que l'on a gonflé mon cœur pour en faire un gros ballon, je ne suis pas sûre qu'il rentre encore dans ma poitrine. Je suis en manque de lui. J'ai l'impression d'être droguée. Je me retrouve à border Racer puis je descends la rue vers son hôtel. Avec la clé qu'il m'a envoyée. Il est tard, et je sens les lampadaires qui murmurent sur mon visage pendant que je me dirige vers lui.

Je n'arrive pas à réfléchir mais tout ce que je sais, c'est que la finale est dans six jours et que j'ai besoin d'être avec lui tout de suite. J'ai le ventre noué, mon cœur pompe du sang, de l'adrénaline, et un million de drogues différentes. Mon esprit est concentré sur une chose et une seule, lui. Le temps ralentit, et chaque pas qui me rapproche de Maverick le ralentit encore plus. J'essaie de tempérer mon pouls mais je ne peux pas, car je sais ce qui m'attend quand je vais arriver là-bas.

J'entre dans l'hôtel et je lui envoie un texto pour lui dire que je suis dans l'ascenseur. Une minute et dix secondes interminables passent avant que je voie une porte s'ouvrir, il est dans mon espace. Devant moi. Son odeur est enivrante. Il vient de sortir de la douche. Il porte un jean et un tee-shirt bleu marine avec un col en V. Il me jette ce regard. Ce putain de regard. Un sourire vantard, et il demande :

– Où est-ce qu'on va ?

Je ne dis rien. Je baisse simplement les yeux vers le panier que je porte et fais un sourire. Durant tout le chemin jusqu'à l'ascenseur, et dans la rue vers Central Park, il me rend tarée. Je suis surprise que nous ne nous écrasions pas contre un arbre ou autre chose. Il prend ma main pendant que je marche et passe lentement ses doigts sur les veines de mon poignet. Il caresse doucement la paume de ma main avec son pouce. Puis il soulève mes doigts jusqu'à ses lèvres et dépose un baiser rapide sur chaque jointure. À ce moment-là, je marche en pilote automatique. Comme je le disais, je suis surprise que nous ne soyons pas pris un arbre ni tombé sur un caillou.

Ensuite, il met sa main sur ma hanche. Et plus je marche, plus sa main remonte. Je ne dis rien, mais je sens que mon visage est bloqué sur un sourire immense, excité et enfantin. Sa main est grande, chaude, ses doigts calleux frottent contre le peu de peau découverte sous mon haut.

Je sens qu'il m'observe pendant tout le trajet, mais je ne peux pas le regarder. Mais je le sens. Sa présence enivrante, addictive à quelques centimètres de moi.

– On y est, dis-je en lui montrant mon coin parfait.

Juste en face d'un des lacs scintillants du parc. La lune est levée. L'air est chaud. J'ai pensé l'amener ici dès l'instant où j'ai découvert cet endroit en poussant Racer sur le pont ce matin, et maintenant je me tiens là comme une idiote jusqu'à ce que Maverick prenne ma main et me mène jusqu'à une petite clairière où l'herbe est courte. La rive de l'eau n'est qu'à quelques mètres. Je m'assois dans l'herbe, et il s'assoit derrière moi.

– Tu m'as manqué, dit-il.

Il se penche et suit la forme de mon épaule avec ses lèvres. Je reste complètement immobile. Il pousse mes cheveux sur le côté et commence à embrasser mon cou. Son torse ne me touche pas, mais je sens la chaleur de son corps envelopper totalement le mien. Mon cœur se serre et cette sensation est si exquise que j'ai envie de pleurer.

Je m'entends à peine chuchoter « Embrasse-moi » à Maverick. Il s'arrête dans mon cou et prend mes joues entre ses mains pour me tourner vers lui. Ses yeux d'acier percent mon âme.

Il embrasse doucement mon menton. Puis mon nez, puis il passe ses lèvres sur les miennes. Je sens ma maîtrise céder lentement et je sais qu'à cet instant, je suis complètement à sa merci. J'appartiens à Maverick Cage. La moindre partie de moi. Je le sens dans chaque pore de mon corps. Toutes ces parties de moi l'ont voulu, se sont languies de lui. Il est tellement proche mais j'ai besoin qu'il soit plus près. La place de ses mains est sur moi. Ses lèvres ont été faites pour m'embrasser. J'ai été faite pour lui. Jamais, de ma vie, quelque chose ne m'a semblé aussi évident.

Il m'embrasse. C'est doux, long, chaud, mouillé. Exquis. Douloureux. Complètement, totalement évident.

– Tu as été faite pour être mienne, dit-il contre mes lèvres, en m'embrassant entre deux souffles. Tu le sais ? demande-t-il. Tu es mienne. Mes mains ont été faites pour te toucher, mes lèvres ont été faites pour t'aimer, dit-il en suçant la peau de mon cou, passant sa langue sur ma gorge.

Il descend et mord mon chemisier, et le descend avec ses dents, pour embrasser ma poitrine.

– Mes yeux ont été faits pour te voir, chuchote-t-il de sa voix d'orage en déboutonnant lentement mon chemisier. Ma langue a été faite pour te goûter, gémit-il contre mes seins.

Puis je le sens me quitter, et je le vois tomber en arrière jusqu'à s'allonger par terre. Je le suis. Il prend ma jambe dans sa main et la remonte sur sa hanche pour que je sois à califourchon sur lui. Le vent plaque mes cheveux dans mon dos, et il est allongé en-dessous de moi, un bras derrière la tête, son autre main sur l'extérieur de ma cuisse, qui me caresse exactement comme j'en ai besoin. Mais ses yeux. Putain, ses yeux. Ils me transpercent. Me cherchent.

Ils sont gris acier, quasi phosphorescents dans le noir. Le clair de lune projette des ombres sur son visage et il ressemble à un loup qui attend sa proie. On dirait qu'il veut me dévorer. On dirait qu'il veut me mettre au défi. Qu'il me défie de me perdre en lui, avec lui. Qu'il me défie de le laisser m'avoir, toute entière.

Je me penche et l'embrasse de toutes mes forces. Je déverse tout ce que j'ai en lui. Tout ce que j'ai envie de dire, toutes les craintes et les inquiétudes qui me déchirent. Une grande partie de moi lui appartient. Une partie sans laquelle je ne peux pas me permettre de vivre. Il m'embrasse en retour, ses mains caressent mon dos, et glissent plus bas, jusqu'à mon cul. Ses mains l'englobent complètement, et je grogne car son érection est pressée contre la partie de moi que j'ai besoin qu'il touche. Il embrasse ma clavicule, avec ses mains sur mes hanches qui me cajolent sur un rythme de frottement délicieux qui me rend folle. Il prend mes lèvres et grogne « Donne-moi ta langue » contre ma bouche.

Je glisse ma langue dans sa bouche avec hésitation, et il commence à la sucer délicatement. Je sens mon corps s'affaiblir. Il s'accroche à moi comme si j'étais une ancre, et il m'embrasse à en crever. Nous haletons tous les deux, gémissons, nous frottons, mourons à chaque seconde qui passe et où nous sommes séparés.

– Qu'est-ce que tu veux ? je lui demande.

– Ce que je veux ?

Ses yeux s'écarquillent et ses mains s'agrippent à mes hanches. Ses yeux cherchent les miens, avec une nuance d'un gris pur, magnifique, fluide.

– Tu sais ce que je veux, Reese. Je te veux, maintenant. Et je te veux dans mes bras ce soir.

– Peu importe ce que tu veux, prends-le, je gronde.

Il m'observe, me dévore.

– S'il te plaît, je susurre.

Je n'ai rien besoin de dire d'autre car il nous retourne pour me mettre sur le dos, il est sur son flanc, les yeux baissés vers moi. Je caresse son visage, passe mes doigts sur le début de barbe sur sa mâchoire. Je frotte mes pouces sur ses joues. Je suis la forme de ses lèvres.

– Tu me rends folle, je murmure.

Et nous nous embrassons encore et encore à côté du lac dans le parc, mon panier de pique-nique est oublié car je n'ai faim que de lui ; et je sais, ses lèvres me le disent, qu'il n'a pas de plus grande faim que celle qu'il a pour moi.

Tard le soir, il m'emmène dans sa chambre, je me déshabille et me glisse toute nue dans son lit. Et dès qu'il se déshabille et me rejoint, il fait chaud entre les draps, son corps est dur, lisse, musclé et sexy. J'emmêle mes jambes avec les siennes et pose ma joue sur son torse. Je fais le tour de son téton avec mon doigt. Sa respiration change lorsque je glisse mon autre main sur sa taille pour caresser ses abdos.

– Ce n'est pas parce que ton torse est musclé et bronzé, je murmure, presque en parlant toute seule. C'est parce qu'il est chaud, large et fort. Toute ta force masculine m'enveloppe quand je suis proche.

Son souffle s'arrête, puis il laisse échapper le grognement le plus délicieux. Il me retourne sur le côté, me prend dans ses bras par derrière et me baise l'oreille avec sa langue tout en commençant à me baiser lentement dans le noir, en glissant sa main le long de mon ventre pour caresser entre mes jambes alors qu'il s'enfonce en moi, encore et encore, puis il dit dans mon oreille de sa voix rauque :

– Je t'aime fort.

– Mmm. Fort comment ?

– Fort. Comme ça.

Il s'enfonce plus profondément. Plus vite. Un gémissement grave m'échappe. Je tourne la tête vers lui, nous commençons à nous embrasser, et après avoir baisé aussi fort que nous nous aimons, nous nous installons pour nous endormir, l'un contre l'autre pour le reste de la nuit.

CHAPITRE 40

Le phénix et le Scorpion

MAVERICK

Il fait nuit noire quand mon téléphone me réveille. Reese change de position à côté de moi, et je cligne des yeux pour me concentrer. Je souris en la voyant enroulée contre moi, chaude et douce, ses cheveux emmêlés autour de mon bras. Je le dégage doucement de sous son corps, je l'entends marmonner « non », et je souris.

L'hôtel des Tate était complet, mais j'en ai trouvé un pas loin. Je veux qu'elle soit proche. Je descends du lit, enfile un boxer, et me dirige vers le salon pour prendre l'appel.

– Maverick Cage ? demande une voix féminine.

– Ouais.

Putain, il est trois heures du matin. Je décolle le téléphone de mon oreille pour lire le numéro. Je fronce les sourcils, et regarde par la grande fenêtre les lumières clignotantes de New York et le long rectangle obscur que forme le parc.

– C'est à propos de votre père.

J'entends le mot « père » et cela me ramène immédiatement au moment où je l'ai vu pour la première fois, l'homme brisé dans son lit d'hôpital. Mon corps s'éveille comme il le fait avant un combat.

– Il est réveillé ?

Il y a de l'espoir, de l'espoir bête dans ma voix quand je pose la question. De l'espoir que, pour la première fois de ma vie, mon père voie mon visage. Que pour la première fois de ma vie, je puisse le regarder dans les yeux et lui dire : « *Je me bats, Papa.* »

– Malheureusement, il ne s'en est pas sorti. Ils ont essayé de le sortir du coma artificiel mais…

Sa voix s'éteint quand j'inspire brusquement.

– Les médecins voudraient vous parler pour la suite.

Incrédulité. Déni. Colère. Je grince des dents en levant ma main libre et je fixe mes doigts abîmés dans le noir.

– Monsieur ?

Je tourne la tête et regarde la paume de ma main. Est-elle plus grande que la sienne ? Plus large ? Est-ce qu'il a autant de corne que moi ? Ma force vient elle de lui ou de son rejet de moi ?

– Monsieur ?

Je jette un œil à Reese qui se tient dans l'encadrement de la porte avec le drap plissé autour de ses épaules, tellement belle que j'en ai mal aux yeux, et je gronde :

– Je prendrai le prochain avion.

– Maverick ? Qu'est ce qu'il se passe ?

Je passe ma main sur mon visage et jette mon téléphone sur le côté, vais la soulever dans mes bras et la ramène au lit. Je la pose, regarde son visage, et j'ai juste envie de m'enfouir en elle une fois de plus, toute la nuit. Pour le reste de ma vie.

– Mon père est mort. Je vais prendre l'avion. Repose-toi.

Je prends mon jean et un tee-shirt propre.

– Je veux y aller avec toi, Maverick.

Elle commence à prendre ses vêtements.

– Non. Je ne veux pas que tu t'approches de lui.

– Pourquoi ?

Elle s'interrompt, puis laisse tomber ses vêtements et me lance un regard interrogateur. Je passe mes jambes dans mon jean, ferme la braguette et je la regarde pendant un moment, secouant lentement la tête.

– Je ne veux pas, c'est tout.

J'ai honte que Reese rencontre mon père. J'ai honte qu'elle voie d'où je viens. *Tu es ce qu'il y a de bien dans ma vie, tout ce qu'il y a de bien. Mon porte-bonheur. Je ne veux pas que tu t'approches de lui.* Ma propre mère ne voulait plus s'approcher de lui, une femme qui l'avait un jour aimé. Je ne veux pas que ma copine s'approche de lui.

– Je serai revenu pour le combat, dis-je en enfilant mon tee-shirt et préparant mes affaires en vitesse.

Reese serre le drap contre sa poitrine, ses yeux sont aimants et tendres quand elle s'approche de moi. Elle vient jusqu'à moi et embrasse tendrement mes lèvres. Je suis terrassé par elle. Tout ce qu'elle fait me touche. Tout ce qu'elle fait me plaît.

– Pour me porter chance ? je demande avec une voix lourde, en sondant ses yeux, cherchant désespérément la dose de paix que je meurs d'envie de trouver.

Elle m'apaise, mais je ne peux pas être calme en ce moment. Elle secoue la tête, en souriant avec encore plus d'émotion liquide dans ses yeux.

– Par amour.

***

Ils avaient besoin que quelqu'un reconnaisse le corps, et personne ne l'avait fait. Il est mort seul. Dans un putain de lit d'hôpital. Sans jamais avoir connu son fils. En laissant… rien que des vieux gants pourris. Puis il y a l'enterrement, les funérailles, mais personne ne semble vouloir cela. Pas lui, et pour être honnête, moi non plus.

Je l'enterre quand même. Rien que moi, debout au milieu de milliers d'autres pierres tombales, avec un prêtre qu'il aurait sans aucun doute insulté. Mes yeux sont secs. J'ai des coupures et des éraflures à cause du combat, et mes côtes me tuent encore quand je bouge pour ouvrir mon sac à dos. Je me déplace et serre les dents, je force mon corps à supporter la douleur et sors les vieux gants que mon père m'a envoyés et les jette dans le trou. Tous mes espoirs s'en vont avec ces gants usés et déchirés.

Je ne le regarderai jamais dans les yeux. Je ne saurai jamais si ce que l'on dit sur lui était vrai. Je ne saurai jamais s'il y avait quoi que ce soit de bon en lui, ou si je ne suis le fils que d'un pur salaud.

Je ne ressens pas de peine. Seulement de la frustration. De la frustration et de la colère. Quand le prêtre s'en va, je lui parle pour la seconde et dernière fois de ma vie. Je dis, d'une voix dure, grave, énervée :

– Au revoir, Papa.

CHAPITRE 41
Légende

MAVERICK

J'ai l'impression d'avoir été empoisonné rien qu'en regardant mon père dans un cercueil. Rien qu'en ayant été près de lui, et en ayant revécu toutes ces années à l'attendre, à attendre de faire mes preuves devant lui.

Je cours jusqu'à ce que mes poumons me brûlent, mes quadriceps, mes mollets, mes abdos prennent feu comme des silex, mon cerveau s'enflamme sur des images de lui dans un cercueil. Des images de Tate dans le ring. Des images de moi qui mets mes gants de boxe. Des images de Reese, qui dit *Aime-moi fort.* Des images d'Oz, qui boit. Des images de ma mère, qui reçoit un chèque de ma part.

J'arrive à l'hôtel et passe une heure sous le jet de la douche, les yeux fermés. Mon téléphone vibre, mais je n'y fais pas attention. Oz m'a appelé plusieurs fois. La finale est dans trois jours. Je rentre à New York demain. C'est tout ce que je sais. Je me bats dans trois jours. Et je me bats contre Tate, celui qui pour moi se rapproche le plus d'un père. Cela ne sera pas agréable de le battre. Ça ne sera pas agréable de perdre non plus.

Quand mon vrai père mourrait lentement, je m'entraînais avec Tate. Son pire ennemi. Qui m'a pris sous son aile. Je me suis rapproché d'eux. Je me suis affaibli, en pensant que je devenais plus fort. J'ai plus de muscles mais moins de murs autour de moi. Je ne peux pas être faible, je ne peux pas rire avec eux, parler avec eux. Putain, je ne peux pas croire que j'ai été aussi imprudent. J'ai baissé ma garde. Comme s'ils allaient m'accepter ? Putain, personne ne le fait. Ils m'observent, choisissent ce que je peux apprendre. Comme le dit l'expression, garde tes ennemis près de toi… Et je suis tombé dans le piège comme un chiot en mal d'amour qui supplie pour avoir un os.

À cause de Reese. Et de *Il est avec moi*. Et d'yeux bleus et de ses six taches de rousseur, maintenant. Et de sourires qui me mettent le feu. De doigts doux sur ma peau. D'une joue sur mon torse. Et de secrets sur ses jours sombres et sur les nouveaux jours. Et de mon cul préféré au monde. Je ne veux avoir personne. Je ne veux avoir besoin de personne. Je ne veux rien ressentir. Je ne veux pas ressentir cela. Je veux être seul. Moi, Tate, le ring.

Mais même lorsque Reese est à des kilomètres, elle est avec moi plus que jamais. Quand je vais me battre, elle sera dans ma tête plus que jamais.

Et il y a des chances que je ne sois pas celui qu'elle veut voir gagner. Je coupe l'eau et m'essuie avec une serviette, enfile un bas de survêtement, prends une corde à sauter, et je m'y mets à fond.

***

Il est plus de minuit et sa voix me manque plus que tout au monde. J'appelle son numéro, je tombe sur le répondeur. Et je l'écoute comme un junkie : *Bonjour, c'est Reese. Je ne peux pas répondre, mais laissez un message...*

Je ne laisse pas de message. Mais je lui envoie un texto :

Il est parti.

Je jette mon téléphone sur le côté, fourre ma corde à sauter dans mon sac de sport et me laisse tomber sur le lit, puis je donne un coup de poing à mon oreiller et m'allonge sur le ventre ; je déteste le fait que tout ce qu'il reste de lui soit en moi.

CHAPITRE 42

Le vengeur sombre

MAVERICK

Il pleut à New York, aujourd'hui. Je suis revenu à midi, et j'ai passé le reste de la journée à lancer la balle de tennis à la con contre le mur de ma chambre qui donne sur la salle de bains ; pour finir par l'attraper, l'écraser jusqu'à ce qu'elle soit plate, puis la jeter. Je prends mon téléphone, et passe une demi-heure sur les sites de compagnies aériennes. Puis j'envoie un message à ma mère. La seule femme dont je suis sûre qu'elle me soutient, car je ne sais pas de quel côté est la femme que j'aime.

Je me bats contre le champion demain
je viens de t'envoyer une réservation
de vol par e-mail si je gagne,
je regretterai toujours
que tu n'aies pas été là pour le voir
et je vais gagner,
maman viens à mon combat.

Je cherche le numéro de Reese et mon doigt s'immobilise. Penser à elle me fait perdre des morceaux de cerveau. Je frémis de l'intérieur. Je soupire et passe une main sur mon visage. Je ne ferai pas marche arrière. Je ne peux pas perdre. Je ne perdrai pas.

J'ai une chance de voir si je suis assez bon. Une chance de tout donner pour ce combat précis. Mais si gagner veut dire que je lui fais du mal ? Pour qui est ma copine ? Les Tate sont sa famille. Ils la traitent bien, lui donnent de l'amour, du soutien, et l'acceptent. Mon père n'a rien fait de tout cela, et j'étais quand même de son côté. Comment pourrais-je attendre autre chose d'elle avec les Tate ?

Je vais quand même prouver que je méritais le temps du Scorpion, son attention, son respect. Je vais quand même me prouver que je suis assez bien. Je vais être accepté par le monde entier même si mon propre père ne m'a pas accepté. Je vais être une légende. Et une légende ne disparaît jamais, même six pieds sous terre. Et une légende finit toujours avec la fille. Une légende gagne la fille. Je suis un combattant et je me bats demain soir. Mais je n'aime pas me battre en sachant que ma copine n'est pas derrière moi.

Je reprends la balle de tennis et essaie de lui redonner sa forme, je n'y arrive pas et cela m'énerve, lorsque quelqu'un frappe à la porte. Je pose la balle et vais ouvrir : Riptide est en face de moi dans le couloir. Je fais demi-tour dans la chambre et laisse la porte ouverte derrière moi, puis je le regarde depuis l'autre côté de la pièce tandis qu'il entre, ferme la porte et s'approche de moi.

– Je suis désolé pour ton père.

Je hausse les épaules.

– Ouais, moi aussi.

Il semble ressentir le besoin de préciser :

– Je suis désolé pour toi.

Je m'adosse contre le mur et croise les bras.

– J'ai été tout seul toute ma vie. Je n'ai besoin de personne pour gagner.

– Si, et tu l'as, elle. Reese nous a dit, le jour où tu es parti, de quel côté elle était. Et ce n'est certainement pas le mien. Elle sera à sa place au premier rang à ta gauche. Juste à côté de la femme que j'aime, qui m'encouragera.

Je serre la mâchoire, mon torse se gonfle douloureusement pendant que j'assimile l'information.

– Elle a dit ça ?

– Clair comme de l'eau de roche. Et je le respecte.

Il hoche la tête, puis me lance un regard d'avertissement.

– Je ne vais pas te faire de cadeau demain, Maverick. Je serai au top de ma forme.

Mon instinct de combattant se met en marche, et je me décolle du mur et écarte les pieds.

– Je viendrai avec tout ce que j'ai.

Il fait un sourire à ce moment, et nous sommes de retour ; notre instinct de compétition se réveille.

Il lève son poing, et je fais automatiquement un pas en avant et lève le mien. Nous les tapons l'un contre l'autre. Et c'est parti. C'est. Parti. Putain.

– Je vais quand même tout rafler, Tate, je le préviens.

– Rafle tout, Maverick. Je vais quand même te tomber dessus plus fort que sur n'importe qui d'autre.

Il fait un pas vers moi et hausse les sourcils comme une mise en garde.

– Et juste pour que tu le saches, peu importe pour qui ou pour quoi tu crois te battre, le Vengeur est mon héritage. Pas celui de ton père. Le mien.

Il me prend par la nuque, me regarde dans les yeux, et serre avec une sorte de menace teintée d'encouragement.

– Tu es un bon gars, Maverick. Si tu veux prendre le ring, tu vas devoir te battre et t'accrocher jusqu'au bout. Et si tu me bats demain, dans les règles de l'art comme ton père ne l'a jamais fait, je serai fier. Je lèguerai quelque chose à ce ring avant de partir. Je leur laisserai toi.

Il marche vers la porte, et je grogne :

– J'accepte le défi.

Il prend la poignée mais attend un moment.

– Tu es en crise identitaire. Qui tu crois être et d'où tu viens, contre qui tu peux être et où tu vas. Je comprends ça.

Je rigole.

– Comment toi, tu pourrais comprendre ça ?

– Je suis bipolaire.

Il me regarde dans les yeux, sans ciller.

– Donc ouais, je comprends les monstres à l'intérieur. Le mien est dans ma tête. Le tien est dans ton sang. Ne le laisse pas gagner.

Il ouvre la porte d'un coup, et ajoute :

– C'est ça, notre vrai combat. Celui qui dure toute la vie. Le plus dur à remporter. Si tu peux gagner celui-là, un combat comme celui de demain, c'est du gâteau.

***

Je devais l'appeler. Je devais voir son visage. Je devais savoir si ce qu'avait dit Tate était vrai. J'ouvre la porte de ma suite et je l'attends. J'entends le *ding* de l'ascenseur, et je la vois sortir. Elle s'arrête en me voyant, et je la regarde venir vers moi, un peu plus rapide à chaque pas, jusqu'à se jeter dans mes bras.

– Tu es à New York depuis un moment et tu ne m'as pas appelée ? demande-t-elle, blessée, en me serrant plus près tout en murmurant dans mon cou.

Je respire ses cheveux et je parle contre le dessus de sa tête, en passant une main à l'arrière de son crâne.

– Je suis désolé, j'avais besoin d'être seul. J'ai tellement l'habitude d'être seul.

– Mais je suis de ton côté, proteste-t-elle, comme une réprimande en me faisant la grimace.

Je hoche la tête, la soulève, la fais rentrer, et ferme la porte. Elle est de mon côté. Et tout ce que je veux, c'est la tenir contre mon torse ce soir.

CHAPITRE 43
Ce matin-là

REESE

J'ouvre les yeux tôt, aux alentours de 4 h 30, quand j'entends la douche couler. J'entrouvre la porte de la salle de bains et jette un œil dans la cabine. Il se passe du savon dans toute sa gloire. Je suis vraiment accro à ce mec. Ma bouche salive quand je regarde ses muscles mouillés et dorés.

– Tu vas me laisser te savonner ? je m'entends demander, comme la bonne diablesse sexuelle qui s'est emparée de moi en me réveillant ce matin. Parce que je n'ai jamais, jamais fait ça de ma vie et je viens de l'ajouter à ma liste de choses à faire avant de mourir.

Ses yeux s'assombrissent et ont un air possessif quand il tend le bras et prend ma main pour me tirer à l'intérieur.

– Qu'est-ce qu'il y a d'autre sur cette liste ?

– Je viens de l'inventer.

Je souris en faisant quelques pas vers lui. Il est tellement beau. Un seul contact de mes doigts contre sa peau mouillée et la queue qui avait commencé à durcir quand je suis entrée est complètement raide.

Je commence à rougir lorsqu'il me regarde toute nue. Suis-je déjà restée nue devant lui aussi longtemps, totalement nue, avec autant de lumière ?

– Qu'est-ce que c'est que ça ? Tu rougis ?

Il relève mon visage en tirant mon menton.

– J'aime te regarder comme ça, affirme-t-il tendrement, en passant ses mains mouillées sur mon corps.

– Je vois ça, dis-je en riant un peu.

Je suis rouge de honte et je tremble d'excitation lorsqu'il tend la main et passe la savonnette sur mon bras. Il me savonne, à tous les endroits possibles sauf entre mes jambes, jusqu'à ce que, sans prévenir, fébrile et impatiente, je m'accroche à ses épaules et morde son tendon mouillé en écartant un peu les jambes.

Il rit doucement dans mon oreille.

– Est-ce que j'ai oublié quelque chose ? me provoque-t-il, en passant le savon sur mon sexe.

Je rougis et hoche la tête, en resserrant mon bras plus fort autour de ses larges épaules.

– Je suis trop déchaînée avec toi, je murmure dans son oreille.

– Je croyais que tu n'aimais pas ça, dit-il, en haussant un sourcil et me tournant vers le jet.

– En fait je crois que j'aime bien.

Je tends la main pour le caresser en embrassant son cou et me mettant à le savonner à mon tour. Finalement je ne sais plus qui savonne qui, où sont ses mains, mais les sensations arrivent de partout alors que nous batifolons sous la douche. Lorsqu'il nous fait enfin sortir, il attrape une serviette et l'enroule autour de mes épaules, puis me prend par les hanches et me soulève.

Il se tient debout au milieu de la salle de bains, et me descend sur lui en m'embrassant. J'aperçois notre reflet dans le miroir sur le côté, cela me surprend. Tous ses muscles sont saillants et en flexion. Ses jambes puissantes, ses abdos et son cul avec ses coups de reins, ses bras, son torse et ses épaules alors qu'il me soulève et me descend. Et moi, toute pâle, mes cheveux blonds mouillés tombent dans mon dos, la serviette glisse sur mon corps ; sa queue entre mes lèvres roses, brillantes et gonflées entre mes jambes.

Je suis érotisée par l'image de nous ensemble car j'ai vu des films, j'ai vu du porno, j'ai vu des photos et des tableaux, mais je n'ai jamais réagi à la vue d'un couple faisant l'amour comme je réagis en voyant Maverick qui m'écarte en me descendant sur lui. Je me regarde, et je ne ressemble pas à la fille que je voyais dans le miroir il y a quelques mois. Je ne suis pas complexée. Je suis sexy. Je suis femme. Je suis désirée. Je suis parfaitement faite pour lui.

Je dis son nom dans un souffle, consciente de l'intensité de mes sensations, je suis la première à atteindre l'orgasme, mais il jouit aussi fort qu'à chaque fois. Je suis gênée quand je remarque qu'il croise mon regard dans le miroir, et je murmure en souriant :

– Au-delà de mes objectifs purement égoïstes… C'était pour te porter chance.

Il fait semblant de me faire une grimace, comme s'il était terriblement déçu.

– Et par amour ?

J'acquiesce avec un sourire heureux. Il me tient encore en l'air avec un bras et prend l'arrière de ma tête avec son autre main, il me regarde comme si j'étais la huitième merveille du monde.

– Tu es une dose de paradis pur dans mes veines.

CHAPITRE 44

Il est temps

MAVERICK

Nous sommes trente minutes avant le match et Oz ne veut pas ouvrir la porte de sa chambre.

– Oz !

Je toque. Je malmène la poignée et je frappe plus fort à la porte, en résistant à l'envie de la défoncer avec mon épaule. Trois minutes plus tard, je reviens avec un membre du personnel de l'hôtel, qui la déverrouille. Il est dans le petit espace salon de sa chambre, sur un fauteuil, des bouteilles partout autour de lui.

– Oz, nom de Dieu.

Je prends les bouteilles et commence à les jeter dans un coin, puis je vais me planter en face de lui. Ses yeux, injectés de sang, passent au-dessus de mon épaule.

– Oz, on a une chance, ce soir.

Je lui sers un verre d'eau. Il n'en veut pas. Je soupire, le pose à côté, m'accroupis, et mets mes yeux au niveau des siens.

– Je me bats ce soir, et j'ai besoin de toi là-bas.

– Pourquoi tu aurais besoin de moi ? s'esclaffe-t-il.

– J'ai besoin de toi là-bas, Oz.

– Sors.

– On a une chance, Oz.

– On ?

– Oui, on. Écoute, tu as quelque chose à prouver ? C'est ta chance.

Oz ne se lève pas. Il se penche en avant et regarde par terre.

– Les hommes comme nous, Maverick, il ne nous arrive jamais de trucs bien.

– Comment tu sais si tu ne tentes pas le coup ?

– Parce que j'ai plus d'expérience, voilà comment. J'ai tenté un paquet de coups.

– Oz. Écoute…

– Ne me fais pas la leçon, Maverick ! Toi et les Tate. Toi et la fille. Tu n'es plus un indésirable. Moi, si, gronde-t-il en fronçant les sourcils.

– Oz. Putain, mec. J'ai trouvé cette fille. Elle est adorable. Elle me comprend. Et je la comprends. Je veux être avec elle. Je suis fou d'elle à un tel point… je n'aurais jamais cru ça possible. Je me suis entraîné comme un cinglé pour ce soir. Rien qu'un soir, Oz.

– Tu me tiens pour acquis, Maverick.

Je me lève et serre les poings le long de mon corps. Je baisse la voix.

– Je ne prends jamais rien pour acquis. Je suis bien placé pour savoir ça.

– Tu n'as plus besoin de moi. Tu m'as pris parce que personne d'assez bon ne voulait de toi. Maintenant, tu as trouvé mieux. Tu as Tate comme mentor.

– Sauf que je n'oublierai jamais que tu as été le premier dans mon équipe quand personne d'autre ne s'intéressait à moi.

– Ton meilleur copain, Tate, il a sa place maintenant, dit-il avec ressentiment. Tu peux avoir qui tu veux, là où tu en es.

– Alors rends-toi compte que c'est moi qui suis devant toi à te demander, à toi, d'être avec moi.

Il secoue la tête et essuie son visage, puis il plie son bras, et se met à pleurer. Je grogne et m'accroupis à nouveau.

– Ne me fais pas ça, Oz.

– Vas-y, putain.

– Pas sans toi.

Il attrape la bouteille la plus proche et essaie de boire. Je l'arrête en vol, lui arrache, la mets de côté, et dis d'une voix grave :

– Alors c'est comme ça que ça se passe. Tu veux nous saboter, Oz ? C'est ça ?

Je suis en colère, maintenant. Je suis tellement énervé que je ne vois plus clair. Je plaque ma main contre le dossier de son fauteuil et me penche en avant.

– Sois un homme et va au bout du combat pour lequel on est venu.

Ses yeux m'envoient des couteaux.

– Va-t'en, Cage. Ce n'est plus mon combat, dit-il avec un regard noir.

Je serre les poings, vais taper contre le mur avec ma main à plat, puis je reviens m'asseoir devant lui.

– Pourquoi tu es toujours là ?

– Parce que tu es toujours là.

Il me lance un regard mauvais. Je le lui rends. Puis je m'enfonce dans le fauteuil et regarde dans la pièce autour de moi.

– Belles chambres, par rapport à nos débuts, hein ?

– Franchement pas mal, marmonne-t-il.

Je soupire et passe ma main sur mon visage.

– Oz. Parle-moi.

Il jette un œil sur ses mains vides.

– J'essaie d'arrêter mais je ne peux pas…

Il souffle et regarde ailleurs.

– Soixante-dix-huit combattants, que j'ai entraînés ces dix dernières années, comme coach. Des combattants à qui je faisais retrouver la santé. Des combattants que je réveillais à trois heures du matin pour qu'ils soient prêts à s'entraîner à quatre heures. Des combattants dont j'aidais à préparer les repas, que j'aidais à s'habiller, merde, j'en ai même aidé certains à rester sobres. Ils partent tous. Chaque barreau monté sur l'échelle du succès, chaque match que j'ai aidé à gagner, ce n'était qu'un barreau de plus vers le sommet où ils me disaient au revoir. J'ai tout abandonné pour tant d'entre eux. Je n'ai pas eu d'enfants ; mes champions étaient mes enfants. J'ai passé moins de temps avec ma femme. Ils partent tous. Et tu partiras aussi, Maverick.

Je me penche en avant, en le regardant.

– Que ça soit la fin d'une grande chose ou le début… Que je gagne ou que je perde ce soir… Je veux que tu sois mon coach, toujours, Oz. Toujours.

Il fronce les sourcils et pince les lèvres, ses yeux sont rouges.

– Même comme ça ?! s'exclame-t-il, sans me croire.

– Eh.

Je me penche encore plus en avant, et je hoche la tête gravement.

– Je vais te soutenir. Tu peux traverser ça et tu n'as pas à le faire seul. Ce n'est pas parce que tu as perdu ce combat avant que tu le perdras à chaque fois. Je ne te laisserai pas le perdre. Je vais te soutenir pour que tu gagnes ton combat, tout comme tu me soutiens pour que je gagne le mien. Si tu as besoin de moi maintenant, je suis là.

Il expire par le nez, puis repose la bouteille.

– D'accord. Je vais suivre les douze putains d'étapes.

– Tant mieux. Je suis fier de toi.

Il me fait des yeux noirs.

– Tu veux vraiment te battre ce soir ou tu es en train de perdre tes couilles ?

– Mes organes vont bien ce soir, Oz, et mes poings aussi, mais je veux que tu sois là.

– Bon. Je suppose que je vais devoir passer à l'étape numéro un pour commencer. Parce que si mon champion a besoin de moi, et que ce n'est pas par pitié, alors je suis là.

– Tant mieux. Parce que si mon coach veut de moi, je suis là.

Nous échangeons un regard entendu en nous levant tous les deux, et je jette un œil à l'heure. Les secondes ne se sont jamais écoulées aussi vite. Nous avons sept minutes pour arriver à l'Underground. Une fois dehors, plus que cinq minutes, et les secondes passent toujours. Je regarde la file d'attente pour les taxis et je lâche un juron. Six personnes qui attendent et aucun taxi en vue.

– OK, Oz. On va te faire faire un peu d'exercice.

Je trottine sur le trottoir et me retourne pour vérifier qu'il me suit, il grogne et essaie de me rattraper alors que je me mets à courir comme un fou vers l'Underground.

CHAPITRE 45

Aux premières loges

REESE

– Reese ?

Brooke m'appelle depuis la porte de la chambre.

– Tu es prête ?

Je bondis de la salle de bains, où je tressais mes cheveux, et je hoche la tête.

– Je suis toute stressée.

Elle rit et me fait un câlin, joyeuse.

– Tu n'as pas l'air nerveuse, toi, lui dis-je tandis qu'elle va donner quelques instructions de dernière minute à Racer et lui fait un bisou de bonne nuit.

Elle sourit toute seule.

– Quoiqu'il arrive, Remington sera content ce soir.

– Pourquoi tu dis ça ?

Elle se penche pour border Racer dans son lit.

– Parce que je suis enceinte.

Elle a un large sourire quand elle me regarde à nouveau.

– Je suis enceinte et Remington va être aux anges. Rien ne compte plus pour lui que notre famille. Hein, Racer ? Un petit frère ou une petite sœur ?

– Non, dit-il en faisant la grimace, et il se rassoit dans le lit. Ma maman est à moi !

Il la serre dans ses bras. Elle rit, lui met une petite tape sur les fesses et le remet au lit, puis fait un signe de tête à Diane. Nous descendons dans l'ascenseur pour rejoindre Pete qui nous attend dans un SUV. Et nous sortons de l'hôtel, dépassons Central Park vers l'est de la ville, où est situé l'Underground.

Il y a facilement quinze mille personnes présentes, et Brooke me mène à une rangée de sièges vides, au milieu du premier rang. Je sens l'odeur métallique du sang, de sueur et de bière, ainsi que la chaleur d'un trop grand nombre d'êtres humains au même endroit. Voir le ring d'aussi près me coupe le souffle.

– Je ne sais pas comment tu fais, lui dis-je pendant que nous attendons.

Elle me tapote la cuisse pour me rassurer.

– On s'y fait. Ce n'est jamais drôle quand il y a du sang.

– Il va y en avoir.

J'expire, je me prépare. Elle hoche la tête.

– C'est la finale. Ils se battent pour le tout.

Elle fronce les sourcils et fait signe à Pete.

– Pourquoi il y a du retard ? demande-t-elle.

– Ils disent que Maverick n'est pas là.

– Qu'est-ce que tu veux dire ?

Pete tire les lèvres, inquiet.

– S'il n'est pas là dans une minute, il sera disqualifié.

Je regarde le coin de Maverick avec un mauvais pressentiment dans le ventre, puis je dis à Brooke :

– Il a dû se passer quelque chose. Ce n'est pas possible que Maverick manque le match…

– Reese…

Brooke essaie de me calmer lorsque le présentateur commence à parler.

– Bonsoir, mesdames et messieurs…

Et Pete jette un œil à Riley, qui lui fait un signe de la main, puis il se retourne vers nous avec un grand sourire.

– C'est parti, dit-il.

Et putain de merde. C'est parti.

CHAPITRE 46

Dernier combat

MAVERICK

Oz fait les cent pas dans notre vestiaire dans l'ancien entrepôt, comme un ange de la mort, les cheveux dans tous les sens, les yeux rouges, la mâchoire crispée et déterminée.

– OK, gamin, tu n'as pas intérêt à me lâcher pour un truc tout nouveau tout beau. Je vais être sobre pour de bon, maintenant.

Je regarde Oz, et je souris tout seul.

– Ça a intérêt à valoir le coup, putain.

Il colle son doigt contre mon torse nu.

– Quand je serai sobre, je veux me rendre compte qu'il y a de bonnes choses qui se passent dans ma vie.

– C'est le cas, connard. Tu m'as, moi.

Il hoche la tête.

– Maintenant, va montrer à Riptide qu'il a été un bon prof.

– C'est ce que je vais faire, promets-je à voix basse, et je laisse Oz me bander les mains.

– Nan, merde, il faut que ce soit parfait, marmonne-t-il.

Il défait la bande et la resserre. Je suis remonté et électrique. Je me suis tout de même demandé pendant une minute si j'allais arriver à temps. Après Oz, après avoir couru, mes veines sont remplies de testostérone. Tate veut un grand combat, son dernier combat. Et soudain, je veux simplement me battre.

– Il a dit à Brooke que ce serait le meilleur match de sa vie, et Reese dit qu'il le pense vraiment. Bordel, c'est le meilleur match de la mienne.

Je lève les yeux.

– C'est Reese qui t'a dit ça ?

– Je parle à Reese, des fois, dit-il avec un sourire en coin, avant de me mettre une tape derrière la tête. Tu avais raison. Je crois qu'elle est avec nous.

Je souffle, et passe mes mains bandées sur mon visage. Puis je glisse mes mains dans mes gants. Comme je suis le challenger, je suis appelé en premier.

– … alors je vous prie d'accueillir notre challenger de ce soir, la putain de surprise de la saison. Ce sera un miracle si le match dépasse le premier round. Aucun débutant n'a JAMAIS survécu aussi longtemps contre notre champion. Mais ce n'est pas n'importe quel débutant, mesdames et messieurs, oh non. Nous vous présentons, ici à l'Underground, MAVERICK CAGE, LE VEEEEENGEUR !

Oz ouvre la porte, je tape mes gants l'un contre l'autre et sors, avec mon instinct de compétition qui envahit mes veines. Des dizaines de projecteurs sont braqués sur le ring. Tous les yeux dans l'arène sont braqués sur moi lorsque je saute sur le ring et enlève mon peignoir, puis j'attends tranquillement dans mon coin pendant que Tate est appelé.

– Mesdames et messieurs, notre champion en titre de l'Underground, le ROI DU RING invaincu, nous vous présentons REMINGTON TATE, RIIIIIPTIDE !

La foule s'anime, et Oz ricane dans mon coin, amusé. Je cherche Reese dans la foule, et mon regard s'arrête sur une femme aux cheveux bruns et courts, et des yeux semblables aux miens derrière une paire de lunettes discrète. Ma mère. Ses mains tremblent sur ses genoux, et je la regarde comme pour m'excuser. *C'est pour cela que je ne voulais pas que tu viennes avant, Maman. Tu ne vas pas aimer cela du tout.*

Mais elle m'adresse un sourire courageux, et je penche la tête vers elle pour lui montrer ma gratitude. Derrière elle, Ward me fait un doigt d'honneur et Seneca lève les doigts pour faire un semblant de signe de paix. Je leur lance un regard noir, mais je suis content qu'ils soient à côté de ma mère. Je ne voudrais surtout pas qu'elle se sente seule ici, au milieu de milliers de personnes, dont aucune n'encourage son fils.

Tate prend le ring comme le ferait un roi. Il arrive sur le sol sans un bruit. Je reste là. Prêt. J'attends. Il se retourne. Ses fans pètent un câble. Je déplace mon regard de l'autre côté du ring alors que la foule crie pour lui. Et là, assise à côté de Brooke, voilà la plus belle fille que j'aie jamais vue.

Elle a un sourire tremblotant, ses yeux ne fixent pas le ring, pas le public, pas Tate, mais moi. Ma mâchoire se serre tandis que j'essaie de maîtriser l'émotion sauvage qui monte quand je la vois ici. Je mets mon poing sur mon torse et ses seins remontent un peu alors qu'elle prend son souffle, comme si elle savait ce que cela voulait dire. C'est ça, entre elle et moi. Elle sait. Que je l'aime. Que je l'adore. Et elle sait que je voulais, que j'avais besoin, qu'elle soit avec moi. Et elle est là, dans son siège au premier rang sur ma gauche, exactement là où Tate m'avait dit qu'elle serait.

L'arbitre nous rapproche, Tate et moi.

– Quand j'entre, vous reculez et arrêtez de frapper, je veux un combat propre, ce soir.

Nous hochons tous les deux la tête pour montrer que nous avons compris, sans nous lâcher des yeux. Il y a du respect entre nous, maintenant. Et je sais à cette seconde que si je perds ce soir, j'aurai perdu contre le meilleur.

Cela commence. Le décompte… La testostérone est palpable dans l'air. Nous n'aimons pas tomber, ni l'un ni l'autre. Nous sommes tous les deux trop têtus pour cela. Nous avons tous les deux faim de victoire.

De victoire sur l'autre. De victoire sur nous-même. C'est le plus gros match que l'Underground ait connu. Le départ de mon père avait fait plaisir aux gens, mais la rumeur s'est propagée que Tate et moi commencions à devenir amis, et cela a provoqué une controverse et beaucoup de curiosité. Ils veulent nous voir ; le voir pour le croire.

Nous sommes tous les deux des combattants agressifs, bien que j'aie aussi appris à me défendre, à son contact. Quand il m'entraînait, j'avais l'impression qu'il voulait créer quelque chose de meilleur que lui. Il m'a appris tout ce à quoi je devais faire attention, les choses que personne n'a vues car il ne les a jamais laissés s'approcher d'assez près. Des choses que personne ne peut trouver à part moi. Je n'ai jamais pu le battre. Mais il m'a donné toutes les chances de trouver comment faire. Nous tapons nos gants, nous essayons tous les deux d'évaluer la stratégie de l'autre pour ce soir. Me fatiguer ? Non. Il ne veut pas jouer à ce petit jeu avec moi, et je suis bien content, car nous sommes tous les deux ici pour nous battre.

Ding ding. La foule s'emporte quand je lance le premier coup. Il le bloque, et sourit. Il me suit, essaie de frapper un grand coup. Ses doigts atterrissent sur ma tête avec fracas. Je réagis quand il laisse une ouverture et j'enfonce mon gant dans son ventre. C'est comme frapper dans du béton. Mais je suis fort et, à en juger par le son que fait mon coup de poing, il est allé profond. Nous faisons un bond en arrière, puis tournons en rond.

Le public alterne entre silence et encouragements. Nous leur offrons un sacré spectacle. Un uppercut me sonne. Il a le coup de poing le plus puissant que j'aie jamais pris. Il m'amène contre les cordes. Il ne me dit pas où j'ai merdé ; putain, je le sais déjà. Je remonte mes bras et bloque, puis je les baisse et plisse les yeux. Il sourit quand ils nous arrêtent et nous forcent à nous séparer. Je le vois dans ses yeux : un défi. Il me demande *Tu crois que tu mérites d'être le champion du monde ? Les champions ne se trompent jamais deux fois*.

Je prends position. Le public se lève et commence à scander « Remy ! Remy ! Remy ! ». J'attends qu'il regarde sa femme pour envoyer un coup. Je me demande s'il attend que je regarde Reese. Achille n'est pas plus fort que son talon. Et nous avons tous les deux des talons. Et nous savons tous les deux où elles sont assises ce soir.

Il lance un coup sous mon cœur, puis un crochet qui fait tourner ma tête. Je recule pour récupérer, Tate devient l'agresseur. J'arrête de reculer et envoie une gauche, un direct. Il bouge son épaule, évite, mais je m'en étais douté et je contre avec une autre droite. Mon poing s'écrase sur sa tempe. Le coup l'étourdit. La cloche de fin du premier round sonne.

Nous continuons à nous battre après la cloche, soudain nous envoyons tous les deux des coups de poing, certains atterrissent, certains non, nous esquivons, nous frappons. L'arbitre crie et avance.

– Arrêtez ! HALTE ! ordonne-t-il.

Nous reculons et nous asseyons sur nos tabourets. Nous y retournons. Le présentateur :

– Cage rôde… Le seul combattant cette saison qui n'est pas impressionné par le champion… Et Tate est dans les cordes ! Cage prend un coup. Cela devient délicat. L'arbitre ne peut pas les séparer…

– HALTE ! lance encore l'arbitre.

– Connard, dit Tate quand il s'éloigne et nous laisse continuer. Il ne veut pas nous laisser nous amuser, grogne-t-il.

– En parlant de s'amuser, dis-je, alors que mon torse monte et descend comme je reprends mon souffle. Tu as maté ta femme ? Car ce n'est pas toi qu'elle regarde, mais moi.

Il me frappe au visage si fort que je rebondis sur les cordes, puis je me baisse et il me loupe, et se retourne, avec les sourcils froncés et un grand sourire à la fois.

– Petit con. Reese vient de partir. Elle a demandé qu'on l'appelle quand tu serais meilleur, petite merde.

Je lance ma gauche, il esquive et jette son poing gauche. Mon front réceptionne le coup et mon cerveau saute dans mon crâne. Je me recule, apathique.

Les choses deviennent sanglantes, après cela. Je sens un pic, une inondation d'adrénaline. Je boxe, je bouge, je frappe, je contre, je bloque. Round quatre, cinq, et six : il me casse une côte et je fais gonfler son œil. Il ne voit plus que de l'autre.

Le public est dépassé. Les sièges du premier rang sont éclaboussés de sang. Nous nous réduisons en bouillie. Nous envoyons nos poings à droite, à gauche. Nous avons tous les deux des blessures ouvertes au-dessus de nos yeux, Tate sur sa tempe, et moi toujours la même blessure au-dessus de mon œil qui s'est rouverte. Nous respirons fort, on nous met de la vaseline sur le visage quand nous retournons sur nos tabourets, et on nous retape. Nous nous épuisons de plus en plus à mesure que nous nous battons.

Au septième round, il me met par terre. Je me relève, et le combat continue… Trois crochets de Tate au huitième round, et je tombe encore.

– Putain, je gronde dans ma barbe, la joue à plat sur le sol tandis que mon corps est pris de spasmes à cause des coups.

Le décompte commence. Reese est sur ses pieds, les mains autour de la bouche, elle crie. Elle est avec moi. Mon corps tremble car je lui en demande plus que ce qu'il peut donner. Je lui demande tout. Je pose ma main par terre, puis l'autre, je remonte mes genoux et je me lève. Je regarde Tate. Un œil gonflé. Son coach ouvre sa peau pour que le sang puisse sortir, et il la referme avec des sparadraps.

Je regarde mes gants. Chacune des marques sur le cuir vient de moi. Je me suis battu pour ces marques.

Je pense au message de mon père et prend un grand souffle. *Je suppose que je suis un vrai combattant, maintenant.* Tate s'approche. Il est en colère. Est-il déçu ? Il a l'air énervé que je ne lui en aie pas donné plus. Est-ce qu'il pense qu'il a perdu son temps avec moi ? Est-ce qu'il pense que je ne valais pas le coup ? Comme mon propre père ?

Je ne veux pas penser qu'il est plus grand. Qu'il a plus d'expérience. Il pensait que je lui offrirais le meilleur combat. Et je vais le faire. Je ne me bats pas pour mon père. Je me bats pour moi. C'est moi, le phénix qui s'élève. J'écarte mes jambes, je relève les bras, et je continue à me battre. Assoiffé de victoire. Son nez craque. Il répond par un crochet et m'ouvre le visage. Je tombe par terre et saute immédiatement sur mes pieds.

Ma vue se trouble. Mes jambes, mes bras, plus rien ne répond. Je cligne des yeux et sens le sang dans ma bouche. La douleur me transperce lentement, mais je me force à avancer. Je visualise mon père. Son visage. Lui qui se bat contre moi. *Tu n'es pas assez bon…* Lui qui se bat salement. Lui qui se bat contre Tate. Lui qui me salit. Lui qui laisse ma mère se tuer à la tâche jusqu'à s'user les mains. Je rugis et lance un coup si fort que Tate frappe le sol.

Les secondes suivantes sont floues. Le temps s'écoule. Le décompte s'arrête, et Tate essaie toujours de retrouver ses repères. Mon œil est tellement gonflé que rien n'est net, mais je vois une chose brillante voler vers moi, et je me concentre sur la pièce qui atterrit à mes pieds.

La pièce d'un penny que j'ai donnée à Reese quand je n'avais que cela. Quand je n'avais rien d'autre que moi. Je ramasse le penny et lève les yeux vers Reese. Des larmes coulent sur ses joues, j'inspire et cela me fait mal. Cela me fait mal de lever le poing et de tenir la pièce contre mon torse. Quand elle se met à pleurer plus fort, et que je n'arrive plus à respirer, je regarde ailleurs pour qu'elle ne voie pas la brûlure dans mes yeux. Le ringmaster prend mon poignet et lève mon bras.

– Votre VAINQUEUR, MESDAMES ET MESSIEURS ! Le premier bleu de l'Histoire qui gagne le championnat de la saison, qui arrive tout en haut de la stratosphère !

Et pour la première fois de ma vie, j'entends le public. J'entends le public. Et la foule crie à pleins poumons :

– MAVERICK ! MAVERICK ! MAVERICK !

Tate se relève et il a une sale gueule. Moi aussi. Il cale ses mains derrière ma nuque, pose son front contre le mien et serre l'arrière de ma tête, avec un grand sourire qui fait ressortir ses fossettes ensanglantées.

– Comment tu te sens, mon connard ? C'est assez réel pour toi ? Hein ?

Et la foule lance :

– REMY ! REMY ! REMY !

Le ringmaster vient se mettre entre nous, nous lève chacun un bras, et ce taré de Remington Tate me sourit. La foule hurle derrière lui quand il quitte le ring pour la dernière fois, en légende. Éternel.

Mais je ne peux pas encore bouger. Pendant quelques secondes, je me tiens debout dans le ring, en sang et cassé, mais gagnant. Le monde s'ouvre à moi. Je serre toujours le penny de Reese dans mon poing comme si c'était la chose la plus précieuse que j'avais.

***

Je suis seul dans le vestiaire. J'entends la foule qui crie dehors. Oz me rafistole, tremblant d'adrénaline, et reniflant discrètement. Je regarde le mur. J'assimile. On entend frapper, et Tate est à la porte. Tout rafistolé aussi. Un pansement sur sa tempe, sa mâchoire, tuméfié de partout, comme moi. Oz le regarde, lui donne une tape respectueuse dans le dos et murmure quelque chose comme :

– Meilleur combat que j'ai vu de ma vie.

Et il sort de la pièce.

– Eh, dit Tate en s'asseyant sur le banc en face de moi. La première fois que je suis monté sur un ring, je me suis tellement fait tabasser que je me suis retrouvé avec deux côtes et ma motivation cassées. Mais elles ont toutes guéries. Si tu en arrives là, tu guériras aussi.

Je serre la mâchoire en hochant la tête. J'ai envie de parler, mais je n'ai pas les mots pour ce mec. Le pire ennemi de mon père, qui m'a accordé plus d'attention que ne l'avait jamais fait celui-ci. Plus un père pour moi que celui de mon propre sang. Mon mentor. Mon frère.

– Quand j'ai commencé à t'entraîner, dit-il avec un petit sourire fier, je pensais que tu pouvais être un grand. Merde, je savais que tu pouvais être un grand. Je savais que tu pouvais être meilleur que moi. Et j'avais raison.

Il fait un signe du menton vers la porte.

– Le ring est à toi. Approprie-le toi et ne le rends jamais, à moins que tu arrêtes.

– Je ne le rendrai pas, promets-je avec conviction, et mes poings se serrent instinctivement.

– Très bien.

Il me tend son poing, comme le fait son fils.

– C'est un honneur d'avoir combattu avec toi.

Je ne sais pas si je peux me lever. Si je peux parler. Pourtant, je fais ces deux choses. Je croise son regard rempli de fierté, de gratitude, d'admiration et plus de respect que j'en ai jamais ressenti de ma vie. Je presse mes doigts repliés contre les siens, tout comme je le fais avec son fils. Et je dis ce que je pense. Je dis toujours ce que je pense.

– Tout l'honneur était pour moi.

ÉPILOGUE

Je suis avec lui

REESE

Ce fut la première de nombreuses finales pour Maverick « le Vengeur » Cage. Cela fait deux ans, des centaines de matchs, et ils l'appellent le roi du ring. Les gens l'encouragent quand il est là. Les présentateurs frôlent l'orgasme lorsqu'ils annoncent son nom.

– NOTRE CHOUCHOU, MESDAMES ET MESSIEURS ! Le petit bleu le plus intrépide qui soit jamais monté sur ce ring. Le ROI, le Vengeur, Maaaaverick Caaaage !

Il grimpe sur le ring sans regarder personne. Puis Mav me regarde en enlevant son peignoir et je vois mon phénix s'élever. Je ressens tellement de fierté que je pourrais exploser.

Il a acheté une maison à Seattle. Il s'entraîne toujours avec Riptide plusieurs fois par semaine. Et tous les soirs, avant de nous coucher, nous allons courir. Car… est-ce que je l'ai déjà dit ? Je suis avec lui. Chaque fois qu'il descend du ring, je vais rejoindre Oz, et il revient vers nous. Vers Oz et moi.

Je me réveille le matin avec ma joue sur son torse et je ne sais presque plus quel membre est à lui et lequel est à moi, sauf que les siens sont plus durs et plus bronzés. Le matin, Oz est à fond, avec une tonne de bouteilles d'eau pour les exercices quotidiens. D'ailleurs, Oz a une nouvelle copine. Elle s'appelle Natasha et maintenant, tout ce qui est génial est une Natasha.

– Si tu veux *encore* qu'on soit champions, dit-il en levant les yeux au ciel comme s'il n'y avait aucun doute, tu vas avoir besoin d'un coach, et un sobre, de préférence.

Maverick lui tape toujours contre le poing, maintenant.

– Mon champion.

Il a rencontré mes parents. J'ai rencontré sa mère. Maverick et moi ne voulons pas être séparés. Il est déterminé. Il veut que je sois avec lui. Alors je le suis.

Il fait nuit, maintenant. La ville de Seattle est calme. Le doux crépitement de la pluie s'est éteint il y a quelques minutes, et je suis prête à aller courir tandis qu'il finit de faire ses lacets. Il se redresse et me regarde.

Il ressemble… à lui-même. Le mec dans l'obscurité qui vient dans la lumière. Le phénix qui s'élève. Le gars qui détient mon cœur. Mon amour est comme un poids en métal, mais ce n'est rien comparé au poids de ce regard métallique braqué sur mon visage comme si aucune force sur terre ne pouvait l'en détacher.

– Prête, Reese ?

Un sourire incontrôlable tire mes lèvres. L'amour, le désir et l'espoir pour nous deux tournoient autour de mon cœur.

– Toujours prête à essayer de te botter le cul. Il faut bien que quelqu'un le fasse.

Il fait un pas en avant, en fronçant les sourcils, encore perplexe de voir l'effet que j'ai sur lui.

– Tu m'anéantis, Reese.

Je fais l'innocente.

– Je n'ai rien dit.

– Tu le dis avec ça, dit-il en embrassant mes paupières. Eh, je t'aime toujours.

– Et je t'aime toujours.

Il ne sait pas qu'il avait déjà gagné mon cœur avec son penny.

Il me tire près de lui et embrasse mon cou, il relève ma tête pour m'embrasser sur la bouche, et son goût est tellement parfait, tellement puissant, que mon monde rétrécit et se borne au mètre quatre-vingts et des brouettes de mon vengeur.

Dans un souffle haché, mes lèvres s'entrouvrent, et mes yeux se ferment alors qu'il recommence à embrasser ma mâchoire, ma bouche. Il étale parfois mon rouge à lèvres partout mais je m'en fiche. Il aime me dévorer et je le laisse faire. Sauvage, primitive, sa bouche ravage la mienne, comme il le fait tous les soirs au lit. Il bouge ma tête pour avoir l'angle parfait et parfois, il dit que mes lèvres ont un goût de cerise.

Les gants de son père ont disparu. Il a une salle pleine d'équipement de combat, tout est neuf, tout est à lui. Il cherche encore qui il est, mais il sait qui il n'est pas. Je cherche toujours qui je suis, mais quoi qu'il en soit, je sais que je suis avec lui.

Il a une photo de ce combat final avec Remy, de ce moment, celui où Remy le prend dans ses bras comme un père fier ; elle est dans le couloir qui mène à notre chambre. Il dit qu'il ne veut jamais oublier ce que cela fait de se battre contre quelqu'un de meilleur que lui. Il dit qu'il ne veut jamais oublier qu'il n'est pas l'héritage du Scorpion. Et il n'oubliera jamais cette soirée malgré toutes celles qui ont suivi. Il se bat toujours.

Et nous sommes toujours amoureux. En sortant de la maison, Maverick remonte la capuche de son sweat et nous nous élançons dans la rue humide pour courir sur le trottoir mouillé, où notre chemin semble infini, où l'éternité nous attend.

Mais nous savons tous les deux que rien n'est éternel, sauf les légendes. Et nous.

Chers lecteurs,

Un immense merci de vous être embarqués dans l'aventure de *Fight for Love* avec moi. *Legend* est le dernier livre de la série, et bien que j'aie commencé à écrire sans savoir lequel des deux hommes allait gagner le dernier combat, j'ai écrit les histoires les plus vraies que les personnages me donnaient, et ceci est leur conte de fées. Je ne pouvais pas en parler dans *Legend*, car cela n'avait pas de rapport avec cette histoire, mais sachez que Mélanie et Greyson sont mariés, que Pandora et Mackenna ont la chance d'avoir des visites de leur fille, Eve, pendant des étés entiers. Comme vous le savez, Brooke est enceinte et nous espérons tous que ce sera une fille (Iris !). Maverick a finalement surpassé l'ombre de son père, et Remy a officiellement passé le relais. Une égalité était impossible pour le dernier combat, même si je l'aurais vraiment voulu. Les deux hommes se battent pour gagner et Remy a mis tout son cœur dans son enseignement. Il a appris à Maverick à être meilleur que tout ce qu'il aurait à affronter, et Maverick a fait ce qu'il attendait de lui. Je suis si fière d'eux, et reconnaissante de votre amour pour mes histoires et ces personnages. Merci pour le soutien que vous nous avez apporté à travers les années.

J'ai hâte de partager avec vous les personnages géniaux de ma nouvelle série à venir cette année, et j'espère que vous gardez tous les yeux rivés sur vos rêves et vos ambitions personnelles. Devenez, dans ce qui vous passionne, une *légende*.

Avec tout mon amour,
Katy

REMERCIEMENTS

Merci à… mon mari, mes enfants, et mes parents ; vous êtes les lumières de ma vie !

À Stacy Suarez, la meilleure experte en fitness et la meilleure amie que j'aurais pu imaginer, qui a été avec moi à chaque étape de mon voyage dans l'écriture.

À Monica Murphy, pour les bêta lectures, les heures d'échange d'e-mails, les éclats de rire, et l'amitié.

À Kelli C., ma réviseuse extérieure ninja, pour m'avoir aidée à préparer ce bébé et à embellir mes mots ; tu es géniale !

À Anita S. pour son excellente relecture et ses retouches super délicates à mon manuscrit.

À tous les blogueurs qui m'ont soutenue pour ce qui est maintenant ma neuvième publication, je vous remercie tous. Merci d'avoir pris le temps de lire, d'écrire des critiques, et de promouvoir mes livres. Sans vous, il aurait été incroyablement difficile que mes livres soient découverts.

À tous mes bêta lecteurs, pour leurs premiers retours, et pour toutes les discussions et leur amour des livres. Merci Monica, Kim Jones, Kati D, CeCe, Angie, Lisa, et un énorme merci tout particulier à Mara White et son petit garçon, qui a été mon inspiration pour Racer.

Ce livre ne serait pas ce qu'il est aujourd'hui sans mon incroyable éditeur. Mes immenses remerciements à tout le monde chez Gallery Books, dont mon réviseur Adam Wilson ; mes éditeurs, Jen Bergstrom et Louise Burke ; le service graphique, les relecteurs correcteurs, l'équipe de publication, les publicitaires.

Je suis tout aussi reconnaissante à tous mes éditeurs à l'étranger, qui ont traduit la série dans près de douze pays à présent. Merci !

À tout le monde à la Jane Rotrosen Agency, vous êtes non seulement des personnes géniales mais vous arrivez toujours à nous donner l'impression, nous les auteurs, que nous sommes une famille. Merci ! Et un merci particulier à Amy Tannenbaum, qui n'est pas seulement mon agent mais endosse aussi un million d'autres rôles comme donneuse des meilleurs conseils ou supportrice infatigable de Katy. Sans Amy, j'aurais peut-être abandonné quand les temps étaient durs, mais heureusement, quand les temps sont durs, Amy devient plus dure. Alors merci, Amy.

Et surtout, merci, merci, *merci* à mes lecteurs. Vous êtes aussi passionnés par mes personnages que moi, vous passez à cause d'eux les mêmes nuits blanches que moi, vous pensez à eux sous la douche et en voiture comme moi, et puis vous vous lâchez et les aimez comme moi. Merci pour toutes les heures que vous passez avec nous. J'espère que nous pourrons continuer à en passer beaucoup d'autres ensemble.

Katy

À PROPOS DE L'AUTEUR

Katy Evans est mariée et vit avec son mari et leurs deux enfants, ainsi que trois chiens paresseux dans le sud du Texas. Ses loisirs favoris sont la randonnée, la lecture, la cuisine, et passer du temps avec ses amis et sa famille. Pour plus d'informations sur Katy Evans et ses prochaines publications, visitez les sites ci-dessous. Elle adore avoir des retours de ses lecteurs.

Site : www.katyevans.com

Facebook : https://www.facebook.com/AuthorKatyEvans

Twitter : https://twitter.com/authorkatyevans

E-mail : katyevansauthor@gmail.com

Composition et mise en pages
Nord Compo à Villeneuve-d'Ascq